आग और धुआँ

AF715333

आचार्य चतुरसेन

डायमंड बुक्स

www.diamondbooks.in

प्रकाशक : **डायमंड पॉकेट बुक्स (प्रा.) लि.**
X-30 ओखला इंडस्ट्रियल एरिया, फेज-II
नई दिल्ली-110020
फोन : 011-40712200
ई-मेल : wecare@diamondbooks.in
वेबसाइट : www.diamondbooks.in
संस्करण : 2026

Aag Aur Dhuan
By : Acharya Chatursen

अनुक्रमणिका

1

इंग्लैंड में ऑक्सफोर्ड शायर के अन्तर्गत चर्चिल नामक स्थान में सन् 1732 ईस्वी की 6 दिसम्बर को, एक ग्रामीण गिरजाघर वाले पादरी के घर में, एक ऐसे बालक ने जन्म लिया, जिसने आगे चलकर भारत में अंग्रेज़ी राज्य की स्थापना का महत्त्वपूर्ण कार्य किया। इस बालक का नाम वारेन हेस्टिंग्स पड़ा। बालक के पिता पिनासटन यद्यपि पादरी थे, परन्तु उन्होंने हैस्टर बाटिन नामक एक कोमलांगी कन्या से प्रेम-प्रसंग में विवाह कर लिया। उससे उन्हें दो पुत्र प्राप्त हुए। दूसरे प्रसव के बाद बीमार होने पर उसकी मृत्यु हो गई। पिनासटन दोनों पुत्रों को अपने पिता की देख-रेख में छोड़कर वहाँ से चले गये और कुछ दिन बाद दूसरा विवाह कर वेस्ट-इन्डीज में पादरी बनकर जीवनयापन करने लगे। उन दिनों लन्दन नगर का सामाजिक जीवन पादरियों के प्रभाव से बहुत सुखी नहीं था। पादरी वहाँ सर्वोपरि बने हुए थे। उन दिनों लन्दन नगर की छः लाख जनसंख्या में पचास हज़ार वेश्याएँ तथा इतनी ही खानगी व्यभिचारिणी स्त्रियाँ थीं। प्रत्येक मुहल्ले के आसपास धनपतियों ने अपने-अपने जुआखाने खोल रखे थे, जहाँ रात को जुआ खेला जाता, मद्य पी जाती और व्यभिचार के खुले खेल खेले जाते थे। जुआघरों के बाहर तख़्ती लटकी रहती थी, जिस पर लिखा होता था—साधारण मद्य का मूल्य एक पेंस, बेहोश करने वाली मद्य का मूल्य दो पेंस, साफ-सुथरी चटाई मुफ्त।

बालक वारेन अपने दादा के यहाँ पलकर एक छोटे स्कूल में पढ़ने लगा। बालक चंचल और कुशाग्रबुद्धि था, अपना पाठ झट याद कर लेता था। दादा पहले धनीसम्पन्न और प्रतिष्ठित व्यक्ति थे, परन्तु कालचक्र ने उन्हें झकझोरकर साधारण स्थिति में डाल दिया। अब वृद्धावस्था में, वे बालक वारेन को गोद में बिठाकर कभी-कभी अपनी पूर्व गौरवगाथा को सुनाया करते थे। वारेन उन सब बातों को बड़े ध्यान से सुनता। उन बातों को सुनने से उसमें साहस और महत्वाकांक्षाओं का उदय हुआ। आत्मोन्नति और संकल्प का अमोघ मंत्र दादा ने उसे दिया। गाँव के छोटे स्कूल की शिक्षा समाप्त करके उसके चाचा हावर्ड ने वारेन को न्यू इंगटन बटस के बड़े स्कूल में भरती करा दिया। इस स्कूल में पढ़ाई का काम साधारण

नहीं था, परन्तु चाचा ने बालक वारेन की प्रतिभा को देखकर उसकी पढ़ाई का भार अपने कंधों पर उठा लिया। वारेन परिश्रम से पढ़ने लगा। दो वर्ष वहाँ पढ़ने के बाद, वह वेस्ट मिनिस्टर में पढ़ने गया। वेस्ट मिनिस्टर में बड़े-बड़े परिवारों के लड़के पढ़ते थे, अतः विलियम कूपर, लार्ड शैल बर्न, चार्ल्स चर्चिल और इलिजा इम्पे उसके सहपाठी बने। वेस्ट मिनिस्टर विद्यालय के प्रिंसिपल डॉक्टर निकोलस वारेन की प्रखर बुद्धि और मित्रों से उसका सद्व्यवहार देखकर, बहुत खुश रहते थे और उस पर विशेष कृपा करते थे। वारेन ने अपने विद्यार्थी जीवन के क्षणों को कभी व्यर्थ नहीं खोया। पढ़ना, मित्रों में वाद-विवाद करना तथा तैरना, बोटिंग दौड़ आदि उसका नियम था। 'किंग्स स्कॉलरशिप' की परीक्षा में वह सर्वप्रथम उत्तीर्ण हुआ और छात्रवृत्ति प्राप्त की। दो वर्ष तक यह छात्रवृत्ति मिलती रही। इसी समय वारेन के चाचा की मृत्यु हो गई। अपने चाचा की छत्रछाया हटने से उसे बहुत दुःख हुआ। उसकी शिक्षा का व्यय-भार उठाने वाला अब कौन था?

इसी समय वारेन का परिचय चिसविक नामक एक सुहृदय व्यक्ति से हुआ, जो ईस्ट इंडिया कम्पनी के मैनेजिंग बोर्ड में डाइरेक्टर थे। इस समय वारेन की आयु 16-17 वर्ष की थी। उन्होंने उसकी प्रतिभा से प्रसन्न होकर उसकी शिक्षा समाप्त कर, उसे ईस्ट इंडिया कम्पनी में क्लर्की देना तय किया। वेस्ट मिनिस्टर विद्यालय से हटाकर एक अन्य विद्यालय में बहीखाता, हुण्डी, पुर्जा, बीजक आदि लिखने की शिक्षा लेने के लिए भरती कर दिया। एक वर्ष बाद उसे कम्पनी का क्लर्क बनाकर भारत में कलकत्ता भेज दिया। अक्टूबर 1750 में वारेन ने भारत-भूमि पर पैर रखा।

कलकत्ते का विलियम फोर्ट ईस्ट इंडिया कम्पनी के व्यापार की कोठी थी। फोर्ट विलियम के अन्दर सुन्दर उद्यान, तालाब, अस्पताल, गिरजाघर और परामर्श भवन भी थे। प्रति रविवार को कम्पनी के कर्मचारी गिरजाघर में आकर, प्रार्थना करते और पादरी का उपदेश सुनते थे। वहाँ दो सौ व्यक्ति रहते थे। इसके जिन दो कमरों में बैठकर, कम्पनी के गुमाश्ते काम करते थे, वह कच्ची ईंटों से बने थे।

अंग्रेज़ और फ्रेंच दोनों जातियाँ भारत में व्यापार बढ़ाने और बसने के लिए प्रयत्नशील थीं। फ्रेंच गवर्नर ड्यूपले अपने देश की हित-साधना के लिए, सामरिक मार्ग भी अपनाते थे। वारेन से प्रथम क्लाइव ने भारत पहुँचकर, कम्पनी के हित में सामरिक मार्ग को तीव्रता से कार्यान्वित किया, जिसके कारण फ्रेंच और अंग्रेज़ दोनों विदेशी जातियाँ अपने व्यापार और स्वामित्व के लिए युद्धप्रिय होती गई। वारेन के आगमन के समय भारत के दक्षिण प्रान्त कर्नाटक में, उत्तराधिकार का झगड़ा चल रहा था। क्लाइव ने निपुण योद्धा बनकर फ्रांसीसियों की आशा नष्ट कर दी थी। परन्तु दक्षिण के इन झगड़ों का प्रभाव बंगाल तक नहीं पहुँचा था। बंगाल में बसने वाले अंग्रेज़ और फ्रांसिसी व्यापारी परस्पर में मित्रभाव से व्यवहार करते थे। इन

व्यापारियों का मुख्य विषय कम्पनी की कोठियों के बहीखाते तथा माल के बीजक थे। कलकत्ते की कोठियों का लेन-देन मध्याह्न तक होता था। मध्याह्न के बाद कम्पनी के कर्मचारी एकल होकर भोजन करते थे। भोजन करके कुछ लोग आराम करते, कुछ विचार-विनिमय करते। संध्या होने पर कोठियों से निकलकर बाहर घूमते थे। नौकाविहार, पालकी-पीनसों में बैठकर बाज़ारहाट घूमना, दो घोड़े अथवा चार घोड़ों की बग्घियाँ सजाकर उन पर अपनी प्रेयसी सहित नगर-भ्रमण करना, उनका सांध्य-मनोरंजन होता था। इनमें कुछ व्यक्ति ऐसे भी होते थे, जो कम्पनी के कर्मचारी होने पर भी अपना पृथक् व्यापार करके मालामाल हो रहे थे। ऐसे धनी व्यापारी सांध्य-भ्रमण से लौटकर नाचरंग और बढ़िया रात्रि-भोजों का भी आयोजन करते रहते थे। कभी-कभी मद्यपान से उन्मत्त होकर उपद्रव भी कर बैठते थे।

वारेन हेस्टिंग्स इन सब आमोद-प्रमोद में रुचि नहीं लेता था। कोठी का कार्य समाप्त करके वह अपनी छोटी कोठरी में, जो फोर्ट विलियम में गंगा-तट की ओर बनी हुई थी, आकर भारतीय, भाषाओं के सीखने में लग जाता था। अपने मित्रों के साथ काम की ही सब बातें करता था। दो वर्ष तक उसने फोर्ट विलियम कोठी में कार्य किया। अक्टूबर 1753 में उसे कासिम बाज़ार की कोठी में जाकर काम करने की आज्ञा मिली। उस समय कासिम बाज़ार हुगली नदी के तट पर (गंगा और जलंगी दो नदियों के बीच स्थित) बंगाल कला–बहुत समृद्धशाली नगर था। दूर देशों से अनेक व्यापारी वहाँ एकत्र होते और व्यापार करते थे। अंग्रेज़, फ्रांसिसी, डच, आर्मिनियन व्यापारियों की बड़ी-बड़ी कोठियाँ वहाँ बनी हुई थीं। रेशम के कारखाने, भारतीय जुलाहों की कपड़ों की दुकानें, बाज़ार में देश-देशान्तरों की वस्तुओं का कर-विक्रय, नदी-तट पर देशी-विदेशी वस्तुओं से भरे हुए जहाजों का आवागमन तथा सब देशों के व्यापारी अपनी-अपनी वेशभूषा में वहाँ आ, वाणिज्य व्यवसाय करते थे। अतोल सम्पदा वहाँ भरी हुई थी।

कासिम बाज़ार में अंग्रेज़ों की कोठी में इंग्लैंड से आया हुआ माल आता और बेचा जाता था। भारत में पैदा हुआ माल और बुना हुआ बढ़िया रेशमी कपड़ा इकट्ठा करके इंग्लैंड भेजा जाता था। कोठियों की व्यवस्था एक कौंसिल करती थी। इसकी सुरक्षा के लिए छोटी-सी पल्टन भी रहती थी। हेस्टिंग्स ने यहाँ आकर अपना कार्य-भार संभाल लिया। कासिम बाज़ार से दो मील दूर मुर्शिदाबाद था, जो बंगाल, बिहार और उड़ीसा के नवाब की राजधानी थी। तत्कालीन नवाब सिराजुद्दौला यहाँ अपने महल में रहते थे। दीवानी-फौज़दारी अदालतें भी यहीं थीं। हेस्टिंग्स को कार्यवश मुर्शिदाबाद भी आना पड़ता था। यहाँ रेशमी माल बहुत मिलता था।

●●●

2

12वीं शताब्दी में शहाबुद्दीन ने पृथ्वीराज चौहान को बन्दी करके दिल्ली की गद्दी गुलाम कुतुबद्दीन को दी। उसके 10 वर्ष बाद उसने अपने सेनापति, बख़्तियार खिलजी को बंगाल-विजय के लिए भेजा। उस समय बंगाल में राजा लक्ष्मणसेन राज्य करता था। उसे हटाकर बख़्तियार ने बंगाल पर अधिकार कर लिया।

इसके बाद शमसुद्दीन अल्तमश ने बंगाल के विद्रोह का दमन कर, उस पर अपना अधिकार जमाया। फिर जब अलाउद्दीन मसऊद दिल्ली के तख़्त पर था, तब मंगोलों ने तिब्बत के रास्ते से बंगाल पर आक्रमण किया था, पर पराजित होकर भाग गये। इसके बाद खिलजी वंश का वहाँ कुछ दिन अधिकार रहा। बुगराखाँ वहाँ का सूबेदार था।

मुगल-काल में कभी हिन्दू और कभी मुसलमान शाहजादे और अमीर बंगाल के सूबेदार रहे। शाहजहाँ के जमाने में शाहजादा शुजा और औरंगजेब के जमाने में प्रथम मीर जुमला और बाद में शाइस्ताखाँ वहाँ के सूबेदार रहे।

इसके बाद नवाब अलीवर्दीखाँ बंगाल, बिहार तथा बंगाल और उड़ीसा के सूबेदार रहे। जब उन पर मराठों की मार पड़ी और कमजोर दिल्ली के बादशाह ने उनकी मदद न की, तो नवाब ने दिल्ली के बादशाह को सालाना मालगुजारी देना बंद कर दिया। परन्तु वह बराबर अपने को बादशाह के आधीन ही समझता रहा।

अलीवर्दीखाँ एक सुयोग्य शासक था और उसके राज्य में प्रजा बहुत प्रसन्न थी। बंगाल के किसानों की हालत उस समय के फ्रांस अथवा जर्मनी के किसानों से कहीं अधिक अच्छी थी। बंगाल की राजधानी 'मुर्शिदाबाद शहर' उतना ही लम्बा-चौड़ा, आबाद और धनवान था, जितना कि लन्दन शहर। अन्तर सिर्फ इतना था कि लन्दन के धनाढ्य-से-धनाढ्य मनुष्य के पास जितनी सम्पत्ति हो सकती थी, उससे बहुत ज्यादा मुर्शिदाबाद के निवासियों के पास थी।

अलीवर्दीखाँ के पास 30 करोड़ रुपया नकद था और उसकी सालाना आमदनी भी सवा दो करोड़ से कम नहीं थी। उसके प्रान्त समुद्र की ओर से खुले हुए थे। उसका राज्य सोने-चाँदी से लबालब भरा हुआ था। यह साम्राज्य सदा से निर्बल और अरक्षित रहा। बड़े आश्चर्य की बात है कि उस समय तक यूरोप के किसी बादशाह ने, जिसके पास जल-सेना हो, बंगाल को फतह करने की कोशिश नहीं की। एक ही बार में अनन्त धन प्राप्त किया जा सकता था, जो कि ब्राजील और पेरू की सोने की खानों के मुकाबले होता। मुगलों की राजनीति खराब थी। उनकी सेना और भी अधिक खराब थी। जल-सेना उनके पास नहीं थी। राज्य-भर में विद्रोह होते रहते थे। नदियाँ और बन्दरगाह दोनों विदेशियों के लिए खुले थे। यह देश इतनी ही आसानी से फतह हो सकता था, जितनी आसानी से स्पेन वालों ने अमेरिका के नंगे बाशिन्दों को अपने अधीन कर लिया था। तीन जहाजों में डेढ़ या दो हज़ार सैनिक इस शहर को फतह करने के लिए यथेष्ट थे।

जब अंग्रेज़ बंगाल में आये और उन्होंने यहाँ के व्यापार से लाभ उठाना चाहा, तो वहाँ के हिन्दुओं से मिलकर उन्होंने मुस्लिम राज्य को पतित करने की चेष्टा की। एक पंजाबी धनी व्यापारी अमीचन्द को इसमें मिलाया गया और उसके द्वारा चुपके-चुपके, बड़े-बड़े हिन्दू-राजाओं को वश में किया गया। अमीचन्द को बड़े-बड़े सब्ज बाग़ दिखाये गये। अमीचन्द के धन और अंग्रेज़ों के वादों ने मिलकर, नवाब के दरबार को बेईमान बना डाला।

इसके बाद अंग्रेज़ों ने अपनी सैनिक-शक्ति बढ़ानी और किलेबन्दी शुरू कर दी। दीवानी के अधिकार वे प्रथम ही ले चुके थे। अलीवर्दीखाँ अंग्रेज़ों के इस संगठन को ध्यान से देख रहा था, पर वह कुछ कर न सका और उसका देहान्त हो गया।

भाग्यहीन युवक नवाब सिराजुद्दौला 24 वर्ष की आयु में अपने नाना की गद्दी पर सन् 1756 में बैठा। उस समय मुगल-साम्राज्य की नींव हिल चुकी थी और अंग्रेज़ों के हौसले बढ़ रहे थे। उन्हें दिल्ली के बादशाह ने बंगाल में बिना चुंगी महसूल दिये व्यापार करने की आज्ञा दे दी थी। इस आज्ञा का खुल्लमखुल्ला दुरुपयोग किया जाता था और वे व्यापारिक आदेश पत्र किसी भी हिन्दुस्तानी व्यापारी को बेच दिये जाते थे; जिससे राज्य की बड़ी भारी हानि होती थी।

मरते वक़्त अलीवर्दीखाँ ने सिराजुद्दौला को यह हिदायत दी थी कि यूरोपियन क़ौमों की ताकत पर नज़र रखना। यदि ख़ुदा मेरी उम्र बढ़ा देता, तो मैं तुम्हें इस डर से बचा देता। अब मेरे बेटे! यह काम तुम्हें खुद करना होगा। तिलंगों के साथ उनकी लड़ाइयाँ और राजनीति पर नज़र रखो और सावधान रहो। अपने-अपने

बादशाहों के घरेलू झगड़ों के बहाने इन लोगों ने मुगल बादशाह का मुल्क और उनकी प्रजा का धन छीनकर आपस में बाँट लिया है। इन तीनों क़ौमों को एक-साथ ज़ेर करने का ख़याल न करना; अंग्रेज़ों को ही पहले ज़ेर करना। जब तुम ऐसा कर लोगे, तो बाकी क़ौमें तुम्हें ज्यादा तकलीफ न देंगी। उन्हें किले बनाने या फौज़ रखने की इजाज़त न देना। यदि तुमने यह गलती की, तो मुल्क तुम्हारे हाथ से निकल जाएगा।

सिराजुद्दौला पर इस नसीहत का भरपूर प्रभाव पड़ा था और वह अंग्रेज़-शक्ति की ओर से चौकन्ना हो गया। उसके तख़्तनशीन होने पर नियमानुसार अंग्रेज़ों ने उसे भेंट नहीं दी थी। इसका अर्थ यह था कि वे उसे नवाब स्वीकार नहीं करते थे। वे प्राय: सिराजुद्दौला से सीधा सम्बन्ध भी नहीं रखते थे; आवश्यकता पड़ने पर अपना काम ऊपर-ही-ऊपर निकाल लेते थे।

धीरे-धीरे नवाब और अंग्रेज़ों का मन-मुटाव बढ़ता गया। अंग्रेज़ों ने जो कासिम बाज़ार में किलेबन्दी कर ली थी, नवाब उसका अत्यन्त विरोधी था। उसने वहाँ के मुखिया को बुलाकर समझाया–"यदि अंग्रेज़ शान्त व्यापारियों की भाँति देश में रहना चाहते हों, तो खुशी से रहें। किन्तु सूबे के हाकिम की हैसियत से मेरा यह हुक्म है कि वे उन सब किलों को फ़ौरन तुड़वाकर बराबर कर दें, जो उन्होंने हाल ही में बिना मेरी आज्ञा के बना लिये हैं।"

परन्तु इसका कुछ भी फल न हुआ। अन्त में नवाब ने कासिम बाज़ार में सेना भेजने की आज्ञा दे दी। अचानक कासिम बाज़ार में नवाबी सिपाही दिख पड़ने लगे। होते-होते और भी सैकड़ों-सवार और बरकन्दाज आ-आकर शामिल होने लगे। सन्ध्या के प्रथम ही दो लड़ाके हाथी झूमते-झामते कासिम बाज़ार में आ पहुँचे। यह देखकर, अंग्रेज़ों के प्राण काँपने लगे। कोठी वाले अंग्रेज़ एक-एक करके भागने लगे। हेस्टिंग्स भी भागकर अपने दीवान कान्ता बाबू के घर में छिप गया। सबने समझ लिया, रात्रि के अन्धकार के बढ़ने की देर है, बस नवाब की सेना बलपूर्वक किले में घुसकर अंग्रेज़ों के माल-असबाब का सत्यानाश कर, लूट-पाट मचा देगी। किले में जो नौकर तथा गोरे-काले सिपाही थे, वे तैयार होकर दरवाज़े पर आ डटे। परन्तु बुद्धिमान नवाब ने आक्रमण नहीं किया। उसका मतलब खून बहाने का न था। वह केवल उनकी राजनीति के विरुद्ध, किले बनाने की कार्यवाही का विरोध करने और अपनी आज्ञा के निरादर का दण्ड देने आया था।

सोमवार, मंगल, बुध, बृहस्पतिवार भी बीत गया। नवाब की अगणित सेना किला घेरे खड़ी रही, पर आक्रमण नहीं किया। उस क्षुद्र किले को राख का ढेर

बनाना क्षण-भर का काम था। इस चुप्पी से अंग्रेज़ बड़े चकित हुए, घबराये भी। न मालूम नवाब का क्या इरादा है! अन्त में साहस करके डॉ. फोर्थ साहब को दूत बनाकर नवाब की सेवा में भेजा गया।

उमरबेग ने फोर्थ को समझा दिया–"घबराओ मत, नवाब का इरादा खून-खराबा का नहीं है। आपके प्रधान वाट्सन साहब को नवाब के दरबार में एक मुचलका लिख देना होगा और उसे वे यदि राजी से न लिखेंगे, तो जबर्दस्ती लिखाया जाएगा। सिर्फ इतनी सेना इसीलिये यहाँ आई है।"

पर वाट्सन साहब को आत्म-समर्पण करने का साहस नहीं हुआ। उन्होंने अत्यन्त नम्रतापूर्ण लिख भेजा–

"नवाब साहब का अभिप्राय ज्ञात हो जाने-भर की देर है। पश्चात् जो उनकी आज्ञा होगी, अंग्रेज़ों को वह स्वीकार होगा।"

इस पत्र का नवाब के दरबार से यही उत्तर मिला–"किले की चार-दीवारी गिरा दो, बस यही नवाब का एकमात्र अभिप्राय है।"

अंग्रेज़ों ने बड़े शिष्टाचार और नम्रता से कहला भेजा कि नवाब का जो हुक्म होगा, वही किया जाएगा।

परन्तु अंग्रेज़ रिश्वत और खुशामद के जोर से मतलब निकालने की चेष्टा करने लगे। उन्होंने अमीर-उमरावों को रिश्वतें देकर अपने वश में कर लिया। अंग्रेज़ सिराजुद्दौला के स्वभाव और उद्देश्य को नहीं जानते थे। उन्होंने इस अभियान का यही मतलब समझा था कि रिश्वत और भेंट लेने के लिये यह नया जाल फैलाया गया है। काले लोगों को हीन समझने वाले इन बनियों के दिमाग में यह बात न आई कि सिराजुद्दौला युवक और ऐयाश है-तो क्या हुआ, वह देश का राजा है। विद्वान् सिराजुद्दौला, इन प्रलोभनों से ज़रा भी विचलित नहीं हुआ।

अन्त में वाट्सन साहब हाथ में रूमाल बाँधकर दरबार में हाज़िर हुए। नवाब ने उनको अंग्रेज़ों के उद्दण्ड व्यवहार के लिये बहुत लानत-मलामत की। वाट्सन बेचारे भयभीत खड़े रहे। लोगों को भय था कि कहीं नवाब इन्हें कुत्तों से न नुचवा दें। परन्तु, उसने क्रोधित होने पर भी कर्तव्य का ख़याल किया। उसने साहब को अपने डेरे पर जाकर मुचलका लिखकर लाने की आज्ञा दी। वाट्सन साहब ने जल्दी-जल्दी मुचलका लिख दिया। उसका अभिप्राय यह था–

"कलकत्ते का किला गिरा देंगे। कुछ अपराधी, जो भागकर कलकत्ते जा छिपे हैं, उन्हें बाँधकर ला देंगे। बिना महसूल व्यापार करने की सनद बादशाह से कम्पनी

ने पाई है और उसके बहाने बहुतेरे अंग्रेज़ों ने बिना महसूल व्यापार करके जो हानि पहुँचाई है, उसकी भरपाई कर देंगे। कलकत्ते में हॉलवेल के अत्याचारों से, देशी प्रजा जो कठिन क्लेश भोग रही है, उसे उनसे मुक्त करेंगे।"

मुचलका लिखवाकर वाट्सन और हेस्टिंग्स को उसकी शर्तों के पालन होने तक, मुर्शिदाबाद में नज़रबन्द करके नवाब शान्त हुए। परन्तु पन्द्रह दिन बीतने पर भी मुचलके की शर्तों का कलकत्ते वालों ने पालन नहीं किया। वाट्सन की स्त्री और नवाब की माता में मेले-जोल था। वह अन्त:पुर में आकर बेगम-मण्डली में रोने-पीटने लगी। उसके करुण विलापों से पिघलकर नवाब की माता ने पुत्र से दोनों को छोड़ देने का अनुरोध किया। माता की आज्ञा शिरोधार्य कर, नवाब को बिलकुल अनिच्छा से दोनों बन्दियों को छोड़ना पड़ा।

शीघ्र ही, नवाब को मालूम हुआ कि अंग्रेज़ लोग मुचलके की शर्तों का पालन नहीं करेंगे। अतएव उसने व्यर्थ आलस्य में समय न खोकर कलकत्ते को एक दूत भेजा और स्वयं सेना ले चलने की तैयारी करने लगा।

अंग्रेज़ों ने यह समाचार पाकर झटपट ढाका, बालेश्वर, जगदिया आदि स्थानों की कोठियों को सूचना दे दी कि बहीखाता आदि समेट-समाटकर सुरक्षित स्थानों में चले जाओ। कलकत्ते में गवर्नर ड्रेक नगर-रक्षा के लिये सैन्य-संग्रह और बन्दोबस्त करने लगे। वास्तव में, वे सिराजुद्दौला को अस्थायी नवाब समझते थे। उनका ख़याल था, अनेक घरेलू शत्रुओं से घिरा रहकर वह हमारे इस तुच्छ काम पर क्या दृष्टि डालेगा? इसके सिवा, अभी तक अपनी घूस और रिश्वत पर उन्हें बहुत भरोसा था। पर सिराजुद्दौला वास्तव में नीतिज्ञ पुरुष था। वह जानता था कि मेरे सभी सरदार मेरे विरोधी हैं। वे बार-बार उसे कलकत्ते न जाने की सलाह देते थे; क्योंकि प्राय: सभी नमक-हराम थे और घूस खाये बैठे थे। पर नवाब ने किसी की न सुनी। वरन्, जिस-जिस पर उसे षड्यन्त्र का सन्देह हुआ, उस-उस को उसने अपने साथ ले लिया; जिससे पीछे का खटका भी मिट गया। राजबल्लभ, मीरजाफ़र, जगतसेठ, मानिकचन्द, सभी को अनिच्छा होने पर भी नवाब के साथ चलना पड़ा। अंग्रेज़ों ने स्वप्न में भी न सोचा था कि यह ऐसी बुद्धिमत्ता से राजधानी के सब झगड़े मिटाकर, बिलकुल बेखटके होकर, इतनी सैन्य ले, कलकत्ते पर आक्रमण करेगा।

7 जून को ख़बर कलकत्ते पहुँची। नगर में हलचल मच गई। अंग्रेज़ लोग प्राणपण से तैयारी करने लगे। किले में अनेक तोपें लगा दी गईं। जल-मार्ग सुरक्षित करने के लिए, बाग़ बाज़ार वाली खाई में लड़ाई के जहाज लगा दिये। 1500

सिपाही खाई के बराबर खड़े किये गये। चहारदीवारी की समस्त मरम्मत करवाकर, उसमें अन्नादि भर दिया गया। मद्रास से मदद माँगने को हरकारा भेजा गया और जिन फ्रांसिसी शत्रुओं के डर से किला बनाने का बहाना किया गया था, उनसे तथा डचों से भी सहायता माँगी गई।

डच लोग तो सीधे-सादे सौदागर थे। उन्होंने लड़ाई-झगड़े में फँसने से साफ इनकार कर दिया। परन्तु फ्रेंचों ने जवाब दिया–"यदि अंग्रेज़ी-शेर प्राणों से बहुत ही भयभीत हो रहे हैं, तो वे फौरन ही बिना किसी रोक-टोक के चन्दन नगर में हमारा आश्रय लें। आश्रितों की प्राण-रक्षा के लिए फ्रांसिसी वीर सिपाही अपने प्राण देने में तनिक भी कातर न होंगे।"

इस उत्तर से अंग्रेज़ लज्जित हुए और खीझे। कलकत्ता से ढाई कोस पर गंगा के किनारे, नवाब का एक पुराना किला था। 50 सिपाही उसमें रहते थे। वह कभी किसी काम न आता था। अंग्रेज़ों ने दौड़कर उस पर हमला कर दिया। बेचारे सिपाही भाग गये। उनकी तोपें तोड़-फोड़कर अंग्रेज़ों ने गंगा में बहा दीं और बड़े गौरव से अपनी विजय-पताका उस पर फहरा दीं। लोगों ने समझ लिया, बस, अब अंग्रेज़ों की ख़ैर नहीं है। नवाब यह उद्दण्डता न सहन करेगा। दूसरे दिन 2000 नवाबी सिपाही किले के सामने पहुँचे ही थे कि अंग्रेज़ अफ़सर लज्जा को वहीं छोड़, किले से भागने लगे। भागते जहाजों पर तड़ातड़ गोले बरसने लगे। अंग्रेज़ अपना गोला-बारूद नष्ट कर और अपनी झण्डी उखाड़, कलकत्ते लौट आये।

यहाँ आकर, उन्होंने कृष्णवल्लभ, जो राजवल्लभ का पुल था और भागकर विद्रोह के अपराध में अंग्रेज़ों की शरण आ रहा था, उसे इस डर से क़ैद कर लिया कि कहीं यह क्षमा माँगकर नवाब से न मिल जाये।

अमीचन्द कलकत्ते का एक प्रमुख व्यापारी था। सेठों में जैसी प्रतिष्ठा जगतसेठ की थी, व्यापारियों में वही दर्ज़ा अमीचन्द का था। यह व्यक्ति भारतवर्ष के पश्चिमी प्रदेश का बनिया था। अंग्रेज़ों ने उसी की सहायता से बंगाल में वाणिज्य-विस्तार का सुभीता पाया था। उसी की मार्फत अंग्रेज़ गाँव-गाँव रुपया बाँटकर कपास तथा रेशमी वस्त्र की खरीद में खूब रुपया पैदा कर सके थे। उसकी सहायता न होती, तो अंग्रेज़ लोगों को अपरिचित देश में अपनी शक्ति बढ़ाने और प्रतिष्ठा प्राप्त करने का मौका कदापि न मिलता।

केवल व्यापारी कहने ही से अमीचन्द का परिचय नहीं मिल सकता। विशाल महलों से सजी हुई उसकी राजधानी, तरह-तरह की पुष्प-बेलियों से परिपूरित उसका वृहत्राज-भण्डार, सशस्त्र सैनिकों से सुसज्जित उसके महल का विशाल फाटक

देखकर औरों की तो बात क्या है, स्वयं अंग्रेज़ उसे राजा मानते थे। अनेक बार अमीचन्द ही के अनुग्रह से अंग्रेज़ों की इज्ज़त बची थी।

अमीचन्द का महल बहुत ही आलीशान था। उसके भिन्न-भिन्न विभागों में सैकड़ों कर्मचारी हर वक़्त काम किया करते थे। फाटक पर पर्याप्त सेना उसकी रक्षा के लिये तैयार रहती थी। बह कोई मामूली सौदागर न था, बल्कि राजाओं की भाँति बड़ी शान-शौकत से रहता था। नवाब के दरबार में उसका बहुत आदर था और नवाब उसे इतना मानते थे कि कोई आफत-मुसीबत आने पर नवाब-सरकार से किसी तरह की सहायता लेने के लिये लोग प्राय: अमीचन्द की ही शरण लेते।

जिस समय नवाब की सेना कलकत्ते की तरफ आ रही थी, तो अमीचन्द के लिए राजा रामसिंह ने गुप्त रूप से एक पत्र लिखकर अमीचन्द को चेता दिया था कि 'तुम सुरक्षित स्थान में चले जाओ तो अच्छा है।' दैवयोग से यह पत्र अंग्रेज़ों के हाथ लग गया। बस, इसी अपराध पर धीर-वीर अंग्रेज़ों ने अमीचन्द को पकड़कर क़ैदख़ाने में ठूँस देने का हुक्म अपनी फ़ौज़ को दिया। अमीचन्द को इस विपत्ति की कुछ ख़बर न थी। एकाएक फ़ौज ने उसे गिरफ़्तार कर लिया और अभियुक्तों की तरह बाँधकर ले चली। कलकत्ते के देशी लोगों में इस घटना से हाहाकार मच गया।

अमीचन्द का एक सम्बन्धी, जो सारे कारोबार का प्रबन्धक था, अत्याचार से डरकर-स्त्रियों को कहीं सुरक्षित स्थान में पहुँचाने का बन्दोबस्त करने लगा। अंग्रेज़ों ने जब यह सुना, तो अमीचन्द के घर पर धावा बोल दिया। अमीचन्द के यहाँ जगन्नाथ नामक एक बूढ़ा विश्वासी जमादार था। वह जाति का क्षत्रिय था। वह तत्काल अमीचन्द के नौकर बरकन्दाजों को इकट्ठा करके महल के फाटक पर रक्षा करने को कमर कसकर तैयार हो गया। अंग्रेज़ों ने आकर फाटक पर लड़ाई-दंगा शुरू कर दिया। दोनों पक्षों की मार-काट से खून की नदी बह निकली। अन्त में एक-एक करके अमीचन्द के सिपाही धराशायी हुए। मानुषिक-शक्ति से जो सम्भव था, हुआ। अंग्रेज़ बड़े जोरों से अन्त:पुर की ओर बढ़ने लगे। बूढ़े जगन्नाथ का पुराना क्षत्रिय-रक्त गरम हो गया। जिन आर्य-महिलाओं को भगवान भुवन-भास्कर भी नहीं देख सकते थे, वे क्या विदेशियों द्वारा दलित होंगी? स्वामी के परिवार की लज्जावती कुल-कामिनियाँ भी, क्या बाँधकर विधर्मियों की बन्दी की जाएँगी?

बस, पल-भर में बिजली की तरह तड़पकर उसने इधर-उधर से टूटे-फूटे काठ किवाड़ और लकड़ी एकत्र कर आग लगा दी और नंगी तलवार ले, अन्त:पुर में

घुस गया तथा एक-एक कर 13 महिलाओं के सिर काट-काटकर आग में डाल दिए। अन्त में पतिव्रताओं के खून से लाल, वही पवित्र तलवार अपनी छाती में खोंस ली, और उसी रक्त के कीचड़ में गिर पड़ा।

देखते-ही-देखते आग और धुएँ का तूफान उठ खड़ा हुआ। बड़ी कठिनता से जगन्नाथ को सिपाहियों ने उठाकर क़ैद किया, उसके प्राण नहीं निकले थे। पर अंग्रेज़ों को भीतर घुसने का समय न मिला, धाँय-धाँय करके वह विशाल महल जलने लगा।

नवाब हुगली तक आ पहुँचा। गंगा की धारा को चीरती हुई सैकड़ों सुसज्जित नावें हुगली में जमा होने लगीं। डच और फ्रांसिसी सौदागरों ने नवाब से निवेदन किया कि 'यूरोप में अंग्रेज़ों से सन्धि होने के कारण वे इस लड़ाई में शरीक नहीं हो सकते हैं।' नवाब ने उनकी इस नीति-युक्त बात को स्वीकार कर, उनसे गोला-बारूद की सहायता ले, उन्हें विदा किया।

नवाब के कलकत्ते पहुँचने की ख़बर बिजली की तरह फैल गई। अंग्रेज़ लोग किले में घुसकर फाटक बंद कर, बैठे रहे। जिसको जिधर राह सूझी, भाग निकला। रास्तों, घाटों, जंगलों और नदियों के किनारों में दल-के-दल स्त्री-पुरुष कुहराम मचाते भागने लगे। पर सबसे अधिक दुर्दशा उन अभागों की हुई थी, जिन्होंने काले चमड़े पर टोप पहनकर अपने धर्म को तिलांजलि दी थी। इनसे देशवासी भी घृणा करते थे और अंग्रेज़ भी निदान। उन्हें कहीं आसरा न था। वे सब स्त्री, बच्चे, बूढ़े इकट्ठे होकर किले के द्वार पर सिर पीटने लगे। अन्त में उनके आर्तनाद से निरुपाय होकर अंग्रेज़ों ने उन्हें भी किले में आश्रय दिया।

नवाब की वृहदाकार तोपें भीषण गर्जन द्वारा जब अपना परिचय देने लगीं, तो अंग्रेज़ों के छक्के छूट गये। उन्होंने अब भी मायाजाल फैलाने, घूस देने, नज़र-भेंट देने की बहुत चेष्टा की, पर नवाब ने इरादा नहीं बदला। उसका यही हुक्म था कि किला अवश्य गिराया जायेगा।

फोर्ट विलियम किला पूर्व की ओर 210 गज, दक्षिण की ओर 130 गज उत्तर की ओर सिर्फ 100 गज था। मजबूत चहारदीवारी के चारों कोनों पर चार बुर्ज थे। प्रत्येक पर 10 तोपें लगी थीं। पूर्व की ओर विशाल फाटक पर 5 वृहदाकार तोपें मुँह फैला रही थीं। इसके पश्चिम की ओर गंगा की प्रबल धारा समुद्र की ओर बह रही थी। पूरब की ओर फाटक के पास से गुजरती हुई लाल बाज़ार की सीधी और सुन्दर सड़क, बलिया-घाट तक चली गई थी। इस किले पर पूर्व, उत्तर और दक्षिण की ओर तोपों के तीन मोर्चे और भी थे। कलकत्ते के तीनों ओर मराठा-खाई थी। दक्खिन की ओर खाई न थी, घना जंगल था। पीछे गंगा में युद्ध-सज्जा से सजे

जहाज तैयार थे। 18 जून को नवाब की तोप दगी। अंग्रेज़ों ने तत्काल किले और जहाजों से आग बरसानी शुरू की।

अंग्रेज़ों का ख़याल था कि लाल बाज़ार की ओर से ही नवाब आक्रमण करेगा। उस मोर्चे पर उन्होंने बड़ी-बड़ी तोपें लगा रखी थीं। पर अमीचन्द के उस जख़्मी जमादार जगन्नाथ की सहायता से नवाब को यह भेद मालूम हो गया कि नगर के दक्षिण में मराठा-खाई नहीं है। अतएव नवाब ने उसी ओर आक्रमण किया।

लाल बाज़ार के रास्ते के ऊपर पूर्व की ओर, जो तोपों का मंच बनाया गया था, उसके सामने ही कुछ दूर पर जेलख़ाना था। अंग्रेज़ों ने उसकी एक दीवार को फोड़कर कुछ तोपें जुटा रखी थीं। उनकी योजना थी कि लाल बाज़ार के रास्ते नवाबी सेना के अग्रसर होते ही जेलख़ाने और पूर्व वाले मोर्चों से आग बरसाकर सेना को तहस-नहस कर देंगे। परन्तु नवाब की सेना अनजानों की तरह तोपों के सामने सीधी नहीं आई। उसने सावधानी से सड़क वाला रास्ता ही छोड़ दिया। केवल पहरेदारों को मारकर वह उत्तर और दक्षिण को हटने लगी।

देखते-ही-देखते अंग्रेज़ी तोपों के तीनों मोर्चे घिर गये। अब तो नगररक्षा असम्भव हो गई। कलकत्ते के स्वामी हॉलवेल साहब और मोर्चे के अफसर कप्तान क्लेटन किले में भाग गये। मोर्चे नवाबी सेना के कब्जे में आ गये। अब उन्हीं तोपों से किले पर गोले बरसने लगे। किले में कुहराम मच गया।

किले के नीचे गंगा में कुछ नाव और जहाज तैयार थे। उनके द्वारा स्त्रियों को सुरक्षित स्थान पर पहुँचा देने की व्यवस्था शाम को हुई। स्त्रियों को जहाज तक पहुँचाने को दो अफसर मेनिहम और फ्रांकलेण्ड रात्रि के अन्धकार में चुपके-चुपके निकले। परन्तु जहाज पर पहुँचकर उन्होंने, फिर किले में आने से साफ इनकार कर दिया।

किले की भीतरी दशा अजीब थी। सब कोई दूसरों को सिखाने में लगे थे। पर स्वयं किसी की बात को कोई नहीं मानना चाहता था। बाहर तो नवाबी सेना उन्मत्तों की भाँति कूद-फाँद और शोर मचा रही थी, भीतर अंग्रेज़ों का आर्तनाद, सिपाहियों की परस्पर की कलह और सेनापतियों के मतिभ्रम इत्यादि से किले में शासन-शक्ति का सर्वथा लोप हो गया था।

बड़ी कठिनता से रात को दो बजे सामरिक सभा जुड़ी। इसमें छोटे-बड़े सभी थे। बहीख़ाता समेटकर भाग जाना ही निश्चय हुआ। प्रातःकाल जो भागने को एक गुप्त दरवाज़ा खोला गया, तो बहुत-से आदमियों ने उतावली से भागकर, किनारे पर आकर कोलाहल मचा दिया और नावों पर बैठने में छीना-झपटी करने लगे।

परिणाम बुरा हुआ, नवाबी सेना ने सावधान होकर तीर बरसाने शुरू किये। कितनी नावें उलट गईं। किसी तरह कुछ लोग जहाज तक पहुँचे। उस पर गोले बरसाये गये। फिर भी गवर्नर ड्रेक, सेनापति मनचन, कप्तान ग्राण्ट आदि बड़े-बड़े आदमी इस तरह से भाग गये।

अब कलकत्ते के ज़मीदार हॉलवेल साहब ही मुखिया रह गये। वे क्या करते? अंग्रेज़ समझते थे कि महामति ड्रेक घबराकर मति-भ्रम होने के कारण भाग गये हैं। शायद, वे विचार कर, सहकारियों को सज्जित करके अपने साथियों की रक्षा के लिये फिर आयें। पर आशा व्यर्थ हुई। ड्रेक साहब न आये। किले वालों ने लौटने के बहुत संकेत किये, बराबर निवेदन किये। गवर्नर साहब न आये।

अब हारकर हॉलवेल साहब अपने पुराने सहायक अमीचन्द की शरण में गये, जो उन्हीं के क़ैदख़ाने में बन्दी पड़ा था। अमीचन्द ने उस समय उनकी कुछ भी लानत-मलामत न कर, उनके कातर-क्रन्दन से द्रवीभूत हो नवाब के सेनानायक मानिकचन्द को एक पत्र इस आशय का लिख दिया-"अब नहीं। काफ़ी शिक्षा मिल गई है। नवाब की जो आज्ञा होगी, अंग्रेज़ वही करेंगे।"

यह पत्र हॉलवेल साहब ने चहारदीवारी पर खड़े होकर बाहर फेंक दिया। पर इसका कोई जवाब नहीं आया। पता नहीं, वह पत्र ठिकाने पहुँचा भी या नहीं। एकाएक किले का पश्चिमी दरवाज़ा टूट गया और धुआँधार नवाबी सेना किले में घुस आई। सब अंग्रेज़ क़ैद कर लिये गये। किले के फाटक पर नवाबी पताका खड़ी कर दी गई।

तीसरे पहर नवाब ने किले में पधारकर दरबार किया। अमीचन्द और कृष्णवल्लभ को खोजा गया। वे दोनों आकर जब नवाब के सामने नम्रतापूर्वक खड़े हुए, तो नवाब ने उनका आदर करके आसन दिया। यही कृष्णवल्लभ था, जिसकी बदौलत इतने झगड़े हुए थे।

इसके बाद अंग्रेज़ क़ैदियों की तरह बाँधकर नवाब के सामने लाये गये। सामने आते ही हॉलवेल साहब से नवाब ने कहा-"तुम लोगों के उद्दण्ड-व्यवहार के कारण ही तुम्हारी यह दशा हुई है।" इसके बाद सेनापति मानिकचन्द को किले का भार सौंपकर दरबार बर्ख़ास्त किया। थकी-माँदी सेना आराम का स्थान इधर-उधर खोजने लगी।

परन्तु हॉलवेल ने नवाब को बदनाम करने के लिए एक असत्य घटना इस अवसर पर गढ़कर अपने मित्रों में प्रचारित की। उसने कहा-"नवाब ने 146 अंग्रेज़ उस दिन, रात को 18 फुट आयतन की कोठरी में बंद करवा दिये, जिसमें सिर्फ़

एक खिड़की थी और जिसमें लोहे के छड़ लगे हुए थे। प्रातःकाल जब दरवाज़ा खोला गया, सिर्फ़ 23 आदमी जिन्दा बचे।"

काल-कोठरी की यह बात इतनी प्रसिद्ध हो गई कि समस्त भारत और इंग्लैंड में बच्चा-बच्चा इस बात को जान गया। पर बाद में, यह बात प्रमाणित हुई कि यह सिर्फ़ नवाब को बदनाम करने को हॉलवेल ने कहानी गढ़ी थी, जो बड़ा मिथ्यावादी आदमी था।

अत्यन्त साधारण बुद्धि वाला व्यक्ति भी समझ सकता है कि 18 फुट की व्यास वाली कोठरी में 146 आदमी, यदि वे बोरों की तरह भी लादे जाएँ, तो नहीं आ सकते। इसका ज़िक्र न तो किसी मुसलमान लेखक ने किया है, न कम्पनी के काग़ज़ों में ही कहीं इसका ज़िक्र है। उस समय मद्रासी अंग्रेज़ों और नवाब में जो पीछे हर्जाने की बात चली, उसमें भी काल-कोठरी का ज़िक्र नहीं है। क्लाइव ने जिस तेजी-फुर्ती के साथ नवाब से पत्र-व्यवहार किया था, उसमें भी काल-कोठरी के अत्याचार का ज़िक्र नहीं। यहाँ तक कि सिराजुद्दौला और अंग्रेज़ों की जो पीछे सन्धि-स्थापना हुई थी, उसमें भी इसका कुछ ज़िक्र नहीं है। क्लाइव ने नवाब को पदच्युत करने पर कोर्ट ऑफ डाइरेक्टर्स को, नवाब के अत्याचारों से परिपूर्ण जो चिट्ठी लिखी थी, उसमें भी काल-कोठरी का ज़िक्र नहीं है। अंग्रेज़ों ने मीरजाफर को अपने हरजाने का पैसा-पैसा भरपाई का हिसाब लिखा था, पर उसमें भी काल-कोठरी का ज़िक्र नहीं है।

किले पर आक्रमण करने से प्रथम किले में 900 आदमी थे, जिनमें 60 यूरोपियन थे। इनमें से बहुतेरे ड्रेक के साथ भाग गये, 70 घायल पड़े थे। तिस पर भी 146 आदमी कहाँ से बंद किये गये?

हॉलवेल साहब इसका एक स्मृति-स्तम्भ भी बनवा गये थे, पर पीछे वह अंग्रेज़ों ने ही गिरा दिया। अंग्रेज़ी राज्य में इसी कल्पित काल-कोठरी की यातना प्रत्येक जेल में प्रत्येक क़ैदी को भुगतनी पड़ती थी।

हॉलवेल साहब पहले डॉक्टर थे और अंग्रेज़ों की कम्पनी से इन्हें 600 रुपये तनख्वाह मिलती थी। नज़र-भेंट में भी खासी आमदनी होती थी। पर ये काले लोगों के प्रति बड़े ही निर्दयी थे। इसी से नवाब ने मुचलका लिखाया था। जब कलकत्ता फतह हुआ, तो हॉलवेल साहब का सर्वनाश हुआ। साथ ही वे बन्दी करके मुर्शिदाबाद लाये गये। पर पलासी युद्ध में मीरजाफर से घूस में एक लाख रुपया इन्हें मिला। तब उन्होंने कलकत्ता के पास थोड़ी सस्ती ज़मीदारी खरीद ली। कुछ दिन कलकत्ते के गवर्नर भी रहे। पर शीघ्र ही विलायत के अधिकारियों से लड़ने-भिड़ने के कारण

अलग कर दिये गये और जिस मीरजाफर ने इतना रुपया दिया था, उसे झूठा कलंक लगाकर राज्य-च्युत किया। अन्त में, इंग्लैंड जाकर मर गये।

कलकत्ते का शासन-भार राजा मानिकचन्द को दे, नवाब ने कलकत्ते से चलकर हुगली में पड़ाव डाला। डच और फ्रांसिसी सौदागर गले में दुपट्टा डाले आधीनता स्वीकार करने के लिए सम्मानपूर्वक नज़र-भेंट लाये। डचों ने साढ़े चार लाख और फ्रेंचों ने साढ़े चार लाख रुपया नवाब को भेंट किया। नवाब ने वाट्सन और क्लेट को बुलाकर यह समझा दिया कि–"मैं तुम लोगों को देश से बाहर निकालना नहीं चाहता, तुम ख़ुशी से कलकत्ते में रहकर व्यापार करो।"

नवाब राजधानी को लौट गये। अंग्रेज़ कलकत्ते में वापस आये और अमीचन्द की उदारता की बदौलत उन्होंने अन्न-जल पाया।

इस यात्रा से लौटकर 11 जुलाई को नवाब ने राजधानी में गाजे-बाजे से प्रवेश किया। तोपों की सलामी दगी। नाच-रंग होने लगे। नवाब रत्न जटित पालकी पर अमीर-उमरावों के साथ नगर में होकर, जब गाजे-बाजे से मोती झील को जा रहा था, उस समय रास्ते में स्थित कारागार में बंद हॉलवेल साहब पर उसकी नज़र पड़ी। उसने तत्काल सब बाजे बंद करवा दिये और पालकी से उतर, पैदल कारागार के द्वार पर जाकर चोबदार को हॉलवेल की हथकड़ी-बेड़ी खोलने का हुक्म दिया और हॉलवेल और उसके तीन साथियों को सर्वथा मुक्त कर दिया।

●●●

3

धीरे-धीरे अंग्रेज़ फ़िर कलकत्ते में आकर वाणिज्य करने लगे। पर शीघ्र ही एक दुर्घटना हो गई। एक अंग्रेज़ सर्जन ने एक निरपराध मुसलमान की हत्या कर डाली। बस, राजा मानिकचन्द की आज्ञा से सब अंग्रेज़ कलकत्ते से बाहर कर दिये गये। अंग्रेज़ लोग निरुपाय होकर पालताबन्दर पर इकट्ठे होने लगे। इस अस्वास्थ्यकर स्थान में अंग्रेज़ों की बड़ी दुर्दशा हुई। प्रचण्ड गरमी, तिस पर निराश्रय और खाद्य पदार्थों का अभाव। जहाज का भण्डार खाली, पास में रुपया नहीं। न कोई बाज़ार! केवल कुछ, डच फ्रांसिसी और काले बंगालियों की कृपा से कुछ खाद्य-पदार्थ मिल जाया करते थे।

दुर्दशा के साथ दुर्गति भी उनमें बढ़ गई। किसके दोष से हमारी यह दुर्दशा हुई इसी बात को लेकर परस्पर विवाद चला। सब लोग कलकत्ते की कौंसिल को सारा दोष देने लगे। कौंसिल के सब लोग परस्पर एक-दूसरे को दोष देने लगे। घोर वैमनस्य बढ़ा। अन्त में सब यही कहने लगे कि लोभ में आकर कृष्णवल्लभ को जिन्होंने आश्रय दिया और कम्पनी के नाम से परवाने औरों को बेचकर जिन्होंने बदमाशी की, वे ही इस विपत्ति के मूल कारण हैं।

पाँच अगस्त को मद्रास में भागकर आए हुए अंग्रेज़ों ने पहुँचकर कलकत्ते की दुर्दशा का हाल सुनाया। सुनकर सबके सिर पर वज्र गिरा। सब हत-बुद्धि हो गये। एक विचार कमेटी बैठी, खूब गर्जन-तर्जन हुआ। उन दिनों फ्रांस से युद्ध छिड़ने के कारण अंग्रेज़ों का बल क्षीण हो रहा था, इसलिए वे कुछ निश्चय न कर सके।

उधर पालताबन्दर में अंग्रेज़ चुपचाप नहीं बैठे थे। यदि नवाब पालताबन्दर तक बढ़ा चला आता, तो अंग्रेज़ों को चोरों की तरह भी भागने का अवसर न मिलता। पर उनका उद्देश्य केवल उनके दुष्ट व्यवहार का दण्ड देना ही था। अनेक बंगाली उन दुर्दिनों में भी लुक-छिपकर उनकी सहायता कर रहे थे। औरों की तो बात अलग रही, स्वयं अमीचन्द, जिसका अंग्रेज़ों ने सर्वनाश किया था और जो इन्हीं की कृपा

से शोक-ग्रस्त और मर्म-पीड़ित हो, पथ का भिखारी बन चुका था, वह भी नवाब के दरबार में उनके उत्थान के लिये बहुत-कुछ अनुनय-विनय कर रहा था। उसने एक गुप्त चिट्ठी अंग्रेज़ों को लिखी, जिसका आशय था–

"सदा की भाँति आज भी मैं उस भाव से आप लोगों का भला चाहता हूँ। यदि आप ख़्वाजा वाजिद, जगतसेठ या राजा मानिकचन्द से गुप्त पत्र-व्यवहार करना चाहें, तो मैं आपके पत्र उनके पास पहुँचाकर जवाब मँगा दूँगा।"

इस पत्र से अंग्रेज़ों को साहस हुआ। शीघ्र ही मानिकचन्द की कृपा-दृष्टि उन पर हुई। उनके लिये बाज़ार खोल दिया गया और तरह-तरह की नम्र विनतियों से नवाब के दरबार में व्यापार करने के आज्ञापत्र के साथ प्रार्थना-पत्र जाने लगे और उनके सफल होने की भी कुछ-कुछ आशा होने लगी।

हेस्टिंग्स ने पालता की केम्बल नामक एक अंग्रेज़ की विधवा तरुणी से प्रेम-प्रसंग उपस्थित होने पर विवाह कर लिया। अब हेस्टिंग्स ने अपनी योग्यता और कार्य-निपुणता में ख्याति प्राप्त कर ली थी और वह एक चतुर, बुद्धिमान और कुशल सैनिक समझा जाने लगा था। उसने गवर्नर ड्रेक को कुछ ऐसी गुप्त सूचनाएँ, सुझाव और सहायता दीं कि उसे अपना विश्वस्त सहायक समझने लगे।

कासिम बाज़ार से हेस्टिंग्स ने लिखा–"मुर्शिदाबाद में बड़ी गड़बड़ी मची है। पूर्निया के नवाब शौकतजंग ने दिल्ली के बादशाह से बंगाल, बिहार और उड़ीसा की नवाबी की सनद प्राप्त कर ली है। वह शीघ्र ही मुर्शिदाबाद भारी सैन्य लेकर सिराजुद्दौला को हटाकर स्वयं नवाब बनने आ रहा है। सभी ज़मीदार उसके पक्ष में तलवार उठायेंगे। अब सिराजुद्दौला का गर्व चूर्ण हुआ चाहता है।"

इस ख़बर के मिलते ही अंग्रेज़ों के इरादे ही बदल गये। अब वे शौकत-जंग से मेल बढ़ाने की व्यवस्था करने लगे। पर नवाब को इसकी कुछ-खबर न थी। उसके पास बराबर अंग्रेज़ों के अनुनय-विनय भरे पत्र आ रहे थे। यदि उसे इस राज-विद्रोह की कुछ भी ख़बर लग जाती, तो शायद पालताबन्दर ही अंग्रेज़ों का समाधि-क्षेत्र बन जाता।

इधर मद्रास वाले अंग्रेज़ों ने दो महीने बाद कलकत्ते की रक्षा का निश्चय बड़े वाद-विवाद के बाद किया और कर्नल क्लाइव तथा एडमिरल वाट्सन के साथ अधिक स्थल सेनाएँ भेज दी गईं। ये लोग 5 सैनिक जहाजों के साथ 13 अक्टूबर को चले। 5 जहाजों पर असबाब था। 900 गोरे और 1500 काले सिपाही थे।

दिल्ली का सिंहासन धीरे-धीरे काल के काले हाथों से रँगा जा रहा था। पर अब भी उसके नाम के साथ चमत्कार था। नवाब ने सुना कि शाहजादा शौकतजंग

आ रहा है, तो उसने उसके आने से पूर्व ही शौकतजंग को परास्त करने का निश्चय किया। उसे यह मालूम था कि शौकतजंग बिलकुल मूर्ख, घमण्डी और दुराचारी आदमी है और उसके साथी स्वार्थी और खुशामदी। उसे हराना सरल है। परन्तु वह भी अलीवर्दीखाँ खानदान का था। अतएव उसने शौकतजंग को एक चिट्ठी लिखकर समझाना चाहा। उसका जवाब जो मिला वह यह था–

"हम बादशाह की सनद पाकर बंगाल, बिहार और उड़ीसा के नवाब हुए हैं। तुम हमारे परम आत्मीय हो। इसलिए हम तुम्हारे प्राण लेना नहीं चाहते। तुम पूर्वी बंगाल के किसी निर्जन स्थान में भागकर अपने प्राण बचाना चाहो, तो हम उसमें बाधा नहीं देंगे। बल्कि तुम्हारे लिये सुव्यवस्था कर देंगे, जिससे तुम्हारे अन्न-वस्त्र का कष्ट न हो। बस, देर मत करना, पत्र को पढ़ते ही राजधानी छोड़कर भाग जाओ। परन्तु खबरदार! ख़ज़ाने के एक पैसे में भी हाथ न लगाना। जितनी जल्दी हो सके, पत्र का जवाब लिखो। अब समय नहीं है। घोड़े पर जीन कसा हुआ है, पाँव रकाब में डाल चुका हूँ। केवल तुम्हारे जवाब की देर है।"

नवाब सिराजुद्दौला ने यह पत्र उमरावों को पढ़कर सुनाया। उसे आशा थी, सब कूच की सलाह देंगे और बाग़ी, गुस्ताख शौकत को सब बुरा कहेंगे। परन्तु ऐसा नहीं हुआ। मंत्री से लेकर दरबारियों तक ने विषय छिड़ते ही वाद-विवाद उठाया। जगतसेठ ने प्रतिनिधि बनकर साफ कह दिया–"जब आपके पास बादशाह की सनद नहीं है, शौकतजंग ने उसे प्राप्त कर लिया है, ऐसी दशा में कौन नवाब है? इसका कुछ निर्णय नहीं हो सकता।"

नवाब ने देखा, विद्रोह ने टेढ़े मार्ग का अवलम्बन किया है। उसने गुस्से में आकर दरबार बर्ख़ास्त कर दिया। फिर फ़ौरन आक्रमण करने को पूर्निया के निकट राजमहल की ओर कूच कर दिया।

शौकतजंग मूर्ख, घमण्डी और निकम्मा नौजवान था। वह किसी की राय न मान, स्वयं ही सिपहसालार बन गया। इसके प्रथम उसने युद्धक्षेत्र की कभी सूरत भी न देखी थी। अनुभवी सेनापतियों ने सलाह देनी चाही, तो उसने अकड़कर जवाब दिया–"अजी मैंने इस उमर में ऐसी-ऐसी सौ फ़ौजों की फ़ौजकशी की है। सेनानायक बेचारे अभिवादन कर-करके लौटने लगे। परिणाम यह हुआ कि इस युद्ध में शौकतजंग मारा गया। सिराजुद्दौला की विजय हुई। पूर्निया का शासन-भार महाराज मोहनलाल को देकर और शौकत की माँ को आदर के साथ लाकर नवाब राजधानी में लौट आया तथा शौकत की माँ सिराज की माँ के साथ अन्तःपुर में रहने लगी।"

इस बीच में उसे अंग्रेज़ों पर दृष्टि देने का अवकाश नहीं मिला था। अतः उन्होंने घूस-रिश्वत दे दिलाकर बहुत-से सहायक बना लिये थे।

जगतसेठ को मेजर किलप्याट्रिक ने लिखा–"अंग्रेज़ों को अब आपका ही भरोसा है। वे कतई आप पर ही निर्भर हैं।"

जो अंग्रेज़ एक वर्ष पहले कलकत्ते में टकसाल खोलकर जगतसेठ को चौपट करने के लिये बादशाह के दरबार में घूस के रुपयों की बौछार कर रहे थे, वे ही अब जगतसेठ के तलुए चाटने लगे। मानिकचन्द को घूस देकर पहले ही मिला लिया गया था। सबने मिलकर अंग्रेज़ों को पुनः अधिकार देने के लिए नवाब से प्रार्थना की। नवाब राजी भी हुआ। परन्तु अंग्रेज़ इधर लल्लो-चप्पोकर रहे थे, उधर मद्रास से फ़ौज मँगाने का प्रबन्ध कर रहे थे। मानिकचन्द ने नदी की ओर बहुत-सी तोपें सजा रखी थीं। पर सब दिखावा था। वे सब टूटी-फूटी थीं। किले में सिर्फ 200 सिपाही थे और हुगली के किले में सिर्फ़ पचास। ये सब खबरें अंग्रेज़ों को मिल रही थीं।

क्लाइव और वाट्सन धीरे-धीरे कलकत्ते की ओर बढ़े चले आ रहे थे। दोनों 'चोर-चोर मौसेरे भाई' थे। कुछ दिन पहले मालाबार के किनारे पर युद्ध-व्यापार में दोनों ने खूब लाभ उठाया। मराठों ने उन दोनों की सहायता से स्वर्ण-दुर्ग को चट कर डाला था और इसके बदले उन्हें 15 लाख रुपये मिले थे। उड़ीसा के किनारे पहुँचकर एक दिन जहाज पर दोनों में इस बात का परामर्श हुआ कि यदि बंगाल को हमने लूट पाया, तो लूट में से किसे कितना हिस्सा मिलेगा। बहुत वाद-विवाद के बाद दोनों में अद्धम-अद्धा तय हुआ।

जिन्होंने इन दोनों को बंगाल भेजा था, उन्होंने सिर्फ़ बंगाल में वाणिज्य-स्थापना करने की हिदायत कर दी थी और बिना रक्त-पात के यह काम हो, इसीलिये निजाम से सिफारिशी चिट्ठियाँ भी सिराजुद्दौला के नाम लिखवाई थीं। पर ये लोग तो रास्ते ही में लूट के माल का हिसाब लगा रहे थे।

इधर पालताबन्दर के अंग्रेज़ों की विनीत प्रार्थना से नवाब उन्हें फिर से अधिकार देने को राजी हो गया था। सब बखेड़ों का अन्त होने वाला था कि एकाएक नवाब को ख़बर लगी कि मद्रास से अंग्रेज़ों के जहाज फ़ौज और गोला-बारूद लेकर पालताबन्दर आ गये हैं। इस ख़बर के साथ ही वाट्सन साहब का एक पत्र भी आया, जिसमें बड़ी हेकड़ी के साथ नवाब को अंग्रेज़ों के प्रति निर्दय-व्यवहार की मलामत की गई थी और उन्हें फ़िर बसने देने और हर्जाना देने के सम्बन्ध में वैसी ही हेकड़ी के शब्दों में बातें लिखी थीं। इनके साथ ही क्लाइव ने भी बड़ा अभिमानपूर्ण पत्र नवाब को लिखा। जिसमें लिखा–"मेरी दक्षिण की विजयों की ख़बर आपने सुनी ही होगी, मैं अंग्रेज़ों के प्रति किये गये आपके व्यवहार का दण्ड देने आया हूँ।"

कलकत्ते के व्यापारी लड़ाई को दबाना चाहते थे, क्योंकि नवाब ने उन्हें अधिकार देना स्वीकार कर लिया था। परन्तु क्लाइव और वाट्सन के तो इरादे स्पष्ट खून-खराबा के थे।

अंग्रेज़ शीघ्र ही सज्जित होकर कलकत्ते की ओर बढ़ने लगे। गंगा किनारे बजबज नामक एक छोटा किला था। अंग्रेज़ों ने उस पर धावा बोल दिया। मानिकचन्द ढोंग बनाने को कुछ देर झूठ-मूठ लड़ा, पर शीघ्र ही भाग-कर मुर्शिदाबाद जा पहुँचा। यही हाल कलकत्ते के किले वालों का भी हुआ। सूने किले में क्लाइव ने धूमधाम से प्रवेश किया।

इस बढ़िया विजय पर क्लाइव और वाट्सन में इस बात पर खूब ही झगड़ा हुआ कि किले पर कौन अधिकार जमाये अन्त में क्लाइव ही उसका विजेता माना गया। अब ड्रेक साहब पुनः बड़े गौरव से कलकत्ते आकर गवर्नर बन गये।

किले के भीतर की सब वस्तुएँ ज्यों-की-त्यों थीं। नवाब ने उसे लूटा न था; न किसी ने कुछ चुराया था। किला फतह हो गया, मगर लूट तो हुई ही नहीं। क्लाइव को बड़ी आतुरता हुई। अन्त में हुगली लूटने का निश्चय हुआ। वह पुरानी व्यापार की जगह थी। वाणिज्य भी वहाँ खूब था। मेजर किलप्याट्रिक बहुत दिन से बेकार बैठे थे। उन्हें ही यह कीर्ति-सम्पादन का काम सौंपा गया। पैदल, गोलन्दाज सभी अंग्रेज़ हुगली पर टूट पड़े। नगर को लूट-पाटकर आग लगा दी गई।

हुगली को लूटकर जब अंग्रेज़ किले में लौटकर आये, तब उन्हें नवाब का पत्र मिला–

"मैं कह चुका हूँ कि कम्पनी के प्रधान ड्रेक ने मेरी आज्ञा के विपरीत आचरण करके, मेरी शासन-शक्ति का उल्लंघन किया तथा दरबार को निकासी का पावना अदा न कर, मेरी भागी प्रजा को आश्रय दिया। मेरे बार-बार रोकने पर भी उन्होंने इसकी परवा नहीं की। इसीका मैंने उन्हें दण्ड दिया। अतएव राज्य और राज्य के निवासियों के कल्याण के लिए, मैं तुम्हें सूचित करता हूँ कि किसी व्यक्ति को अध्यक्ष नियुक्त करो, तो पूर्व-प्रचलित नियम के अनुसार ही तुमको वाणिज्य के अधिकार प्राप्त होंगे। यदि अंग्रेज़ों का व्यवहार व्यापारियों जैसा रहेगा, तो इस सम्बन्ध में वे निश्चिन्त रहें कि मैं उनकी रक्षा करूँगा और वे मेरे कृपात्र रहेंगे।"

नवाब के इस पत्र का अंग्रेज़ों ने इस प्रकार जवाब भेजा–

"आपने इस झगड़े की जड़ जो ड्रेक साहब का उद्दण्ड व्यवहार लिखा है, सो आपको जानना चाहिए कि शासक और राजकुमार लोग न आँख से देखते हैं, न कानों से सुनते हैं। प्रायः असत्य ख़बर पाकर ही काम कर बैठते हैं। क्या एक

आदमी के अपराध में सब अंग्रेज़ों को निकालना उचित था। वे लोग शाही फरमान पर भरोसा रखकर उस रक्तपात और उन अत्याचारों के बजाय, जो दुर्भाग्य से उन्हें सहने पड़े, सदैव अपने जान-माल को सुरक्षित रखने की आशा रखते थे। क्या यह काम एक शाहजादे की प्रतिष्ठा के योग्य था? इसलिये आप यदि बड़े शाहजादे की तरह न्यायी और यशस्वी बनना चाहते हैं, तो कम्पनी के साथ जो आपने बुरा व्यवहार किया है; उसके लिये उन बुरे सलाहकारों को जिन्होंने आपको बहकाया, दण्ड देकर कम्पनी को सन्तुष्ट कीजिये और उन लोगों को, जिनका माल छीना गया है, राज़ी कीजिये, जिससे हमारी तलवारों की वह धार म्यान में रहे, जो शीघ्र ही आपकी प्रजा के सिरों पर गिरने के लिये तैयार है। यदि आपको मि. ड्रेक के विरुद्ध कोई शिकायत है, तो आपको उचित है कि आप उसे कम्पनी को लिख भेजिये, क्योंकि नौकर को दण्ड देने का अधिकार स्वामी को होता है। यद्यपि मैं भी आपकी तरह सिपाही हूँ, तथापि यह पसन्द करता हूँ कि आप स्वयं अपनी इच्छा से सब काम कर दें। यह कुछ अच्छा नहीं होगा कि मैं आपकी निरपराध प्रजा को पीड़ित करके आपको यह काम करने पर बाध्य करूँ।"

यह पत्र वाट्सन साहब ने लिखा था। जिस समय नवाब को यह पत्र मिला, उस समय के कुछ पूर्व ही हुगली की लूट का भी वृत्तान्त मिल चुका था। नवाब अंग्रेज़ों के मतलब को समझ गया और अब उसने एक पत्र अंग्रेज़ों को लिखा-

"तुमने हुगली को लूट लिया और प्रजा पर अत्याचार किया। मैं हुगली आता हूँ। मेरी फ़ौज तुम्हारी छावनी की तरफ धावा कर रही है। फिर भी यदि कम्पनी के वाणिज्य को प्रचलित नियमों के अनुकूल चलाने की तुम्हारी इच्छा हो, तो एक विश्वास-पात्र आदमी भेजो, जो तुम्हारे सब दावों को समझकर मेरे साथ सन्धि स्थापित कर सके। यदि अंग्रेज़ व्यापारी ही बनकर पूर्व नियमों के अनुसार रह सकें, तो मैं अवश्य ही उनकी हानि के मामले पर भी विचार करके उन्हें सन्तुष्ट करूँगा।"

"तुम ईसाई हो, तुम यह अवश्य जानते होगे कि शान्ति-स्थापना के लिये सारे विवादों का फैसला कर डालना और विद्वेष को मन से दूर रखना कितना उत्तम है। पर यदि तुमने वाणिज्य स्वार्थ का नाश करके लड़ाई लड़ने ही का निश्चय कर लिया है, तो फिर उसमें मेरा अपराध नहीं है। सर्वनाशी युद्ध के अनिवार्य कुपरिणाम को रोकने के लिए ही मैं यह पद लिखता हूँ।"

हुगली की लूट और नवाब को गरमा-गरम पत्र लिख चुकने पर विलायत से कुछ ऐसी खबरें आईं कि फ्रेंचों से भयंकर लड़ाई आरम्भ हो रही है। भारतवर्ष में फ्रेंचों का जोर अंग्रेज़ों से कम न था। अंग्रेज़ लोग अब अपनी करतूतों पर पछताने लगे। शीघ्र ही उन्हें यह समाचार मिला कि नवाब सेना लेकर चढ़ा आ रहा है।

अब क्लाइव बहुत घबराया। वह दौड़कर जगतसेठ और अमीचन्द की शरण गया। परन्तु उन्होंने साफ बता दिया कि नवाब अब कभी सन्धि की बात न करेगा। हुगली लूटकर तुमने बुरा किया है। परन्तु जब नवाब का उक्त पत्र पहुँचा, तो मानो अंग्रेज़ों ने चाँद पाया। उनको कुछ तसल्ली हुई।

कलकत्ते में वणिकराज अमीचन्द के ही महल में नवाब का दरबार लगा। आँगन का बग़ीचा तरह-तरह के बाग़-बहारी और प्रदीपों से सजाया गया। चारों ओर नंगी तलवार लेकर सेनापति तनकर खड़े हुए। भारी-भारी बहुमूल्य रत्नजटित वस्त्र पहनकर लोग दुजानूँ होकर, सिर नवाकर बैठे। बीच में सिंहासन, उसके ऊपर विशाल मसनद, ऊपर सोने के डण्डों पर चन्दोवा, जिस पर मोती और रत्नों का काम हो रहा था, लगाया गया। उसी रत्नजटित चम्पे के फूल जैसी खिलीमुख-क्रान्ति से दीप्तमान-बंगाल, बिहार और उड़ीसा का युवक नवाब सिराजुद्दौला आसीन हुआ।

वाट्सन और स्काफ्टन अंग्रेज़ों के प्रतिनिधि बनकर आये। नवाब के ऐश्वर्य को देखकर क्षण-भर वे स्तम्भित रहे। पीछे हिम्मत बाँध, धीरे-धीरे सिंहासन की ओर बढ़े और सम्मानपूर्वक अभिवादन करके नवाब के सामने खड़े हुए।

नवाब ने मधुर स्वर और सम्यक् भाषा में उनका कुशल प्रश्न पूछा, और समझाकर कहा–"मैं तुम्हारे वाणिज्य की रक्षा करना चाहता हूँ और अपने तथा तुम्हारे बीच में सन्धि-स्थापना करना ही मेरे इतना कष्ट उठाने का कारण है।"

अंग्रेज़ों ने झुककर कहा–"हम लोग भी सन्धि को उत्कण्ठित हैं और झगड़े-लड़ाई से हममें बड़ी बाधाएँ पड़ती हैं।" इसके बाद नवाब ने सन्धि की शर्तें तय करने के लिए, उन दोनों को दोपहर को डेरे में जाने की आज्ञा दे, दरबार बर्ख़ास्त कर दिया।

षड्यन्त्रकारियों ने देखा-काम तो बड़ी खूबी से समाप्त हो गया है। उन्होंने इस अवसर पर एक गहरी चाल खेली।

मानिकचन्द ने बड़े शुभचिन्तक की तरह अंग्रेज़ों के कान में कहा–"देखते क्या हो, जान बचाना हो तो भाग जाओ। वहाँ डेरों में तुम्हारी गिरफ़्तारी की पूरी-पूरी तैयारियाँ हैं। यह सब नवाब का जाल है। नवाब की तोपें पीछे रह गई हैं। इसीलिये यह धोखा दिया जा रहा है। भागो, मशाल गुल कर दो।" इतना कह, मानिकचन्द झपटकर घर में घुस गया और दोनों अंग्रेज़ हत्बुद्धि होकर भागे।

उस दिन रात-भर अंग्रेज़ों ने विश्राम नहीं किया। क्लाइव जलते अंगारे की तरह लाल-लाल होकर सैन्य-सज्जित करने लगा। हेस्टिंग्स भी अपने भाग्योदय का अवसर देख, उसमें सम्मिलित हुआ। वाट्सन ने 600 जहाजी गोरे माँगकर अपनी पैदल सेना

में मिलाये और रात के तीन बजे नवाब के पड़ाव पर आक्रमण कर दिया। नवाब के पड़ाव में उस समय साठ हज़ार सिपाही, दस हज़ार सवार और चालीस तोपें थीं। सब मजे में सो रहे थे। क्लाइव ने यह न सोचा, विशाल सैन्य के जागने पर क्या अनर्थ होगा? उसने एकदम तोपें दाग दीं।

एकदम 'गुड़म-गुड़म' सुनकर नवाब की छावनी में हलचल मच गई। जल्दी-जल्दी लोग सजने लगे। सिपाही मशाल जला, हथियार ले, तोपों के पास आने लगे। फिर तो नवाब की तोपें भी प्रचण्डअग्नि-वर्षा करने लगीं।

सवेरा हो जाने पर चारों तरफ धुँआ था। कुछ न दिखता था, तोपों का गर्जन चल रहा था। जब अच्छी तरह सूरज निकल आया, तब लोगों ने आश्चर्य से देखा—क्लाइव की समर-पिपासा बुझ गई है और उसकी गर्वोन्मत्त पलटन किले की ओर भाग रही है। नवाबी सेना उनका पीछा कर रही थी। अंग्रेज़ों के कटे सिपाही जहाँ-तहाँ धूल में पड़े लोट रहे थे। उनकी तोपें भी छिन गई थीं। क्लाइव की हठधर्मी से अंग्रेज़ों का सर्वनाश हो गया। इस तुच्छ सेना में 120 अंग्रेज़ों के प्राण गये।

नवाब ने जब इस एकाएक युद्ध का कारण मालूम किया, तो उसे अपने मन्त्रियों काबूर-कौशल मालूम हुआ। उसे पता लगा, उसका सेनापति मीरजाफर स्वयं उस नीच काम में लिप्त है। उसने आक्रमण रोकने की आज्ञा दी। सुरक्षित स्थान पर डेरे डलवाये और अंग्रेज़ों को फिर सन्धि के लिए बुलावा भेजा।

क्लाइव बहुत भयभीत हो गया था और सन्धि के लिये घबरा रहा था। परन्तु वाट्सन उसकी बात को न माना। नवाब ने अंग्रेज़ों की इच्छानुसार ही सन्धि कर ली। अंग्रेज़ों ने जो माँगा, नवाब ने उन्हें वही दिया। उन्हें व्यापार के पुराने अधिकार भी मिले, किला भी बना रहने देना स्वीकार कर लिया, टकसाल कायम करके शाही सिक्के ढलानें की भी आज्ञा मिल गई, नवाब ने अंग्रेज़ों की पिछली शर्त की पूर्ति भी स्वीकार की।

इस उदार सन्धि में अंग्रेज़ों को किसी बात की शिकायत न रह गई थी। परन्तु नवाब को यह न मालूम था कि फ्रांस के साथ जो जाति 600 वर्ष से लड़कर भी रक्त-पिपासा को शान्त न कर सकी, वह किस प्रकार प्रतिज्ञा पालन करेगी? नवाब ने समझा था, बनिये हैं, चलो टुकड़े दे-दिलाकर ठण्डा करें, ताकि रोज़ का झगड़ा मिटे।

परन्तु सन्धि को एक सप्ताह भी न हुआ था कि अंग्रेज़ अपने प्रतिद्वन्दी फ्रांसीसियों को सदा के लिये निकाल देने की तैयारी करने लगे। उन्होंने इस पर नवाब का भी मन लिया। सुनकर नवाब को बड़ा क्रोध आया और उसने साफ़ जवाब दे दिया कि अंग्रेज़ों की तरह फ्रांसिसी भी मेरी प्रजा हैं। मैं कदापि अपने

आश्रितों पर तुम्हारा कोई अत्याचार न होने दूँगा। क्या यही तुम्हारी शान्ति-प्रियता है? अंग्रेज़ चुप हो गये। नवाब ने कलकत्ते से प्रस्थान किया, पर मार्ग में ही उसे समाचार मिला कि अंग्रेज़ फ्रांसीसियों का चन्दननगर लूटने की तैयारियाँ कर रहे हैं। नवाब ने वाट्सन को फिर लिखा–

"सारे झगड़ों को शान्त करने के ही लिए, मैंने तुम्हें सब अधिकार तुम्हारी इच्छा के अनुसार दिए हैं। परन्तु मेरे राज्य में, तुम फिर क्यों कलह-सृष्टि कर रहे हो? तैमूरलंग के समय से अब तक कभी यूरोपियन यहाँ परस्पर नहीं लड़े। अभी उस दिन सन्धि हुई, अब तुम फिर युद्ध ठान देना चाहते हो। मराठे लुटेरे थे, पर उन्होंने भी सन्धि नहीं तोड़ी। तुमने सन्धि की है। इसका पालन तुम्हें करना होगा। ख़बरदार, मेरे राज्य में लड़ाई-झगड़ा न मचे। मैंने जो-जो प्रतिज्ञाएँ की हैं, उनका पालन करूँगा।"

पत्र लिखकर ही नवाब शान्त न हुआ। उसने प्रजा की रक्षा के लिए महाराजा नन्दकुमार की अधीनता में हुगली, अमरद्वीप और पलासी में सेनाएँ नियुक्त कर दीं।

मुर्शिदाबाद पहुँचकर नवाब ने सुना कि अंग्रेज़ों ने चन्दननगर पर आक्रमण करना निश्चय कर लिया है। उसने फिर एक फटकार-भरा पत्र-लिखा–"बाइबिल की कसम और ख्रीष्ट की दुहाई ले-लेकर भी सन्धि का पालन न करना शरम की बात है।"

अबकी बार अंग्रेज़ों ने जो जवाब लिखा उसका सार इस प्रकार था–"आप फ्रांसीसियों के साथ युद्ध से सहमत नहीं हैं, यह मालूम हुआ। फ्रांसिसी यदि हमसे सन्धि कर लें तो हम न लगे, पर आपको सूबेदार की हैसियत से उनका जामिन होना पड़ेगा।" नवाब ने इस कूट-पत्र का सीधा जवाब दिया–"फ्रांसिसी यदि तुमसे लड़ेंगे, तो मैं उनको रोकूँगा। मेरा अभिप्राय प्रजा में शान्ति रखने का है। सन्धि के लिए मैंने फ्रांसीसियों को लिखा है।"

यथासमय फ्रांसीसियों का प्रतिनिधि सन्धि के लिए कलकत्ते पहुँचा, परन्तु अंग्रेज़ों ने सन्धि-पत्र पर दस्तख़त करते वक्त अनेक बार विवाद खड़े किये। वाट्सन साहब इनमें मुख्य थे। निदान, सन्धि नहीं हुई।

पत्र के नवाब में यह भी लिखा था कि दिल्ली से अब्दाली की सेना मेरे विरुद्ध आ रही है। यदि तुम मेरी मदद अपनी सेना से करोगे, तो मैं तुम्हें एक लाख रुपया दूँगा। अब फ्रांसिसी दूत को वापस भेजकर वाट्सन साहब ने लिखा–"यदि आप हमें फ्रांसीसियों को नाश करने की आज्ञा दें, तो हम आपकी सहायता अपनी सेना से कर सकते हैं।"

इस बार सिराजुद्दौला घोर विपत्ति में पड़ गया। दिल्ली की फ़ौज बड़े जोरों से बढ़ रहीं थी। उधर अंग्रेज़ फ्रांसीसियों के नाश की तैयारियाँ कर रहे थे। नवाब

पदाश्रित फ्रांसीसियों का सर्वनाश करवाकर अंग्रेज़ों की सहायता मोल ले-या स्वयं संकट में पड़े। वाट्सन का खयाल था कि नवाब के सामने धर्म-अधर्म कोई वस्तु नहीं। अपने मतलब के लिए वह अंग्रेज़ों को राजी करेगा ही। परन्तु नवाब ने वाट्सन को कुछ जवाब न देकर स्वयं सैन्य-संग्रह करने की तैयारियाँ कीं।

उधर अंग्रेज़ों की कुछ नई पलटन बम्बई और मद्रास से आ गई। सब विचारों को ताक पर रखकर अंग्रेज़ों ने फ्रांसीसियों से युद्ध की ठान ली और नवाब को संकटापन्न देख, वाट्सन ने नवाब को लिख भेजा–

"अब साफ-साफ कहने का समय आ गया है। शान्ति की रक्षा यदि आपको अभीष्ट है, तो आज से दस दिन के भीतर-भीतर हमारा सब पावना रुपया हर्जाना को चुका दीजिये, वरना अनेक दुर्घटनाएँ उपस्थित होंगी। हमारी बाकी फ़ौज कलकत्ते पहुँचने वाली है, जरूरत पड़ने पर और भी जहाज सेना लेकर आयेंगे और हम ऐसी युद्ध की आग भड़काएँगे, जो तुम किसी तरह भी न बुझा सकोगे।"

नवाब ने इस उद्धृत पत्र का भी नर्म जवाब लिखकर भेज दिया–"सन्धि के नियमानुसार मैं हर्जाना भेजता हूँ। मगर तुम मेरे राज्य में उत्पात मत मचाना। फ्रांसीसियों की रक्षा करना मेरा धर्म है। तुम भी ऐसा ही करते, यदि कोई शत्रु भी तुम्हारी शरण आता। हाँ, यदि वे शरारत करें, तो मैं उनका समर्थन न करूँगा।"

अंग्रेज़ों ने समझ लिया, नवाब की सहायता या आज्ञा मिलना सम्भव नहीं है। उन्होंने जल-मार्ग से वाट्सन की कमान में और स्थलमार्ग से क्लाइव की अधीनता में सेनाएँ चन्दननगर पर रवाना कर दीं।

7 फरवरी को सन्धि-पत्र लिखा गया और 7 ही मार्च को चन्दननगर के सामने अंग्रेज़ी डेरे पड़ गये। इस प्रकार बाइबिल और मसीह की कसम खाकर जो सन्धि अंग्रेज़ों ने की थी, उसकी एक ही मास में समाप्ति हो गई।

फ्रांसीसियों ने किले की रक्षा का पूरा-पूरा प्रबन्ध किया था। पास ही महाराज नन्दकुमार की अध्यक्षता में सेना चाक-चौबन्द उनकी रक्षा के लिये खड़ी थी। क्लाइव, जो बड़े जोरों में आ रहा था, यह सब देखकर भयभीत हुआ। अन्त में, अमीचन्द की मार्फत महाराज नन्दकुमार को भरा गया। वे तत्काल अपनी सेना ले, दूर जा खड़े हुए। फिर मुट्ठी-भर फ्रांसीसियों ने बड़ी वीरता से, 23 तारीख तक चन्दननगर के किले की रक्षा की और सब वीरों के धराशायी होने पर किले का पतन हुआ। इस प्रकार इस युद्ध में अंग्रेज़ विजयी हुए।

इधर नवाब नन्दकुमार को वहाँ भेजकर इधर की तैयारी कर रहा था। अहमदशाह अब्दाली की चढ़ाई की ख़बर गरम थी और अंग्रेज़ों ने घूस खाकर मीरजाफर,

जगतसेठ, रायदुर्लभ आदि नमकहरामों ने नवाब के मन में अब्दाली के विषय में तरह-तरह की शंकाएँ, भय तथा विभीषिकाएँ भर रखी थीं। खेद की बात है, नन्दकुमार ने भी नमकहरामी की। फिर भी नवाब ने अपना कर्तव्य-पालन किया। जो फ्रांसिसी भागकर किसी तरह प्राण बचाकर मुर्शिदाबाद पहुँच गये, उन्हें अन्न, वस्त्र, धन की सहायता दे, कासिम बाज़ार में स्थान दिया गया।

इस घृणित विजय से गर्वित अंग्रेज़ों ने जब सुना कि नवाब ने भागे हुए फ्रांसीसियों को सहायता दी है, तो वे बहुत बिगड़े। वे इस बात को भूल गये कि नवाब देश का राजा है। शरणागतों और खासकर प्रजा की रक्षा करना उसका धर्म है। पहले उन्होंने लल्लो-चप्पो का पत्र लिखकर नवाब से फ्रांसीसियों को अंग्रेज़ों के समर्पण करने को लिखा। पीछे जब नवाब ने दृढ़ता न छोड़ी, तो गर्जन-तर्जन से युद्ध की धमकी दी।

नवाब ने कुछ जवाब नहीं दिया। अब वह चुपचाप, सावधान होकर अंग्रेज़ों के इरादों का पता लगाने लगा। इधर अंग्रेज़ बाहर से तो फ्रांसीसियों के नाश के लिये नवाब से कभी लल्लो-चप्पो और कभी घुड़क-फुड़क से काम ले रहे थे और उधर नवाब को सिंहासन से उतारने की तैयारी कर रहे थे।

चन्दननगर पर अधिकार होते ही क्लाइव ने सबको समझा दिया था कि बस, इतना करके बैठे रहने से काम न चलेगा, कुछ दूर और आगे बढ़कर नवाब को गद्दी से उतारना पड़ेगा। उसके इस मन्तव्य से सब सहमत हुए।

अंग्रेज़ों ने गहरी चाल चली। घूस की मदद से नवाब के उमरावों द्वारा यह बात नवाब से कहलाई कि फ्रांसीसियों के कासिम बाज़ार में रहने से शान्ति-भंग होने की आशंका है, आप इन्हें पटना भेज दें—वहाँ यह सुरक्षित रहेंगे। नवाब ने इस बात को साधारण समझकर फ्रेंच सेनापति लॉस को पटना जाने का हुक्म दे दिया। लॉस एक बुद्धिमान अफसर था। उसने कुछ दिन दरबार में रहकर सब व्यवस्था भली-भाँति जाँच ली थी। उसने नवाब से कहा—

"आपके वज़ीर और फ़ौजी सरदार सब अंग्रेज़ों से मिले हैं और आपको गद्दी से उतारने की कोशिश कर रहे हैं; केवल फ्रांसीसियों के भय से खुलने का साहस नहीं करते। हमारे हटते ही युद्धानल प्रज्वलित होगी।"

नवाब ने सब बात समझकर भी लाचार हो कहा—"आप लोग भागलपुर के पास रहें, मैं बगावत की सूचना पाते ही आपको ख़बर दूँगा।"

सेनापति लॉस ने आँखों में आँसू भरकर सिर्फ़ इतना ही कहा—"यही अन्तिम भेंट है, अब हमारा आपका साक्षात्कार न होगा।"

नवाब ने नमकहराम मानिकचन्द को अपराधी पाकर क़ैद कर लिया। परन्तु पीछे बहुत अनुनय-विनय कर, 10 लाख रुपये दे, छूट गया। उसके छूटने से ही भयंकर षड्यन्त्र की जड़ जमी।

इससे जगतसेठ, अमीचन्द, रायदुर्लभ आदि सभी भयभीत हुए और जगतसेठ का भवन गुप्त, मन्त्रणा का भवन बना। जैन जगतसेठ, मुसलमान मीरगंज मीरजाफर, वैद्य राजवल्लभ, कायस्थ रायदुर्लभ, सूदखोर अमीचन्द और प्रतिहिंसा परायण मानिकचंद, इनमें से न किसी का मत मिलता था, न धर्म, न स्वभाव, न काम। वे केवल स्वार्थान्ध होकर एक हुए। उनके साथ ही कृष्णनगर के राजा महाराजेन्द्र कृष्णचन्द्र भूप बहादुर भी मिले। जब आधे बंगाल की अधीश्वरी रानी भवानी को राजा साहब की इस कालिमा का पता चला, तो उसने इशारे से उपदेश देने को उनके पास पूरी और सिन्दूर का उपहार भेजा, किन्तु स्वार्थ के रंग में राजा को उस अपमान का कुछ ख़याल न हुआ।

नवाब का ख़याल था कि फ्रांसीसियों से जब ये सब लोग और अंग्रेज़ भी चिढ़ रहे हैं, तो उन्हें हटा देने से सब सन्तुष्ट हो जायेंगे, परन्तु जब नवाब ने सुना कि फ्रांसीसियों को ध्वंस करने को अंग्रेज़ी पलटन जा रही है, तो नवाब ने क्रोध में आकर वाट्सन से कहला भेजा–"या तो इसी समय फ्रांसीसियों का पीछा न करने का मुचलका लिख दो, वरना इसी समय राजधानी त्यागकर चले जाओ।"

यह ख़बर पाकर वाट्सन ने तुरन्त व्यापारी नौकाएँ सजवाईं। उनमें भीतर गोला-बारूद था और ऊपर चावल के बोरे। उनके ऊपर भी 40 सुशिक्षित सैनिक थे। इस प्रकार 7 नावों को लेकर क्लाइव कलकत्ता रवाना हुआ। साथ ही कासिम बाज़ार के ख़ज़ाने को कलकत्ता भेजने का गुप्त आदेश भी कर दिया गया।

इसके बाद वाट्सन ने नवाब को अन्तिम पत्र लिखा–

"एक भी फ्रांसिसी के ज़िन्दा रहते अंग्रेज़ शान्त न होंगे। हम कासिम बाज़ार को फ़ौज भेजते हैं और शीघ्र ही फ्रांसीसियों को बाँध लाने को पटना फ़ौज भेजी जाएगी। इन सब कामों में आपको अंग्रेज़ों की सहायता करनी पड़ेगी।"

यारलतीफखाँ, पहले जगतसेठ के यहाँ रोटियों पर नौकर था। समय पाकर सिराजुद्दौला की सेवा में 2000 सवारों का अधिपति हो गया। मीरजाफर द्वारा अंग्रेज़ों को मदद देने का सन्देश सर्वप्रथम उसी के द्वारा अंग्रेज़ों के पास पहुँचा। दूसरे दिन एक अरमानी सौदागर ख़्वाजा विदू ने, जो पहले पालताबन्दर पर भी अंग्रेज़ों की जासूसी करता था, खबर दी कि मीरजाफर इस शर्त पर आपकी मदद को तैयार हैं कि आप उन्हें नवाब बनाइए, पीछे वह आपकी इच्छानुसार कार्य करने को तैयार हैं।

जगतसेठ आदि सब सरदार आपके पक्ष में होंगे। यह भी सलाह हुई कि इस समय क्लाइव को लौट जाना चाहिए। नवाब शीघ्र ही पटना की तरफ अहमदशाह अब्दाली की फ़ौज से लड़ने को कूच करेगा। तब राजधानी पर हमला करना उत्तम होगा।

क्लाइव तत्काल लौट गया और नवाब को अंग्रेज़ों ने लिखा–"हम तो सेना लौटा लाये। अब आपने पलासी में क्यों छावनी डाल रखी है?" जो दूत इस पत्र को लेकर गया था, वह वाट्सन साहब के लिये यह चिट्ठी भी ले गया–"मीरजाफर से कहना, घबराये नहीं। मैं ऐसे 5 हज़ार सिपाहियों को लेकर उसके पक्ष में आ मिलूँगा, जिन्होंने युद्ध में कभी पीठ नहीं दिखाई।" परन्तु अहमदशाह अब्दाली वापस लौट गया, इसलिये नवाब को पटना जाना ही नहीं पड़ा। इसके सिवा उसने अंग्रेज़ों की जाली नौकाएँ रोक लीं और पलासी में ज्यों-की-त्यों छावनी डाले रहा। अंग्रेज़ों के पीछे गुप्तचर छोड़ दिये दिये। फ्रांसीसियों को भागलपुर ठहरने को कहला भेजा, और मीरजाफर को 15 हज़ार सेना लेकर पलासी में रहने का हुक्म दिया।

इधर मीरजाफर से एक गुप्त सन्धि-पत्र लिखाकर 17 मई को कलकत्ते में उस पर विचार हुआ। इस सन्धि-पत्र में एक करोड़ रुपया कम्पनी को, दस लाख कलकत्ते के अंग्रेज़ों, अरमानी और बंगालियों को, तीस लाख अमीचन्द को देने का मीरजाफर ने वादा किया था। इसके सिवा बग़ावत के प्रधान सहायकों और पथ-प्रदर्शकों की रकमें अलग एक चिट्ठे में दर्ज़ की गई थीं। राजकोष में इतना रुपया नहीं था। परन्तु रुपया है या नहीं, इस पर कौन विचार करता? चारों ओर लूट ही तो थी!

मसौदा भेजते समय वाट्सन साहब ने लिखा–"अमीचन्द जो माँगता है, वही मंजूर करना। वरना, सब भण्डाफोड़ हो जायेगा।"

पहले तो अमीचन्द को मार डालने की ही बात सोची गयी। पीछे क्लाइव ने युक्ति निकाली। उसने दो दस्तावेज़ लिखाये, एक-असली, दूसरा जाली लाल काग़ज़ पर। इसी जालीपर अमीचन्द की रकम चढ़ाई गई थी। असली पर उसका कुछ ज़िक्र न था। वाट्सन ने इस जाली दस्तावेज़ पर हस्ताक्षर करने से इनकार कर दिया। पर, चतुर क्लाइव ने उसके भी जाली दस्तख़त बना दिये।

धोखे से काम निकालने में क्लाइव को ज़रा भी संकोच न होता था और वह इसमें ज़रा-से भी कष्ट का अनुभव करता। यही दुर्दान्त अंग्रेज़ युवक था, जिसने अंग्रेज़ी साम्राज्य की नींव भारत में जमाई और अंत में आत्मघात करके मरा।

मीरजाफर से संधि पर हस्ताक्षर होने बाकी थे। पर गुप्तचर चारों ओर छूटे हुए थे। वाट्सन साहब बहादुर पर्देदार पालकी में घूँघट वाली स्त्रियों का वेश धर

प्रतिष्ठित मुसलमान घराने की स्त्रियों की तरह सीधे मीरजाफर के जनानख़ाने में पहुँचे और मीरजाफर ने कुरान सिर पर रख तथा पुत्र मीरन पर हाथ धर, सन्धि-पत्र पर दस्तख़त कर दिये। इस पर भी अंग्रेज़ों को विश्वास न हुआ, तो उन्होंने जगतसेठ और अमीचन्द को जामिन बनाया। भाग्यविधान से अन्तिम समय मीरजाफर के हाथ कोढ़ से गल गये और उसके पुत्र मीरन पर अकस्मात् बिजली गिरी थी।

अमीचन्द को धोखा देकर ही अंग्रेज़ शान्त न रहे, बल्कि वे उसे कलकत्ते में लाकर अपनी मुट्ठी में लाने की जुगत करने लगे। यह काम स्क्वायल के सुपुर्द हुआ। उसने अमीचन्द से कहा–"बातचीत तो समाप्त हो गई। अब दो-ही-चार दिन में लड़ाई छिड़ जाएगी। हम तो घोड़े पर चढ़कर उड़न्तू होंगे, तुम बूढ़े हो, क्या करोगे! क्या घोड़े पर भाग सकोगे?"

मूर्ख बनिया घबराकर नवाब से आज्ञा ले, मुर्शिदाबाद भाग गया।

सिराजुद्दौला को मीरजाफर के साथ हुई इस सन्धि का पता चल गया। वाट्सन साहब सावधान हो, घोड़े पर चढ़ हवाखोरी के बहाने भाग गये। नवाब ने अंग्रेज़ों को अन्तिम पत्र लिखकर अन्त में लिखा–"ईश्वर को धन्यवाद है कि मेरे द्वारा संधि भंग नहीं हुई।"

12 जून को अंग्रेज़ों की फ़ौज चली। जिसमें 650 गोरे, 150 पैदल गोलन्दाज, 21 नाविक, 2100 देशी सिपाही थे। थोड़े पुर्तगीज भी थे। सब मिलाकर कुल 3000 आदमी थे। गोला-बारूद आदि लेकर 200 नावों पर गोरे चले। काले सिपाही पैदल ही गंगा के किनारे-किनारे चले। रास्ते में हुगली, काटोपा, अग्रद्वीप, पलासी की छावनियों में नवाब की काफी फ़ौज पड़ी थी। परन्तु अंग्रेज़ों ने सबको खरीद लिया था। किसी ने रोक-टोक न की। उधर नवाब ने सब हाल जानकर भी मीरजाफर को उसके अपराधों को क्षमा करके महल में बुला भेजा। लोगों ने उसे गिरफ़्तार करने की भी सलाह दी थी, परन्तु नवाब ने समझा-अलीवर्दी के नाम और इस्लाम धर्म का ख़याल कर समझाने-बुझाने से वह सीधे मार्ग पर आ जाएगा। पर मीरजाफर डरकर राजमहल में नहीं गया।

अन्त में आत्माभिमान को छोड़कर नवाब स्वयं पालकी में बैठकर मीरजाफर के घर पहुँचा। मीरजाफर को अब बाहर निकलना पड़ा। उसकी आँखों में शरम आई। उसने अपने प्यारे मित्र सरदार के मुख से करुणा-जनक धिक्कार सुनी। मीरजाफर ने नवाब के पैर छूकर सब स्वीकार किया। कुरान उठायी और सिर से लगाकर ईश्वर और पैगम्बर की कसम खाकर, उसने अंग्रेज़ों से सम्बन्ध तोड़कर, नवाब की सेवा धर्मपूर्वक करने की प्रतिज्ञा की।

धर की इस फूट को प्रेमपूर्वक मिटाकर नवाब को सन्तोष हुआ। अब उसने सेना का आह्वान किया। पर बाग़ियों के बहकाने से सेना ने पहले बिना वेतन पाये, युद्ध-यात्रा से इनकार कर दिया। नवाब ने वह भी चुकाया। मीरजाफर प्रधान सेनापति बना। यारलतीफखाँ, दुर्लभराय, मीर मदनमोहनलाल और फ्रेंच सिनफ्रे एक-एक विभाग के सेनाध्यक्ष बने।

मीरजाफर ने क्लाइव को, नवाब के साथ जो कसम-धर्म हुआ था, सब लिख भेजा। साथ ही यह भी लिख दिया–"बढ़े चले आओ, मैं अपने वचनों का वैसा ही पक्का हूँ।"

पर क्लाइव को आगे बढ़ने का साहस नहीं हुआ। वह पाटुली में छावनी डालकर पड़ गया। सामने कोठाया का किला था। यह निश्चय हो चुका था कि सेनाध्यक्ष मीरजाफर कुछ देर बनावटी युद्ध करके पराजय स्वीकार कर लेगा। क्लाइव ने पहले इसी की सचाई जाननी चाही। मेजर कूट 200 गोरे और 300 काले सिपाही लेकर किले पर चढ़ा। मराठों के समय में गहरी-हरी लड़ाइयों के कारण भागीरथी और अजम के संगम का यह किला वीरों की लीला-भूमि प्रसिद्ध हो चुका था। परन्तु इस बार फाटक पर युद्ध नहीं हुआ। कुछ देर नवाबी सेना नाटक-सा खेलकर जगह-जगह अपने ही हाथों से आग लगाकर भाग गई। क्लाइव ने विजय गर्वित की तरह किले पर अधिकार किया। नगर निवासी प्राण लेकर भागे, अंग्रेज़ों ने उनका सर्वस्व लूट लिया। केवल चावल ही इतना मिल गया था, जो 10 हज़ार सिपाहियों को 1 वर्ष तक के लिये काफ़ी था। फिर भी क्लाइव विश्वास और अविश्वास के बीच में झकझोरे ले रहा था।

वह बड़ा ही भयभीत था। यदि कहीं हार जाता तो हार का समाचार ले जाने के लिए भी एक आदमी को ज़िन्दा वापस जाने का मौका नहीं मिलता।

22 जून को गंगा पार करके मीरजाफर के बनाये संकेतों पर वह आगे बढ़ा और रात्रि के दो बजे पलासी के लक्खीबाग़ में मोर्चे जमाये। नवाब का पड़ाव उसके नज़दीक ही तेजनगर वाले विस्तृत मैदान में था। परन्तु उसकी सेना का प्रत्येक सिपाही मानो उसका सिपाही न था। वह रात-भर अपने खेमे में चिन्तित बैठा रहा।

रात बीती, प्रभात आया। अंग्रेज़ों ने बाग़ के उत्तर की ओर एक खुली जगह में व्यूह-रचना की। नवाब की सेना मीरजाफर, दुर्लभराय, यारलतीफखाँ, इन तीन नमकहरामों की अध्यक्षता में अर्धचन्द्राकार व्यूह-रचना करके बाग़ को घेरने के लिये बढ़ी। अंग्रेज़ क्षण-भर को घबराये। क्लाइव ने सोचा कि यदि यह चन्द्र-व्यूह तोपों में आग लगा दे, तो सर्वनाश है। पर जब उसने उस सेना के नायकों को देखा

तो धैर्य हुआ। क्लाइव की गोरी पलटन चार दलों में विभक्त हुई, जिसके नायक क्लिप्याट्रिक, ग्राण्टकट और कप्तान गप थे। बीच में गोरे, दाएँ-बाएँ काले सिपाही थे। नवाब की सेना के एक पार्श्व में फ्रेंच-सेनापति सिनके, एक में मोहनलाल और उनके बीच में मीरमदन। फ़ौजकशी का भार मीरमदन ने लिया। अंग्रेज़ों ने देखा, नवाब का व्यूह दुर्भेद्य है।

प्रात: आठ बजे मीरमदन ने तोपों में आग लगाई। शीघ्र ही तोपों का दोनों ओर से घटाटोप हो गया। आधे घाटे में 10 गोरे और 20 काले आदमी मर गये। क्लाइव की युद्ध पिपासा इतने ही में मिट गई। उसने समझ लिया, इस प्रकार प्रत्येक मिनट में एक आदमी के मरने और अनेकों के जख़्मी होने से यह 300 सिपाही कितनी देर ठहरेंगे, क्लाइव को पीछे हटना पड़ा। उसकी फ़ौज ने बाग़ के पेड़ों का आश्रय लिया। वे छिपकर गोले दागने लगे। पर उनकी दो तोपें बाहर रह गईं। चार तोपें बाग़ में थीं। नवाब की तोपों का मोर्चा चार हाथ ऊँचा था। अतएव मीरमदन की तोपों से तड़ातड़ गोले दग रहे थे।

यह देखकर क्लाइव घबरा गया। उस समय वह अमीचन्द पर बिगड़ा।

क्लाइव ने अमीचन्द से क्रोधित होकर कहा–"ऐसा ही वायदा था कि मामूली लड़ाई लड़कर शाही फ़ौज भाग खड़ी होगी। ये सब बातें झूठी हो रही हैं।"

अमीचन्द ने कहा–"सिर्फ़ मीरमदन और मोहनलाल ही लड़ रहे हैं। ये नवाब के सच्चे सहायक हैं। किसी तरह इन्हीं को हराइये। दूसरा कोई सेनापति हथियार न चलायेगा।"

मीरमदन वीरतापूर्वक गोले चला रहा था। उस समय मीरजाफर की सेना यदि आगे बढ़कर तोपों में आग लगा देती, तो अंग्रेज़ों की समाप्ति थी। मगर वे तीनों पाजी खड़े तमाशा देखते रहे। क्लाइव ने 12 बजे पसीने से लथपथ सामरिक मीटिंग की। उसमें निश्चय किया कि दिन-भर बाग़ में छिपे रहकर किसी तरह रक्षा करनी चाहिए।

इतने ही में एकाएक मेघ बरसने लगा। मीरमदन की बहुत-सी बारूद भीग गई। फिर भी वह वीरतापूर्वक भागी हुई सेना का पीछा कर रहा था। इतने में एक गोले ने उसकी जाँघ तोड़ डाली। अब मोहनलाल युद्ध करने लगा। मीरमदन को लोग हाथों-हाथ उठाकर नवाब के पास ले गये। उसने ज्यादा कहने का अवसर न पाया। सिर्फ़ इतना कहा–"शत्रु बाग़ में भाग गये। फिर भी आपका कोई सरदार नहीं लड़ता। सब खड़े तमाशा देखते हैं।" इतना कहते-कहते ही उसने दग तोड़ दिया।

नवाब को इस वीर पर बहुत भरोसा था। इसकी मृत्यु से नवाब मर्माहत हुआ। उसने मीरजाफर को बुलाया। वह दल बाँधकर सावधानी से नवाब के डेरे में घुसा।

उसके सामने आते ही नवाब ने अपना मुकुट, उसके सामने रखकर कहा–"मीरजाफर जो हो गया, सो हो गया। अलीवर्दी के इस मुकुट को तुम सच्चे मुसलमान की तरह बचाओ।"

मीरजाफर ने यथोचित् रीति से सम्मानपूर्वक मुकुट को अभिवादन करते हुए, छाती पर हाथ मारकर बड़े विश्वास के साथ कहा–"अवश्य ही शत्रु पर विजय प्राप्त करूँगा। पर अब शाम हो गई है और फ़ौजें थक गई हैं। सवेरे, मैं कयामत वर्षा कर दूँगा।" नवाब ने कहा–"अंग्रेज़ी फ़ौज रात को आक्रमण करके क्या सर्वनाश न कर देगी!"

मीरजाफर ने गर्व से कहा–"फिर हम किसलिए हैं?"

नवाब का भाग्य फूट गया। उसे मति-भ्रम हुआ। उसने फ़ौजों को पड़ाव से लौटने की आज्ञा दे दी। तब महाराज मोहनलाल वीरतापूर्वक धावा कर रहे थे। उन्होंने सम्मानपूर्वक कहला भेजा, "बस अब दो-ही-चार घड़ी में लड़ाई का खात्मा होता है। यह समय लौटने का नहीं है। एक कदम पीछे हटते ही सेना का छत्र-भंग हो जाएगा। मैं लौटूँगा नहीं, लड़ूँगा।"

मोहनलाल का यह जवाब सुन, मीरजाफर थर्रा गया। उसने नवाब को पट्टी पढ़ाकर फिर आज्ञा भिजवाई। बेचारा मोहनलाल साधारण सरदार था, क्या करता? क्रोध से लाल होकर कतारें बाँध, पड़ाव को लौट आया।

मीरजाफर की इच्छा पूरी हुई। उसने क्लाइव को लिखा–"मीरमदन मर गया। अब छिपने का कोई काम नहीं। इच्छा हो, तो इसी समय, वरना रात के तीन बजे आक्रमण करो, सारा काम बन जाएगा।"

मोहनलाल को पीछे फिरता देख और मीरजाफर का इशारा पा, क्लाइव ने स्वयं फ़ौज की कमान ली और बाग़ से बाहर निकल धीरे-धीरे आगे बढ़ने लगा। यह रंग-ढंग देख बहुत-से नवाबी सिपाही भागने लगे, पर मोहनलाल और सिनफ्रे फिर घूमकर खड़े हो गये।

इधर दुर्लभराय ने नवाब को ख़बर दी कि आपकी फ़ौज भाग रही है। आप भागकर प्राण बचाइये। नवाब का प्रारब्ध टूट चुका था। सभी हरामी, शत्रु और दग़ाबाज़ थे। उसने देखा-मेरे पक्ष के आदमी बहुत ही कम हैं। राजवल्लभ ने उसे राजधानी की रक्षा करने की सलाह दी। अतः नवाब ने 2000 सवारों के साथ हाथी पर सवार हो, रण-क्षेत्र त्यागा। तीसरे पहर तक मोहनलाल और फ्रेंच सिनफ्रे लड़े। परन्तु विश्वासघातियों से खीझकर अन्त में उन्होंने भी रण-भूमि छोड़ी। नवाब के सूने खेमे पर क्लाइव और मीरजाफर ने अधिकार कर लिया।

जिस सेना ने इस युद्ध में विजय पाई थी, उसके झण्डे पर सम्मानार्थ 'पलासी' लिख दिया गया और उस बाग़ के एक आम के वृक्ष की लकड़ी का एक सन्दूक बनाकर अंग्रेज़ों ने महारानी विक्टोरिया को भेंट किया। आज भी उस स्थान पर एक जय-स्तम्भ खड़ा अंग्रेज़ों की वीरता की कहानी कह रहा है।

राजधानी में नवाब के पहुँचने से पहले ही नवाब के हारने की ख़बर सर्वत्र फैल गई। चारों ओर भाग-दौड़ मच गई। अंग्रेज़ों की लूट के डर से लोग इधर-उधर भागने लगे। नवाब के सरदारों को बुलाकर दरबार करना चाहा। मगर औरतें तथा स्वयं उसके श्वसुर मुहम्मद रहीमखाँ ही, उधर ध्यान न दे, भाग-खड़े हुए। देखा-देखी सभी भाग गये।

अब सिराजुद्दौला ने स्वयं सैन्य-संग्रह के लिये गुप्त ख़ज़ाना खोला। सुबह से शाम तक और शाम से रात-भर सिपाहियों को प्रसन्न करने को खूब इनाम बाँटा गया। शरीर-रक्षक सिपाहियों ने खुला ख़ज़ाना पाकर खूब गहरा हाथ मारा और यह धर्म-प्रतिज्ञा करके कि प्राण-पण से सिंहासन की रक्षा करेंगे, एक-एक ने भागना शुरू किया। धीरे-धीरे खासमहल के सिपाही भी भागने लगे। एकाएक रात्रि के सन्नाटे में मीरजाफर को विकराल तोपों का गर्जन सुन पड़ा। अभागा सज्जन और ऐयाश नवाब अन्त में गौरवान्वित सिंहासन को छोड़कर अकेला चला। पीछे-पीछे पुराना द्वारपाल और प्यारी बेगम लुत्फुन्निसा छाया की तरह हो लिये।

प्रातः मीरजाफर ने शीघ्र ही सूने राजमहल में अधिकार जमाकर नवाब की खोज में सिपाही दौड़ाये। नवाब की हित-बन्धु स्त्रियाँ क़ैद कर ली गईं। मोहनलाल घायल अवस्था में क़ैद किया गया और नीच दुर्लभराय ने उसे मार डाला। फिर भी मीरजाफर को सिंहासन पर बैठने का साहस न हुआ। वह क्लाइव का इन्तजार करने लगा। पर क्लाइव का कई दिनों तक नगर में आने का साहस न हुआ। 29 जून को 200 गोरे, 500 काले सिपाहियों के साथ क्लाइव ने राजधानी में प्रवेश किया।

शाही सड़क पर उस दिन इतने आदमी जमा थे कि यदि वे अंग्रेज़ों के विरोध का संकल्प करते तो केवल लाठी, सोटों, पत्थरों ही से सब काम हो जाता।

अन्त में राजमहल में आकर क्लाइव ने मीरजाफर को नवाब बनाकर सबसे पहले कम्पनी के प्रतिनिधि-स्वरूप नज़र पेशकर के बंगाल और उड़ीसा का नवाब कहकर अभिवादन किया।

इसके बाद बाँट-चूँट, जो होना था, कर लिया गया। शाहपुर के पास सिराजुद्दौला को मार्ग में मीरकासिम ने पकड़ लिया। उसकी असहाय बेगम लुत्फुन्निसा के गहने लूट लिये और बाँधकर राजधानी लाया गया। मुर्शिदाबाद में हलचल मच गई। बगावत

के डर से नये नवाब ने अपने पुत्र मीरन के हाथ से उसी रात को सिराजुद्दौला को मरवा डाला।

वध करने का काम मुहम्मदखाँ के सुपुर्द हुआ। यह नमकहराम भी जाफर और मीरन की तरह सिराज के टुकड़ों पर पला था। मुहम्मदखाँ-हाथ में एक बहुत तेज़ तलवार ले, सिराजुद्दौला की कोठरी में जा दाख़िल हुआ। उसे इस तरह सामने देख, सिराजुद्दौला ने घबराकर कहा–"क्या तुम मुझे मारने आये हो?"

उत्तर मिला–"हाँ।" अन्तिम समय निकट आया समझ, सिराजुद्दौला ने ईश्वर-प्रार्थना के लिये हाथ-पैरों की जंजीर खोलने की प्रार्थना की। पर वह नामंजूर हुई। डर के मारे उसका गला चिपक गया था। उसने पानी माँगा, पर पानी भी न दिया गया। लाचार हो, जमीन पर माथा रगड़कर सिराजुद्दौला बार-बार ईश्वर का नाम लेकर अपने अपराधों की क्षमा माँगने लगा। इसके बाद लपटती जबान और टूटे स्वर से उसने नमकहराम, टुकड़खोर मुहम्मदखाँ से कहा–"तब, वे लोग मुझे तिल-भर भी जगह न देंगे। टुकड़ा खाने को भी न देंगे। इस पर भी वे राज़ी नहीं हैं?" यह कहकर सिराज कुछ देर के लिये चुप हो गया।

फिर कुछ देर में बोला–"नहीं, इस पर भी वे राजी नहीं हैं। मुझे करना ही पड़ेगा।"

आगे बोलने का उसे अवसर न मिला। देखते-ही-देखते मुहम्मदखाँ की तेज़ तलवार उसकी गर्दन पर पड़ी। खून का फव्वारा बह निकला और देखते-ही-देखते बंगाल, बिहार और उड़ीसा का युवक नवाब ठण्डा हो गया। हत्यारे मुहम्मदखाँ ने उसके जिस्म के टुकड़े-टुकड़े करके, उन्हें एक हाथी पर लदवाकर शहर में घुमाने का हुक्म दिया। क्लाइव से अगले दिन मीरजाफर ने इसका ज़िक्र करके क्षमा माँगी। क्लाइव ने मुस्कराकर कहा–"इसके लिये यदि माफी न माँगी जाती, तो कुछ हर्ज़ न था।"

●●●

4

मीरजाफर नवाब हुआ और धूर्त स्क्वेफन उसका एजेण्ट बनकर दरबार में विराजा। वारेन हेस्टिंग्स उसका सहायक बनाया गया। कुछ दिन बाद जब स्क्वेफन कौंसिल में सभ्य नियत हुआ, तब उक्त गौरव का पद वारेन हेस्टिंग्स को मिला। यह पद बड़ी जिम्मेदारी का था। एजेण्ट के ऊपर दो बातों की कठिन जिम्मेदारियाँ थीं, एक तो यह कि कम्पनी की आय और उसके स्वार्थ में विघ्न न पड़े। दूसरे, नवाब कहीं सिर उठाकर सबल न हो जाये। नवाब यदि वेश्याओं और शराब में अधिकाधिक गहराई में लिप्त हो, तो एजेण्ट को कुछ चिन्ता न थी। उनकी चिन्ता का विषय सिर्फ़ यह था कि कहीं नवाब सैन्य को तो पुष्ट नहीं कर रहा है? राज्य-रक्षा की तरफ तो उसका ध्यान नहीं है?

इन सबके सिवा जाफर ने नकद रुपया न होने पर सन्धि के अनुसार अंग्रेज़ों को कुछ जागीरें दी थीं। उनकी मालगुजारी वसूली का भी उसी पर भार था। साथ ही, फ्रांसीसियों की छूत से नवाब को सर्वदा बचाना भी आवश्यक था। हेस्टिंग्स ने बड़ी मुठमर्दी से उक्त पद के योग्य अपनी योग्यता प्रमाणित की।

पर मीरजाफर देर तक नवाब न रह सका। लोगों से वह घमण्डपूर्ण व्यवहार और झगड़े करने लगा। मुसलमान-हिन्दू, सब उससे घृणा करते थे। उधर अंग्रेज़ों ने रुपये के लिये दस्तक भेज-भेजकर उसके नाक में दम कर दिया। मीरजाफर को प्रतिक्षण अपनी हत्या का भय बना रहता था। निदान, तीन ही वर्ष के भीतर मीरजाफर का जी नवाबी से ऊब गया और अन्त में अंग्रेज़ों ने उसे अयोग्य कहकर गद्दी से उतार, कलकत्ते में नज़र-बंद कर दिया। उसका दामाद मीरकासिम बंगाल का नवाब बना। जाफर की पेंशन नियत की गई।

गद्दी पर अधिकार तो मीरन का था, जो मीरजाफर का पुत्र था, पर वहाँ अधिकार की बात ही न थी। वहाँ तो गद्दी नीलाम की गई थी। अंग्रेज़ बनियों की पैसे की प्यास भयंकर थी। मीरकासिम ने उसे बुझाया।

अंग्रेज़ों की अमित धन की माँगों को पूरा करने के लिए नवाबी ख़ज़ाने में रुपया नहीं था। इसलिये उन्हें अपनी पहले की शर्तों की रकम में से आधा ही लेकर सन्तोष करना पड़ा। इस रकम की भी एक-तिहाई रकम नवाब के सोने-चाँदी के बरतन बेचकर संग्रह की गई और इस भुगतान के बाद नवाबी ख़ज़ाने में फूटी कौड़ी भी न बची थी। मीरकासिम के नवाब होने पर हेस्टिंग्स कौंसिल का मेम्बर होकर कलकत्ते आ गया और उसकी जगह पर एलिस साहब एजेण्ट बने। एलिस साहब कलह-प्रिय एवं बहुत ही बुरे आदमी थे और वे जिस पद पर नियुक्त किये गये थे, उसके योग्य न थे। नवाब और एजेण्ट की न बनी। बात-बात पर दोनों में झगड़े होने लगे। आखिर तंग आकर नवाब ने कलकत्ते की कौंसिल को लिखा–

"अंग्रेज़ गुमाश्ते हमारे अधिकार की अवमानना करके प्रत्येक नगर और देहातों में पट्टेदारी, फ़ौजदारी, माल और दीवानी अदालतों की ज़रा भी परवा नहीं करते; बल्कि सरकारी अहलकारों के काम में बाधा डालते हैं। ये लोग प्राइवेट व्यापार पर भी महसूल नहीं देते और जिनके पास कम्पनी का पास है, वे तो अपने को कर्ता-धर्ता ही समझते हैं। सरकारी और अंग्रेज़ कर्मचारियों की परस्पर की अनबन का कड़आ फल प्रजा को चखना पड़ रहा है और उस पर असह्य निष्ठुर अत्याचार हो रहे हैं।"

उस समय कम्पनी के कर्मचारियों का केवल यही काम था कि किसी देशी से सौ-दो-सौ पाउण्ड वसूल करके जितना शीघ्र हो सके, यहाँ की गरमी में पीड़ित होने से पूर्व ही विलायत लौट जायें और वहाँ किसी कुलीन धनी की कन्या के साथ विवाह कर, कार्नवाल में छोटे-मोटे एक-दो गाँव खरीदकर सेण्ट-जेम्स-स्क्वेयर में आनन्दपूर्वक मुजरा देखा करें।

मीरकासिम अपने श्वसुर की तरह नीच, स्वार्थी तथा द्रोही न था। वह सब रंग-ढंग देख चुका था। उसने नवाबी मोल ली थी। वह नवाब ही बनना चाहता था और अंग्रेज़ों से प्रजा की तरह व्यवहार करना पसन्द करता था। साथ ही अंग्रेज़ों के अत्याचार से प्रजा की रक्षा करने की सदा चेष्टा करता था।

जब उसने देखा कि अंग्रेज़ बिना महसूल अन्धाधुन्ध व्यापार करके देश को चौपट कर रहे हैं, किसी तरह नहीं मानते, तो उसने अपनी लाखों की हानि की परवा न करके महसूल का महकमा ही उठा दिया; प्रत्येक को बिना महसूल व्यापार करने का अधिकार दे दिया। अंग्रेज़ों ने नवाब के इस न्याय और उदार कार्य का तीव्र विरोध किया, पर कासिम ने उसकी कुछ परवा न की।

अब अंग्रेज़ कासिम को भी गद्दी से उतारने का प्रबन्ध करने लगे, पर मीरजाफर की तरह कासिम अंग्रेज़ों का पालतू न था। उसने सन्धि की शर्तों का पालन न होते देखकर अपनी तैयारी शुरू कर दी। पहले तो वह अपनी राजधानी मुर्शिदाबाद से

उठाकर मुँगेर ले गया और सेना को सज्जित करने लगा, साथ ही अवध के नवाब शुजाउद्दौला से सहायता के लिए पत्र-व्यवहार करने लगा।

इतने ही में अंग्रेज़ों ने चुपचाप पटने पर धावा कर दिया। पहले तो नवाबी सेना एकाएक हमले से घबराकर भाग गई, पर बाद में उसने आक्रमण कर नगर को वापस ले लिया। बहुत-से अंग्रेज़ क़ैद हो गये। बदमाश एलिस भी क़ैद हुआ। नवाब ने जब पटने पर एकाएक आक्रमण होने के समाचार सुने, तो उसने अंग्रेज़ों की सब कोठियों पर अधिकार करके, वहाँ के अंग्रेज़ों को क़ैद करके मुँगेर भेजने का हुक्म दे दिया।

अंग्रेज़ों ने चिढ़कर कलकत्ते में आप-ही-आप मीरजाफर को फिर नवाब बना दिया। इसके पीछे मुर्शिदाबाद सेना भेज दी गई। मुर्शिदाबाद को यद्यपि मीरकासिम ने काफी सुरक्षित कर रखा था, फिर भी विश्वासघाती, नीच और स्वार्थी सेनापतियों के कारण नवाबी सेना की हार हुई। नवाब के दो-चार वीर सेनापति अन्त तक लड़कर धराशायी हुए। अन्त में उदयालन का मुख्य युद्ध हुआ। पलासी में मीरजाफर सेनापति था। यहाँ विश्वासघाती गुरगन सेनापति बना। नवाब की 50 हज़ार सेना उसके आधीन थी। उस पर अंग्रेज़ों के सिर्फ 5 हज़ार सैनिकों ने ही विजय प्राप्त कर ली। धीरे-धीरे नवाब के सभी नगरों पर अंग्रेज़ों का अधिकार हो गया। पटना और मुँगेर का भी पतन हुआ। कासिम भागकर अवध के नवाब शुजाउद्दौला की शरण गया। एक बार अवध के नवाब की सहायता से पटना और बक्सर में फिर युद्ध हुआ। परन्तु विश्वासघात और घूस की घोर ज्वाला ने मुसलमानी तख़्त का विध्वंस किया। इस बार प्रयाग तक मीरकासिम खदेड़ा गया। फल यह हुआ कि प्रयाग भी अंग्रेज़ों के हाथ आ गया।

मीरकासिम का क्या हाल हुआ, यह नहीं कहा जा सकता। दिल्ली की सड़क पर एक दिन एक लाश देखी गई थी, जो एक बहुमूल्य शाल से ढकी हुई थी। उसके एक कोने पर लिखा था–'मीरकासिम'। मीरजाफर फिर नवाब बन गया। अंग्रेज़ों ने कासिम की लड़ाई का सब खर्चा और हर्ज़ाना मीरजाफर से वसूल किया। सबको भेंट भी यथा-योग्य दी गई। बंगभूमि के भाग्य फूट गये। उसके माथे का सिन्दूर पोंछ लिया गया।

मराठों ने प्रथम ही बंगाल को छिन्न-भिन्न कर दिया था। अब इस राज्य-विप्लव के पश्चात् मानो बंगाल का कोई कर्ता-धर्ता ही न रहा। मीरजाफर फिर गद्दी से उतारकर कलकत्ते भेज दिया गया। इस बार किसी को नवाब बनाने की जरूरत न रही। ईस्ट इण्डिया कम्पनी बहादुर ही बंगाल की मालिक बन गई।

●●●

5

हेस्टिंग्स तेजस्वी और कर्मठ युवक था। ईस्ट इण्डिया कम्पनी के अन्य गुमाश्तों की भाँति वह रिश्वत और अन्याय को पसन्द नहीं करता था। क्लाइव के साथ युद्ध में भाग लेकर उसने अपने देश के प्रति पवित्र कर्तव्य निभाया था। उसने जिस विधवा से विवाह किया था, वह दो पुत्र छोड़कर स्वर्गवासिनी हुई। हेस्टिंग्स ने पिता की भाँति पुत्रों की देखभाल की। परन्तु एक पुत्र तो बचपन में ही मर गया, दूसरे को उसने इंग्लैंड अपनी बहन के पास पालन-पोषण के लिए भेज दिया। उसका व्यय वह वहाँ भेजता रहता था।

सन् 1761 तक हेस्टिंग्स मुर्शिदाबाद की ऐजेंण्टी करते रहे, बाद में उन्हें कौंसिल का मेम्बर बनाकर कलकत्ते भेज दिया गया। उस समय कलकत्ते के गवर्नर वेनसीटार्ट थे, जो हेस्टिंग्स के बहुत प्रशंसक थे।

कौंसिल के मेम्बर की हैसियत से हेस्टिंग्स 1762 में पटना की दशा देखने गए। उन दिनों पटना बाहर जन-शून्य था। व्यापार बंद था, दुकानें बंद थीं। अंग्रेज़ों की लूट-खसोट से डरकर लोग भाग गए थे। इस दयनीय दशा को देखकर उनका युवक हृदय द्रवित हो उठा। उन्होंने कलकत्ता गवर्नर को लिखा, पटना में भारी अन्याय हुआ है, नवाब और हमारे अधिकारियों में समझौता हुए बिना इस प्रकार के अत्याचार नहीं रोके जा सकते।

हेस्टिंग्स ने इन झगड़ों का अध्ययन करके ठोस प्रस्ताव बनाये, जिन्हें लेकर वह मीरकासिम से मिला। हेस्टिंग्स और मीरकासिम के बीच उन प्रस्तावों पर उचित विचार हुआ, जिसे दोनों ही पक्षों ने स्वीकार किया। परन्तु जब कलकत्ता कौंसिल में हेस्टिंग्स के समझौते की रिपोर्ट पहुँची, तब अधिकांश स्वार्थी अंग्रेज़ों ने उसका विरोध किया और उसे रद्द कर दिया। इस कारण मीरकासिम से फिर

विग्रह छिड़ा, जिसमें उसे पराजित होकर बंगाल से भागना पड़ा। अंग्रेज़ों ने बंगाल में विजय प्राप्त की।

हेस्टिंग्स को इंग्लैंड से भारत आए चौदह वर्ष बीत चुके थे। उन्होंने कौंसिल की सदस्यता से त्यागपत्र देकर अपने देश जाने की तैयारी की। उनके मित्र गवर्नर वेनसीटार्ट भी उनके साथ स्वदेश लौटने को तैयार हुए। हेस्टिंग्स चौदह वर्ष बाद अपने घर लौट रहे थे। उन्हें अपनी बहन मिसेज दुर्जन और अपने प्रिय पुल की स्मृति बेचैन कर रही थी। अपने पुत्र को अपने हृदय से लगाने की आशा में ज्यों ही वे जहाज से उतरकर इंग्लैंड भूमि पर उतरे। उनकी बहन उदास मुख उनके स्वागत के लिए तैयार खड़ी थी। पुत्र को उसके साथ न देखकर उन्होंने पूछा–"वह कहाँ है?"

बहन ने भाई को अपने गले से लगाते हुए रुँधे कण्ठ से कहा–"अभी दो दिन पहले ही संक्षिप्त बीमारी में उसका निधन हो गया है।"

हेस्टिंग्स यह सुनकर विमूढ़ हो गए। उन्होंने बहन को कसकर पकड़ लिया। उन्होंने कहा–"मुझे सँभालो, मैं गिर रहा हूँ।"

बहन ने उनके दु:ख को धीरे-धीरे कम किया। हेस्टिंग्स इंग्लैंड में रह कर कम्पनी के कर्मचारियों को अधिक शिक्षित करने के उपाय करने लगे। उन्होंने वहाँ एक ट्रेनिंग कॉलेज खुलवाया, जिसमें भारत में जाकर नौकरी करने वाले अंग्रेज़ों को हिन्दी, उर्दू, फारसी भाषा की शिक्षा देकर वहाँ की कार्य-प्रणाली सिखाई जाती थी।

हेस्टिंग्स जो रुपया भारत से कमाकर ले गए थे, धीरे-धीरे सब खर्च हो गया और चार वर्ष बीतते-बीतते उन्हें आर्थिक संकट रहने लगा। उन्होंने फिर भारत आने के लिये प्रयत्न किया। भाग्य से मद्रास की कोठी के लिए एक सुयोग्य व्यक्ति की आवश्यकता थी। हेस्टिंग्स को उस पद पर नियुक्त करके भेजा गया। सन् 1769 में ड्यूक ऑफ ग्रंफटन नामक जहाज पर उन्होंने भारत यात्रा की। इसी जहाज में एक जर्मन यात्री बेरनइमहाफ भी भारत आ रहे थे। उनकी अत्यन्त सुन्दर पत्नी भी उनके साथ थी। जहाज प्रवास में उनकी पत्नी का हेस्टिंग्स से प्रेम-भाव उत्पन्न हुआ। मद्रास पहुँचकर हेस्टिंग्स बीमार पड़ गए, जिसमें इमहाफ की पत्नी ने उनकी सेवा-सुश्रूषा की। इस समय तक दोनों में प्रगाढ़ प्रेम हो चुका था। इमहाफ उन दिनों घोर अर्थकष्ट में थे तथा अपनी सुन्दर पत्नी की इच्छाओं की पूर्ति नहीं कर पाते थे।

हेस्टिंग्स और इमहाफ की पत्नी ने परस्पर विवाह करने का निश्चय किया।

एक दिन इमहाफ को बहुत अधिक चिन्ताग्रस्त देखकर हेस्टिंग्स ने कहा–"मैं आपको चिन्तामुक्त कर सकता हूँ।"

इमहाफ अपनी पत्नी के विश्वासघात से दुखी तो थे ही, उन्होंने विरक्त मन से पूछा–"कैसे?"

"आपकी पत्नी को ग्रहण करके।"

इमहाफ कठोर दृष्टि से हेस्टिंग्स को देखने लगे।

"पर इसमें आपका ही हित है। अब वह आपको प्रेम नहीं करती, मुझे करती है। मैं आपको उस पत्नी का मूल्य दे सकता; आपको उसकी सब चिन्ताओं से मुक्ति मिल सकती है।"

इमहाफ की आँखों से आँसू झरने लगे। परन्तु हेस्टिंग्स ने उस ओर ध्यान न देकर कुछ स्वर्ण मोहरें-उनके सामने बखेर दीं। उन्होंने इमहाफ के हाथ अपने हाथों में लेकर कहा–"सौन्दर्य मूर्ति और कमनीय मिसेज इमहाफ के सुखी भविष्य के लिए आप यह स्वीकार कीजिए।"

वह उठकर चले गये। इमहाफ आँसू भरे उन बिखरी स्वर्ण-मुद्राओं को देखते रह गए।

मिसेज इमहाफ हेस्टिंग्स के घर आ गई। इमहाफ भी वहीं रहने लगे, क्योंकि नियम के अनुसार अभी इमहाफ को अपनी पत्नी के तलाक की स्वीकृति देनी शेष थी। मिसेज इमहाफ ने हेस्टिंग्स के परामर्श और व्यय से फ्रेंकोनियन कोर्ट में तलाक की दरख़्वास्त भेज दी। जब तक उसकी कार्यवाही पूर्ण नहीं हो जाती, जब तक लोकाचार के कारण इमहाफ को दिल पर पत्थर रखकर अपनी पत्नी का पति बने रहकर समय व्यतीत करना था। इस समय हेस्टिंग्स की आयु चालीस वर्ष की थी।

मद्रास में उन्हें डूप्रे का सहायक बनकर कार्य करना पड़ा। उस समय कम्पनी के अधिकारी मैसूर के शासक हैदरअली के विरुद्ध षड्यन्त्रों का जाल रच रहे थे। बंगाल, बिहार और उड़ीसा के बाद अब दक्षिण अंग्रेज़ों का अभिमान क्षेत्र था। परन्तु हेस्टिंग्स की दृष्टि इस ओर न थी। वह कम्पनी के व्यापार को अधिक लाभदायक बनाने के उपाय सोच रहा था। मद्रास में वह कम्पनी की कोठी का गुमाश्ता था। इंग्लैंड भेजने के लिए जो भारतीय माल खरीदा जाता था, उसके जमा-खर्च और लदान का उत्तरदायित्व उन पर था। कम्पनी के कर्मचारी राजनैतिक स्वार्थों में फँसे रहते थे, व्यापार की ओर उनकी व्यवस्था ठीक नहीं थी। जुलाहों से घटिया माल

तैयार कराकर-बढ़िया माल के दाम बहीखातों में दिखाकर बाकी रुपया आपस में बाँट लेते थे। वे जुलाहों को जबरदस्ती पेशगी रुपये देकर घटिया माल तैयार कराते और लागतमाल का मूल्य उन्हें देते। इससे कम्पनी के कर्मचारी तो मालामाल होते गये, परन्तु जुलाहे गरीब होते गये। उन्हें ऋण भी लेना पड़ जाता था। दलाल अधिक रिश्वत लेकर कम्पनी को भारतीय माल खरीदवाते थे। माल की चौकसी भी ठीक नहीं होती थी। इन कारणों से इंग्लैंड पहुँचते-पहुँचते भारतीय माल में लाभ की सम्भावना नहीं रहती थी।

हेस्टिंग्स ने इन सब अव्यवस्थाओं में कड़ाई से सुधार किया। जुलाहों को कम्पनी के कर्मचारियों और दलालों से मुक्त कराया। माल की पूरी चौकसी की व्यवस्था की, जिससे व्यापार में लाभ होने लगा। उनकी कार्य-दक्षता से कर्नाटक, मैसूर और निकटवर्ती उत्पादन-क्षेत्रों में व्यापार में वृद्धि हुई।

इसी समय बंगाल में भारी दुर्भिक्ष की घड़ी आ उपस्थित हुई। 1768 में बंगाल में अनावृष्टि के कारण बहुत कम उपज हुई, परन्तु कम्पनी के गुमाश्तों ने किसानों से मालगुजारी बहुत सख़्ती से वसूल की। बीज के लिए रखे गए चावलों को भी उनसे वसूल कर लिया गया। अगले वर्ष 1769 में उपज और भी कम हुई। धान के सब खेत सूखे और बिना उपज के पड़े हुए थे। इस भयानक दुर्भिक्ष के संकट की घड़ी में भी अंग्रेज़ों ने किसानों को निचोड़कर 2797306 पौंड की लगान-राशि अपने देश भेजी जबकि अब से 10 वर्ष पूर्व यह राशि केवल 1395959 पौंड थी।

उस समय भी कुछ लोग धनी थे। जगतसेठ, मानिकचन्द नष्ट हो चुके थे, पर कुछ धनी बच रहे थे। पर, क्या किसान, क्या धनी-अन्न बंगाल में किसी के पास न था। अशर्फियाँ थीं, मगर कोई अन्न बेचने वाला न था।

अंग्रेज़ों ने बहुत-सा चावल कलकत्ते में सेना के लिए भर रखा था। यह सुनकर पूर्निया, दीनापुर, बाँकुड़ा, वर्द्धमान आदि चारों ओर से हज़ारों नर-नारी कलकत्ते को चल दिये। गृहस्थों की कुलकामिनियों ने प्राणाधिक बच्चों को कन्धे पर चढ़ाकर विकट यात्रा में पैर धरा। जिन कुल-वधुओं को कभी घर की देहली उलाँघने का अवसर नहीं आया था, वे भिखारिन के वेश में कलकत्ते की तरफ जा रही थीं। बहुमूल्य आभूषण और अशर्फियाँ उनके आँचल में बँधे थे और वे उनके बदले एक मुट्ठी अन्न चाहती थीं।

पर इनमें कितनी कलकत्ते पहुँचीं? सैकड़ों स्त्री-पुरुष मार्ग में ही भूखे-मर गये, कितनों के बच्चे माता का सूखा स्तन चूसते-चूसते अन्त में माता की छाती

पर ही ठण्डे हो गये। कितनी कुल-वधुओं ने भूख-प्यास से उन्मत्त हो, आत्मघात किया।

घोर दुर्भिक्ष समुपस्थित था। सूखे नर-कंकालों से मार्ग भरे पड़े थे। सहस्रों नर-नारी मर-मरकर मार्ग में गिर रहे थे। भगवती गंगा अपने तीव्र प्रवाह में भूखे मुर्दों को गंगासागर की ओर बहाये लिए जा रही थीं। अपने अधमरे बच्चों को छाती से लगाये, सैकड़ों स्त्रियाँ अधमरी अवस्था में गंगा के किनारे सिसक रही थीं। पापी प्राण नहीं निकलते थे। कभी-कभी डोम अन्य मुर्दों के साथ उन्हें भी टाँग पकड़कर गंगा में फेंक रहे थे। जहाँ-तहाँ आदमियों का समूह हिताहित शून्य हो, वृक्षों के पत्तों को खा रहा था। गंगा-किनारे वृक्षों में पत्ते नहीं रहे थे।

कलकत्ता नगर के भीतर रमणियाँ एक मुट्ठी अनाज के लिये अपनी गोद के प्यारे बच्चों को बेचने के लिए इधर-उधर घूम रही थीं।

●●●

6

इस दुर्भिक्ष में बंगाल की एक-तिहाई प्रजा मर गई, जिनमें गरीब किसान ही अधिक थे। किसानों के अभाव में खेत खाली पड़े रहते, कोई खेती करने वाला न था। अगले वर्ष जब मालगुजारी वसूल करने का समय आया तो न फसल थी, न किसान। इस अवस्था में कम्पनी को फूटी कौड़ी भी लगान वसूल नहीं हुआ। कम्पनी के व्यापार में भी ह्रास हुआ था। इंग्लैंड में जब बंगाल के इस भयानक दुर्भिक्ष और वहाँ के व्यापार में भारी ह्रास की बात पहुँची, तो तहलका मच गया। कम्पनी के कर्मचारियों में अत्याचारों का भी पता चला। तब इन सबकी जाँच के लिए एक कमेटी बनाई गई, जिसमें कलकत्ते के गवर्नर और कौंसिल के सदस्यों के कुकर्मों का भण्डा-फोड़ हुआ। क्लाइव को भी दोषी पाया गया। अतः निश्चय हुआ कि कलकत्ते के गवर्नर को हटाकर अन्य योग्य और ईमानदार व्यक्ति को वहाँ का गवर्नर बनाया जाये। कम्पनी के बोर्ड ऑफ डाइरेक्टर्स ने हेस्टिंग्स को इस पद के योग्य समझकर, उसे ही बंगाल का गवर्नर बनाया। अतः हेस्टिंग्स 2 फरवरी, 1772 को मद्रास से कलकत्ते के लिए चले। 13 अप्रैल, 1772 को जब उन्होंने बंगाल की गवर्नरी का पद सँभाला, उस समय वहाँ ख़ज़ाने में एक पाई भी रकम नहीं थी।

अब तक हेस्टिंग्स अत्याचार और असत्य से दूर थे, परन्तु इस कुर्सी पर बैठते ही उनमें राजसत्ता का पद भर गया। उनके सद्गुण उनसे दूर होने लगे। इस समय तक मिसेज इमहाफ की अपने पूर्व पति के तलाक की अर्ज़ी मंजूर हो गई थी। अब वह पूर्ण रूप से मिसेज हेस्टिंग्स कहलाने की पूर्ण अधिकारी बन चुकी थीं। अब इमहाफ को साथ रखने की जरूरत नहीं रही थी। कलकत्ता आकर कुछ मास बाद उन्हें पृथक् कर दिया गया।

इंग्लैंड से हेस्टिंग्स को आदेश प्राप्त हुआ कि कम्पनी के जिन कर्मचारियों के कारण हानि उठानी पड़ी है, उन्हें कठोरता से दण्ड दिया जाये। व्यापार और

शासन सुव्यवस्थित किया जाए। उस समय बंगाल में कम्पनी के कर्मचारियों की सत्ता चल रही थी, परन्तु वे पूर्णतः अपने को बंगाल का शासक नहीं मानते थे। दिल्ली के मुगल बादशाह ने अंग्रेज़ों को बंगाल की मालगुजारी मात वसूल करने का अधिकार दिया था। उनकी मोहरों और सिक्कों पर शाही अलकाब खुदे रहते थे। बंगाल के नवाब मुर्शिदाबाद में रहते थे। परन्तु क्लाइव ने मुर्शिदाबाद के नवाबों को धूल में मिलाकर बंगाल में अंग्रेज़ों के राज्य का बीजारोपण कर दिया था। उस समय बंगाल और बिहार की शासन-व्यवस्था नायब सूबेदार करते थे। बंगाल के नायब मोहम्मद रजाखाँ और बिहार के सिताबराय थे। दोनों ही सूबेदार मुर्शिदाबाद के नवाब के अधीन होते थे।

हेस्टिंग्स ने दोनों नायब सूबेदारों पर रिश्वत लेने और अत्याचार करने के आरोप लगाकर गिरफ़्तार कर लिया और आरोपों की जाँच होने तक कलकत्ता लाकर क़ैद में रखा। उनके आरोपों की जाँच हेस्टिंग्स ने स्वयं अपने हाथों में ली।

जाँच में सिताबराय निर्दोष पाये गए। उन्हें प्रतिष्ठा और इनाम देकर छोड़ दिया गया। उन्हें खिलअत, कुछ जवाहरात और एक सुसज्जित हाथी देकर पुनः नायब पद दिया गया। वे पटना लौट आए, परन्तु उन्हें अपनी गिरफ़्तारी का बहुत मानसिक दुःख हुआ, उसी परिताप में कुछ दिन रुग्ण रहकर उनकी मृत्यु हो गई।

दूसरे अभियुक्त मोहम्मदखाँ दोषी पाए गए। फिर भी हेस्टिंग्स ने उन्हें रिहा कर दिया। परन्तु उसको पदच्युत कर एक अंग्रेज़ मिडिलटन को उनके स्थान पर नायब बनाया गया। हेस्टिंग्स ने अधिक पैदावार और उपज, मालगुजारी अदा करने और वसूल करने के उचित नियम तथा किसानों का ऋण के बोझ से न दबे रहने सम्बन्धी सुधारक कार्य किए। जुलाहों को यह भी छूट दी कि वे अपना माल अपनी इच्छा के अनुसार चाहे कम्पनी को दें अथवा अन्य किसी को। उन दिनों नागा जाति तिब्बत, चीन, काबुल के पर्वतीय प्रदेशों में रहती और स्वच्छन्द विचरण करती रहती थी। ये लोग नंगे रहते थे। विचरण करते समय किसी भी स्वस्थ बालक को देखकर वे उसे बहकाकर अपने साथ कर लेते थे और नागा बना लेते थे। ये लोग तीर्थ-स्थानों में धार्मिक पर्वों के अवसर पर बड़ी संख्या में आते थे। बंगाल से वे प्रतिवर्ष बहुत से बालकों को उठाकर ले जाते थे, अतः हेस्टिंग्स ने उनका बंगाल में प्रवेश वर्जित कर दिया। बंगाल-प्रवेश के नाकों पर सैनिक पहरा रहने लगा। भूटान, तिब्बत, सिक्किम और कूच बिहार के साथ कम्पनी ने सम्बन्ध सुधारे तथा व्यापार किया।

हेस्टिंग्स ने मुर्शिदाबाद में स्थापित फ़ौजदारी और दीवानी अदालतें हटाकर कलकत्ता में स्थापित कीं। दीवानी अदालत का नाम 'सदर दीवानी' रखा गया।

गवर्नर और दो सदस्य उसके न्यायाधीश बने। 'सदर दीवानी' के नीचे प्रत्येक जिले में एक-एक फ़ौजदारी और दीवानी अदालतें खोली गईं। फ़ौजदारी अदालतों में तो मुसलमान न्यायाधीश नियत किए गए, परन्तु दीवानी अदालतों में हिन्दू न्यायाधीश नियत हुए, क्योंकि हिन्दू धर्मशास्त्रों के नियम और विधान वे ही समझ सकते थे। हेस्टिंग्स ने हिन्दू शास्त्रों के विधान का दस हिन्दू विद्वानों से संकलन कराकर, उसे फारसी तथा अंग्रेज़ी में अनूदित किया। 'सदर दीवानी' सुप्रीम कोर्ट कहलाती थी। फ़ौजदारी अदालतों को प्राणदण्ड की सज़ा देने से पहले सुप्रीम कोर्ट से आज्ञा लेनी होती थी। जिले की अदालतों की आज्ञा के विरुद्ध अपीलें भी इसी सुप्रीम कोर्ट में होती थीं।

सुप्रीम कोर्ट में प्रजा का हित होने की कोई आशा नहीं होती थी। भारतीय अमीरों को अपमानित करना ही उसका ध्येय था। उसमें झूठी ख़बरें पहुँचाने वाले, झूठी गवाहियाँ देने वाले, झूठे मुकद्दमे तैयार करने वाले बदमाशों की भरमार थी। कलकत्ते के दक्षिण में काशीगढ़ एक देसी रियासत थी। यहाँ के राजा सम्पन्न व्यक्ति थे। उनके महलों की ड्योढ़ियों पर सैनिकों का पहरा रहता था। उनकी प्रजा उन पर श्रद्धा करती थी, अतः उनके मुकद्दमे उन्हीं की कचहरी में निबटा दिये जाते थे, अंग्रेज़ी कोर्ट में नहीं। यह बात अंग्रेज़ों को खटकने लगी। काशीगढ़ के राजा का एक कारकुन काशीनाथ था। काशीनाथ ने अंग्रेज़ी हुक्कामों के बहकावे में आकर राजा के विरुद्ध एक झूठी दरख़्वास्त अंग्रेज़ी अदालत में दे दी और अपने पक्ष के समर्थन में हलफिया बयान भी दर्ज़ कर दिया। काशीगढ़ के राजा के नाम उनकी गिरफ़्तारी का वारण्ट और तीन लाख की जमानत देने का हुक्म जारी हुआ। राजा छिप गये। इस पर अदालत ने दो फ़ौजदारों को 86 सशस्त्र सिपाहियों के साथ राजा को पकड़ने भेजा। इन लोगों ने महल में घुसकर तलाशी ली। स्त्रियों पर अत्याचार, बलात्कार किए, लूटपाट की और राजा के पूजा के स्थान को उखाड़ डाला। मूर्ति और पूजा के बरतनों की गठरी बाँधकर सील मोहर लगाकर कोर्ट में ला धरी।

परन्तु इस सब व्यवस्था से कम्पनी के ख़ज़ाने में आमदनी नहीं बढ़ी। इंग्लैंड से कम्पनी के डाइरेक्टर बराबर लाखों रुपया भेजने की ताकीद करते रहते थे। भारत में सेना और गवर्नर का वेतन भी पिछड़ गया था। हेस्टिंग्स इससे परेशान हो उठे। एक बार कम्पनी के डाइरेक्टरों की सख़्त हिदायत आई कि तुरन्त पचास लाख रुपया भेजो। हेस्टिंग्स चिन्ता में पड़ गए। अब यही उपाय शेष था कि रुपया वसूल करने के लिए सख़्त और अनुचित काम किये जायँ। यही उन्होंने किया।

मुर्शिदाबाद के नवाब को जेबखर्च के लिए कम्पनी तीन लाख पौंड वार्षिक देती थी। इसे घटाकर एक लाख 62 हज़ार पौंड किया गया। क्लाइव ने दिल्ली के

मुगल बादशाह से बंगाल की दीवानी प्राप्त करते समय बादशाह की ओर से बंगाल की प्रजा से हर प्रकार का कर वसूल करने का अधिकार प्राप्त किया था तथा बादशाह को बंगाल की आय में से तीन लाख पौंड वार्षिक देते रहने का निश्चय हुआ था। परन्तु उसे अब बिलकुल बंद कर दिया। बादशाह पर दोष लगाया गया कि वह मराठों की कठपुतली बन गये हैं। इलाहाबाद और कड़ा के जिले पचास लाख रुपये में अवध के नवाब शुजाउद्दौला के हाथ बेच दिए गए। इतना सब करके भी कम्पनी के डाइरेक्टर और अधिक धन की माँग कर रहे थे।

●●●

7

जिस समय दिल्ली पर शाहआलम का अधिकार था, तब मद्रास की बस्ती अंग्रेज़ों के अधिकार में थी और यही उस समय उनके भारतीय व्यापार का मुख्य केन्द्र था। डूप्ले ने मद्रास अंग्रेज़ो से छीन लेने का विचार किया। दोस्तअली खाँ का उत्तराधिकारी अनवरुद्दीन इस समय कर्नाटक का नवाब था, अंग्रेज़ों के विरुद्ध डूप्ले ने नवाब के खूब कान भरे। लाबूर दौने नामक एक फ्रांसिसी के अधीन कुछ जलसेना मद्रास विजय करने के लिए भेजी और नवाब को उसने यह समझाया कि अंग्रेज़ों को मद्रास से निकालकर नगर उनके हवाले कर दूँगा। लाबूरदौने ने मद्रास विजय कर लिया, किन्तु इसके साथ ही अंग्रेज़ों से चालीस हज़ार पौंड नकद लेकर मद्रास फिर उनके हवाले कर देने का वादा कर लिया। इसके बाद डूप्ले ने अपने वादे के अनुसार मद्रास नवाब के हवाले कर देने की कोई चेष्टा न की और न लाबूरदौने के वादे के अनुसार उसे अंग्रेज़ों को वापस किया। नवाब को जब इस छल का पता चला, तो वह फ़ौरन सेना लेकर मद्रास की ओर रवाना हुआ। डूप्ले अपनी सेना सहित नवाब को रोकने के लिए बढ़ा। 4 नवम्बर, 1746 ई. को मद्रास के निकट डूप्ले की सेना और नवाब कर्नाटक की सेना में संग्राम हुआ। डूप्ले की सेना में भी अधिकतर भारतीय सिपाही ही थे। सेना तथा अपने तोपखाने के बल से डूप्ले ने विजय प्राप्त की। इतिहास में यह पहली विजय थी, जो किसी यूरोपियन ने किसी भारतीय शासक के विरुद्ध प्राप्त की। इससे विदेशियों के हौसले और भी अधिक बढ़ गए।

फ्रांसिसी, अंग्रेज़ों तथा नवाब-कर्नाटक दोनों को धोखा दे चुके थे, इसलिए ये दोनों अब फ्रांसीसियों के विरुद्ध मिल गए। सन् 1748 ई. में अंग्रेज़ी सेना ने पांडिचेरी पर हमला किया, किन्तु डूप्ले की सेना ने इस बार भी अंग्रेज़ों को हरा दिया। इसी समय यूरोप में फ्रांस और इंगलिस्तान के बीच संधि हो गई, जिसमें एक बात यह तय हुई कि मद्रास फिर से अंग्रेज़ों के सुपुर्द कर दिया जाय। इस प्रकार अकस्मात्

कर्नाटक से अंग्रेज़ों को निकाल देने की डूप्ले की आशा को एक जबरदस्त धक्का पहुँचा, जिससे फ्रांसीसियों की बरसों की मेहनत पर पानी फिर गया। किन्तु डूप्ले का हौसला इतनी जल्दी टूटने वाला न था। फ्रांसिसी और अंग्रेज़ी कम्पनियों में प्रतिस्पर्द्धा बराबर जारी रही। ये दोनों कम्पनियाँ इस देश में अपनी-अपनी सेनाएँ रखती थीं और जहाँ कहीं किसी दो भारतीय नरेशों में लड़ाई होती थी, तो एक-एक का और दूसरा दूसरे का पक्ष लेकर लड़ाई में शामिल हो जाता था। भारतीय नरेशों की सहायता के बहाने इनका उद्देश्य अपने यूरोपियन प्रतिस्पर्द्धा को समाप्त करना होता था।

दक्षिण भारत की राजनैतिक अवस्था इस समय अत्यन्त बिगड़ी हुई थी। मुगल-सम्राट् की ओर से नाजिरजंग दक्षिण का सूबेदार था। नाजिरजंग का भतीजा मुजफ़्फरजंग अपने चचा को मसनद से उतारकर स्वयं सूबेदार बनना चाहता था, इसलिए नाजिरजंग ने अपने भतीजे मुजफ़्फरजंग को क़ैदकर रखा था। उधर अनवरुद्दीन कर्नाटक का नवाब था, किन्तु उससे पहले नवाब दोस्तअली खाँ का दामाद चन्दासाहब अनवरुद्दीन को गद्दी से उतारकर खुद कर्नाटक का नवाब बनना चाहता था। साहूजी तंजोर का राजा था और एक दूसरा उत्तराधिकारी प्रतापसिंह साहूजी को हटाकर तंजोर का राज्य लेना चाहता था। कर्नाटक का नवाब सूबेदार के अधीन था और तंजोर का राजा नवाब कर्नाटक का मालगुजार था। इन तीनों शाही घरानों की इस आपसी फूट से अंग्रेज़, फ्रांसिसी और मराठे तीनों फायदा उठाने की कोशिशें कर रहे थे। दिल्ली के मुगल-दरबार में इतना बल न रह गया था कि साम्राज्य के एक दूर के कोने में इस तरह के झगड़ों को दबा सके। अंग्रेज़ों ने नाजिरजंग और अनवरुद्दीन का पक्ष लिया और फ्रांसीसियों ने मुजफ़्फरजंग तथा चन्दासाहब का सूत्रपात तंजोर से हुआ।

सबसे पहले चन्दासाहब ने तंजोर के राजा साहूजी को गद्दी से उतारकर, वहाँ का राज्य अपने अधीन कर लिया। मराठों ने तंजोर पर चढ़ाई करके चन्दासाहब को क़ैद कर लिया और प्रतापसिंह को वहाँ की गद्दी पर बैठा दिया। तंजोर की प्रजा साहूजी की अपेक्षा प्रतापसिंह से खुश थी। अंग्रेज़ों ने अब साहूजी का पक्ष लिया और साहूजी को फिर गद्दी पर बैठाने के बहाने कम्पनी की सेना फौरन मौके पर पहुँच गई। किन्तु वहाँ पहुँचने पर अंग्रेज़ों ने देखा कि प्रतापसिंह का पक्ष अधिक मजबूत था, इसलिए ऐन मौके पर साहूजी के साथ दग़ा करके, वे प्रतापसिंह से मिल गए। इसके बदले में देबीकोटा का नगर और किला प्रतापसिंह ने अंग्रेज़ों को दे दिया। साहूजी को सदा के लिए पेंशन देकर अलग कर दिया गया और प्रतापसिंह तंजोर का राजा बना रहा। कर्नाटक में नवाब अनवरुद्दीन अँग्रेज़ों पर मेहरबान था ही, इसीलिए फ्रांसिसी अनवरुद्दीन की जगह चन्दासाहब को नवाब बनाना चाहते थे।

डूप्ले ने चन्दासाहब की ओर से मराठों को नकद धन देकर चन्दासाहब को क़ैद से छुड़वा लिया और फिर अनवरुद्दीन की जगह चन्दासाहब को कर्नाटक की गद्दी पर बैठाने का प्रयत्न किया। 3 अगस्त सन् 1749 को आम्बूर की लड़ाई में फ्रांसीसियों की सहायता से अनवरुद्दीन का काम तमाम कर, चन्दासाहब कर्नाटक का नवाब बन गया। इसमें डूप्ले को सफलता प्राप्त हुई।

किन्तु तंजोर अभी तक प्रतापसिंह के अधिकार में था और प्रतापसिंह अंग्रेज़ों के पक्ष में था। डूप्ले ने इसके लिए नाजिरजंग के विरुद्ध मुजफ़्फ़रजंग के साथ साजिश की। चाचा की क़ैद से भागकर मुजफ़्फ़रजंग ने फ्रांसीसियों की सहायता से स्वयं को दक्षिण का सूबेदार घोषित कर दिया और चन्दासाहब के साथ मिलकर तंजोर पर चढ़ाई की। सूबेदार नाजिरजंग ने तंजोर और वहाँ के राजा प्रतापसिंह की सहायता के लिए सेना भेजी। दोनों पक्षों के बीच युद्ध हुआ, जिसमें मुजफ़्फ़रजंग फिर से क़ैद कर लिया गया। चन्दासाहब की जगह अनवरुद्दीन का बेटा मुहम्मदअली कर्नाटक का नवाब बना दिया गया और नाजिरजंग सूबेदारी की मसनद पर कायम रहा। डूप्ले की सब कार्रवाई निष्फल हो गई। इस पर भी उसके प्रयत्न जारी रहे। जब खुले युद्ध में वह न जीत सका, तो उसने अपने गुप्त अनुचरों द्वारा सूबेदार नाजिरजंग को कत्ल करा दिया और एक बार फिर मुज़फ़्फ़रजंग को दक्षिण का सूबेदार और चन्दासाहब को कर्नाटक का नवाब घोषित कर दिया।

किन्तु त्रिचिनापल्ली का दृढ़ किला मुहम्मदअली के हाथों में था। त्रिचिनापल्ली में युद्ध हुआ, जिसमें दक्षिण के इन तीनों राजाओं, अंग्रेज़ों और फांसीसियों के भाग्य का फैसला हो गया। चन्दासाहब और फ्रांसीसियों की सेनाएँ एक ओर थीं, मुहम्मदअली और अंग्रेज़ों की सेनाएँ दूसरी ओर। एक फ्रांसिसी सेना इस समय डूप्ले की सहायता के लिए भेजी गई, किन्तु वह कहीं मार्ग में ही डूबकर ख़तम हो गई। त्रिचिनापल्ली के संग्राम में फ्रांसीसियों की हार रही। इस युद्ध से अंग्रेज़ भारत में जम गए और फ्रांसिसी उखड़ गये। फ्रांसीसियों की भारत-विजय की आशा धूल-धूमिल हो गई।

अब अंग्रेज़ों की कृपा से मुहम्मदअली कर्नाटक का नवाब बना। इसके बदले में उसने 16 लाख की आय का इलाका अँग्रेज़ों को दिया। प्रारम्भ में मुहम्मदअली की अंग्रेज़ों में बड़ी प्रतिष्ठा थी। पर, वह शीघ्र ही बंगाल के नवाबों की भाँति दुरदुराया जाने लगा। उससे नित नई माँगें पूरी कराई जाती थी और नवाब को प्रत्येक नये गवर्नर को लगभग डेढ़ लाख रुपये नज़र करने पड़े थे। अन्त में इस पर इतने ख़र्च बढ़ गये कि वह तंग हो गया और अंग्रेज़ों से जान बचाने का उपाय सोचने लगा। इस समय अंग्रेज़ व्यापारियों के कर्ज़े से बेतरह दबा हुआ था।

लार्ड कॉर्नवालिस ने नवाब से एक संधि की, जिसके कारण नवाब की तमाम सेना का प्रबन्ध अंग्रेज़ों के हाथ में आ गया। इसके ख़र्च के लिये नवाब से कुछ जिले रहन रखा लिये गये। इनकी आमदनी 30 लाख रुपया सालाना थी।

सन् 1795 में मुहम्मदअली की मृत्यु हुई और उसका बेटा नवाब उमदतुलउमरा गद्दी पर बैठा। इस पर गवर्नर ने जोर दिया कि रहन रखे जिले और कुछ किले वह कम्पनी को दे दे। पर उसने साफ इनकार कर दिया। परन्तु इसी बीच में अंग्रेज़ों ने प्रतापी टीपू को हरा डाला था और रंगपट्टन का अटूट ख़ज़ाना उनके हाथ लगा था। उसमें गवर्नर को कुछ ऐसे प्रमाण भी मिले कि जिनमें कर्नाटक के नवाब का टीपू के साथ षड्यन्त्र पाया जाता था। परन्तु नवाब के जीते जी यह बात यों ही चलती रही। ज्यों ही नवाब मृत्युशय्या पर पड़ा, कम्पनी की सेना ने महल को घेर लिया और यह कारण बताया कि नवाब की मृत्यु पर बद-अमनी का भय है। नवाब बहुत गिड़गिड़ाया, पर अंग्रेज़ों ने उसे हर समय घेरे रखा और बराबर अपनी मित्रता का विश्वास दिलाते रहे। उस समय नवाब का बेटा शाहजादा अलीहुसैन उसी महल में था। ज्योंही नवाब के प्राण निकले कि शाहजादे को जबरदस्ती महल से बाहर ले जाकर, अंग्रेज़ों ने कहा–"चूँकि तुम्हारे दादा और बाप ने अंग्रेज़ों के ख़िलाफ़ गुप्त पत्र-व्यवहार किया है, इसलिए गवर्नर-जनरल का यह फैसला है कि तुम बजाय अपने बाप की गद्दी पर बैठने के मामूली रिआया की भाँति जिन्दगी बिताओ और इस सन्धि-पत्र पर दस्तख़त कर दो।" जहाँ यह बातें हो रही थीं, वहाँ अंग्रेज़ी सिपाही नंगी तलवारें लिये फिर रहे थे। परन्तु अलीहुसैन ने मंजूर न किया। तब नवाब के दूर के रिश्तेदार आजमुद्दौला से अंग्रेज़ों ने बातचीत की। उसने संधि की शर्तें स्वीकार कर लीं। तब उसे मसनद पर बैठा दिया गया। इस सन्धि के अनुसार तमाम कर्नाटक प्रान्त कम्पनी के हाथ आ गया और आजमुद्दौला केवल राजधानी अरकार और चिपोक के महलों का स्वामी रह गया। नवाब को चिपोक के महल में रखा गया और उसी में शाहजादा अलीहुसैन और उसकी विधवा माँ को क़ैद कर दिया। कुछ दिन बाद वह वहीं मर गया। सन्देह किया जाता है कि उसे ज़हर दिया गया।

मुगल-साम्राज्य में सूरत एक सम्पन्न बन्दरगाह और सूबा था। बहुत दिन से वहाँ बादशाह का सूबेदार रहता था। जब साम्राज्य की शक्ति ढीली पड़ी, तब वहाँ का हाकिम स्वतंत्र नवाब बन बैठा। पीछे जब यूरोप की जातियों ने भारत में पैर फैलाये और अंग्रेज़ों की शक्ति बढ़ने लगी, तब सूरत के नवाब से भी अंग्रेज़ों ने संधि कर ली। धीरे-धीरे नवाब अंग्रेज़ों के हाथ की कठपुतली हो गया। चार नवाबों के जमाने में यही होता रहा। वेलेजली ने अपनी नीति के आधार पर नवाब को भी सेना भंग करने और कम्पनी की सेना रखने की सलाह दी। नवाब ने बहुत नाँ-नूँ की, मगर

अन्त में एक लाख रुपया वार्षिक और 30 हज़ार रुपये सालाना की और रियायतें करनी ही पड़ीं। इसी समय नवाब मर गया। इसके बाद इसका चाचा नसिरुद्दीन गद्दी पर बैठा। इसने शीघ्र ही सब दीवानी और फ़ौजदारी अधिकार अंग्रेज़ों को दे दिये और स्वयं बे-मुल्क नवाब बन बैठा।

दिल्ली के बादशाह मुहम्मदशाह के वज़ीर आसफजाह ने वज़ारत से इस्तीफा देकर दक्षिण में जा, हैदराबाद को अपनी राजधानी बनाकर एक नया राज्य स्थापित किया और 10 वर्ष तक मराठों से लड़कर अपने राज्य को दृढ़ कर लिया। धीरे-धीरे दक्षिण में तीन शक्तियाँ प्रबल हो गईं। एक निज़ाम, दूसरी पेशवा और तीसरी हैदरअली।

अंग्रेज़ी शक्ति ने इन तीनों को न मिलने देने में ही कुशल समझी। निज़ाम ने अंग्रेज़ी शक्ति के आधीन होकर बार-बार हैदरअली से विश्वासघात किया। ज्योंही टीपू की समाप्ति हुई, अंग्रेज़ी शक्ति निज़ाम के पीछे लगी। पहले गुण्डर का इलाका उससे ले लिया गया।

इसके बाद एक गहरी चाल यह खेली गई कि वज़ीर से लेकर छोटे-छोटे अमीरों तक को रिश्वतें देकर इस बात पर राजी कर लिया गया कि नवाब की सब सेना, जो फ्रांसीसियों के अधीन थी, टुकड़े-टुकड़े करके बर्ख़ास्त कर दी जाय और कम्पनी की सब सीडियरी सेना चुपके से हैदराबाद आकर उसका स्थान ग्रहण कर ले। इसकी नवाब को कानों-कान ख़बर नहीं हो।

वज़ीर यद्यपि सहमत हो गया था, घूस भी खा चुका था, परन्तु ऐसा भयानक काम करते झिझकता था। किन्तु अंग्रेज़ों ने सेना के भीतर ही जाल फैला दिये थे। फलतः निज़ाम की सेनाएँ विद्रोह कर बैठीं; क्योंकि उन्हें कई मास का वेतन नहीं मिला था। उचित अवसर देखकर कम्पनी की सेना ने हैदराबाद को घेर लिया और निज़ाम की सेना को बर्ख़ास्त करके अपना आधिपत्य कर लिया।

शिवाजी की मृत्यु के 80 वर्ष बाद मराठों की सत्ता बहुत बढ़ चुकी थी और मुगल-साम्राज्य की शक्ति घट रही थी। एक बार तो समस्त भारत में मराठों का प्रभुत्व छा चुका था। मराठों में पेशवा सर्वोपरि शासक था, परन्तु धीरे-धीरे गायकवाड़, भोंसले, होलकर और सिंधिया, अपनी पृथक् सत्ता स्थापित करने लगे। उन्होंने पेशवा के स्वामित्व से स्वयं को पृथक् कर लिया।

वारेन हेस्टिंग्स बंगाल और अवध को हस्तगत करने के साथ ही मराठा-मण्डल में भी फूट डालकर मध्य भारत में ईस्ट इंडिया कम्पनी के प्रभुत्व की नींव डाल रहा था। उस समय मालवे का शासन महारानी अहिल्याबाई के हाथों में था। अहिल्याबाई

अंग्रेज़ों की कूटनीति भली-भाँति समझती थी और उसने इसका भारी विरोध किया। अत: वारेन हेस्टिंग्स को पेशवा के विरुद्ध सिंधिया को फोड़ना पड़ा। उस समय होलकर और सिंधिया मराठा-साम्राज्य के सबसे अधिक शक्तिशाली सदस्य थे। महादजी सिंधिया ग्वालियर पर शासन कर रहा था और मल्हारराव होलकर मालवे और बुन्देलखण्ड पर।

मल्हारराव होलकर के कुण्डीराव नामक एक ही पुत्र था, किन्तु वह असमय ही कुम्भेरू की लड़ाई में मारा गया। कुण्डीराव का विवाह सिंधिया परिवार की एक लड़की अहिल्याबाई के साथ हुआ था। अहिल्याबाई की दो सन्तानें थीं। मालीराव पुत्र और मुक्ताबाई कन्या। मल्हारराव की मृत्यु के पश्चात् उसका पौत्र मालीराव होलकर राज्य का स्वामी हुआ। किन्तु दुर्भाग्यवश मालीराव सिंहासन पर बैठने के नौ महीने बाद स्वर्गवासी हुआ। मालीराव निस्संतान मरा। अत: राज्य का सारा भार अहिल्याबाई के कन्धों पर आकर पड़ा।

सिंहासन पर बैठते ही अहिल्याबाई को एक विकट कठिनाई का सामना करना पड़ा। उसका गद्दी पर बैठना उसके एक ब्राह्मण मण्डी गंगाधर यशवन्त को बहुत बुरा लगा। राघोवा दादा उस समय पेशवा की मध्य-भारत की सेना का प्रधान सेनापति था। गंगाधर ने राघोवा के सामने अपनी यह योजना पेश की कि अहिल्याबाई अपने एक दूर के रिश्ते के छोटे से लड़के को गोद ले स्वयं गद्दी पर बैठने का इरादा छोड़ दे व गंगाधर उस लड़के का वारिश बनकर राज्य-भार सँभाले। इस कार्य के उपलक्ष में राघोवा को गंगाधर ने एक बहुत बड़ी रकम नज़राने में देने का वादा किया। किन्तु अहिल्याबाई के सद्गुणों और प्रतिभा से उसकी प्रजा भली-भाँति परिचित थी। इसलिए प्रजा कहीं असन्तुष्ट न हो जाय, इसका भय भी गंगाधर को था। फिर भी राघोवा ने गंगाधर की इस योजना पर अपनी स्वीकृति दे दी।

किन्तु गंगाधर को अपनी भूल शीघ्र मालूम हो गई। जब उसने अहिल्याबाई को इस सारे विषय की सूचना दी, तो अहिल्याबाई ने उत्तर दिया कि तुम्हारी इस योजना को स्वीकार करना होलकर वंश के लिए नितान्त लज्जास्पद है और मैं कभी इसमें अपनी सम्मति न दूँगी। उसने गंगाधर को भली-भाँति समझा दिया कि रानी और राजमाता की हैसियत से राज्य का शासन-प्रबन्ध करने का अधिकार केवल मुझे है, किसी अन्य को नहीं।

अहिल्याबाई ने राघोवा को भी सूचना भेज दी कि एक स्त्री से युद्ध छेड़ने में आपके पल्ले कलंक पड़ सकता है, प्रतिष्ठा नहीं। होलकर राज्य की समस्त प्रजा अहिल्याबाई के पक्ष में थी।

राघोवा ने इसे अपना अपमान समझा। वह इसका बदला खून से लेने को तैयार हो गया। अहिल्याबाई भी शान्त होकर नहीं बैठी। होलकर राज्य में राघोवा के विरुद्ध युद्ध का ऐलान कर दिया गया। राज्य की समस्त सेना अपनी राजमाता के अपमान का बदला लेने को तैयार हो गई; विशेषकर जब सैनिकों को यह ज्ञात हुआ कि अहिल्याबाई स्वयं युद्ध के मैदान में अपनी सेना का नेतृत्व अपने हाथों में लेंगी, तो सैनिकों के उत्साह का पारावार न रहा। अहिल्याबाई ने अपने हाथी पर रत्न जड़ित हौदा कसवाया। हौदे के चारों कोनों पर बाणों से भरे हुए तूणीर और चार धनुष रखवाए।

परिस्थिति गम्भीर होते देखकर महादजी सिंधिया और जन्नोजी भोंसले ने राघोवा का विरोध किया। उधर स्वयं पेशवा ने राघोवा को आज्ञा दी कि तुम अहिल्याबाई के विरुद्ध कोई कार्य न करो। राघोवा ने परिस्थिति विपरीत देखकर अहिल्याबाई के विरुद्ध युद्ध करने का विचार छोड़ दिया।

अपनी असाधारण क्षमता से प्रेरित होकर अहिल्याबाई ने राघोवा को राजधानी में बुलाकर आदर-सत्कार किया और गंगाधर यशवन्त को भी फिर बहाल कर दिया गया।

गद्दी पर बैठने के बाद अहिल्याबाई ने तुकाजी होलकर को अपना सेनापति नियुक्त किया और आज्ञा दी कि सेना को भली-भाँति संगठित किया जाय।

सेना के संगठित हो जाने पर अहिल्याबाई ने अपनी समस्त शक्तियाँ राज्य-प्रबन्ध की ओर लगा दीं। मालवा और नीमाड़ का कर अहिल्याबाई ही वसूल करती थी और बुन्देलखण्ड तथा दक्षिण का कर तुकाजी वसूल करता था। फ़ौजी और दीवानी ख़र्च निकालकर सारा धन सार्वजनिक ख़ज़ाने में चला जाता था। अपने ख़र्च के लिए चार लाख रुपये सलाना की जागीर पृथक् रखी थी।

अहिल्याबाई के दूत पूना, हैदराबाद, श्रीरंगपत्तनन, नागपुर, लखनऊ और कलकत्ता में थे। अहिल्याबाई के जितने सामन्त राजा थे, सबके यहाँ उसके दूत रहा करते थे।

महाराष्ट्र स्त्रियों में पर्दे की प्रथा कभी नहीं रही, इसलिए अहिल्याबाई स्वयं रोज खुले दरबार में बैठकर दरबार का कार्यवाही संचालन करती थीं। अहिल्याबाई के शासन का पहला सिद्धान्त था कि प्रजा से हलका लगान लिया जाय। किसान और गरीबों पर उसकी बड़ी कृपा रहती थी। उसने प्रजा के न्याय के लिए अदालत और पंचायतें खोल रखी थीं, लेकिन फिर भी वे स्वयं उनकी प्रत्येक शिकायत सुना करती थीं। प्रजा के हर मनुष्य की पहुँच उन तक थी।

महारानी अहिल्याबाई अत्यन्त परिश्रमशील थीं। राज्य के कार्यों से अवकाश पाकर वह अपना सारा समय भक्ति और परोपकार में लगाती थीं। उनके प्रत्येक काम पर धार्मिकता की गहरी छाप रहती थी। वह बहुधा कहा करती थीं कि अपने शासन के एक-एक काम के लिए मुझे परमात्मा के सामने जवाब देना होगा।

जब उनके मन्त्री, शत्रु पर किसी प्रकार की सख़्ती करने की सलाह देते थे, तो अहिल्याबाई कहतीं, हम उस सर्व-शक्तिमान् के रचे हुए पदार्थों को नष्ट न करें।

महारानी अहिल्याबाई नित्य ब्रह्ममुहूर्त में उठा करती थीं। नित्य-कर्म से निवृत्त होने के उपरान्त वह ईश्वर की उपासना करती थीं। फिर कुछ देर तक धार्मिक ग्रन्थों का पाठ सुनती थीं। इसके बाद अपने हाथों से निर्धनों को दान देतीं और ब्राह्मणों को भोजन कराकर तब स्वयं भोजन करती थीं। वह सर्वथा निरामिष-भोजी थीं। भोजन के उपरान्त वह फिर ईश्वर प्रार्थना करती थीं। फिर थोड़ी देर के लिए विश्राम करती थीं। इसके बाद उठकर कपड़े पहनकर मध्याह्न दो बजे दरबार में पहुँच जाती थीं। दरबार में वह प्रायः छः बजे शाम तक रहती थीं। दरबार समाप्त होने के पश्चात् पूजा-पाठ और थोड़े से आहार के बाद नौ बजे रात को वह फिर दरबार में आ जाती थीं और ग्यारह बजे रात तक काम करती रहती थीं। इसके बाद अहिल्याबाई के सोने का समय होता था। इस दैनिक कार्यक्रम में सिवाय, व्रतों, विशेष त्योहारों अथवा राज्य की विशेष आवश्यकताओं के कभी परिवर्तन न होता था।

महारानी अहिल्याबाई के राज्य की समृद्धि और शान्ति अधिक प्रशंसनीय थी। इसका केवल एक कारण था और वह यह कि उन्हे प्रजा पर शासन करना ज्ञात था। अहिल्याबाई अपनी शान्त प्रजा के साथ दयावान थीं और अपनी उपद्रवी प्रजा के साथ उनका व्यवहार कड़ा, किन्तु न्यायपूर्ण होता था। राज्य के मन्त्रियों को वह कभी नहीं बदलती थीं।

इन्दौर पहले एक छोटा-सा गाँव था। अहिल्याबाई की ही विशेष कृपा से वह बढ़ते-बढ़ते एक विशाल सम्पन्न नगर हो गया।

अपने सामन्त-नरेशों के साथ महारानी अहिल्याबाई का व्यवहार अत्यन्त उदार होता था। सामन्त-नरेश अहिल्याबाई की इस उदारता का लाभ उठाकर कभी-कभी ख़िराज भेजने में असाधारण देर कर देते थे। किन्तु दो-चार बार अहिल्याबाई की कड़ी ताड़ना पाकर फिर भेज देते थे। कई छोटे-मोटे राजपूत सरदार अहिल्याबाई के राज्य में उपद्रव मचाकर लोगों को लूट लेते थे। अहिल्याबाई ने उन्हें प्रेम से जीतकर अपने राज्य के अत्यन्त शान्त और स्वामीभक्त नागरिक बना दिया।

अहिल्याबाई अपने राज्य में चारों ओर खुशहाली पैदा करने का अथक प्रयत्न करती थी। जब वह अपने राज्य के महाजनों, व्यापारियों, किसानों और काश्तकारों को उन्नति करते देखतीं, तो उन्हें बड़ी प्रसन्नता होती। उन पर टैक्स बढ़ाने के बदले महारानी अहिल्याबाई की उन पर कृपा बढ़ती।

सतपुड़ा घाट के गोंड और भील, होलकर राज्य में अकसर उपद्रव मचाया करते थे। अहिल्याबाई ने पहले उनसे प्रेम से काम चलाना चाहा, किन्तु जब समझौते से कार्य न चला, तो उसे विवश होकर कई आदमियों को पकड़कर सूली पर लटकाना पड़ा। गोंड, भील उनके इस भीषण दण्ड को देखकर काँप गए। उन्होंने क्षमा की प्रार्थना की। उदार रानी ने उन्हें क्षमा कर दिया। उन्हें खेती करने के लिए जमीनें दीं। उन्हें यह अधिकार दे दिया कि उनके पहाड़ों से जो माल से लदी हुई गाड़ियाँ गुज़रें, उन पर वे दो पैसे प्रति गाड़ी कर वसूल करें। इस तरह धीरे-धीरे अहिल्याबाई ने उन्हें शान्त और सुखी नागरिक बनाने की चेष्टा की।

महारानी अहिल्याबाई ने अपने राज्य में कई किले बनवाए। उसने विंध्याचल पर्वत पर, ऐसी जगह जहाँ पर कि पहाड़ जमीन से बिलकुल सीधा ऊपर को जाता है, बड़ी लागत पर एक सड़क बनवाई और चोटी के ऊपर जौम नाम का किला बनवाया। अहिल्याबाई ने अपनी राजधानी माहेश्वर में बहुत-सा रुपया ख़र्च करके कई मन्दिर और धर्मशालाएँ बनवाईं। होलकर राज्य भर के अन्दर उन्होंने सैकड़ों कुएँ खुदवाए। किन्तु उनकी यह उदारता अपने राज्य तक ही परिमित न थी। उन्होंने भारत के समस्त तीर्थ-स्थानों में द्वारिकापुरी से लेकर जगन्नाथधाम तक और केदारनाथ से लेकर रामेश्वरम् तक मन्दिर और धर्मशालाएँ बनवाईं। साधुओं के लिए सदाव्रत खुलवाए। बनारस का प्रसिद्ध मणिकर्णिका घाट महारानी अहिल्याबाई का ही बनवाया हुआ है।

दक्षिण के अनेक दूर-दूर के मन्दिरों में मूर्तियों के स्नान के लिए प्रति-दिन गंगाजल पहुँचने का प्रबन्ध अहिल्याबाई ने अपने ख़र्च पर कर रखा था। वह रोज गरीबों को खाना खिलाती थीं और विशेष त्योहारों पर छोटी-से-छोटी जातियों के लिए खेल-तमाशे और आमोद-प्रमोद का प्रबन्ध किया करती थीं। गरमी के मौसम में, प्यासों को ठण्डा जल पिलाने का प्रबन्ध करती थीं और जाड़े में गरीबों को कम्बल बँटवाती थीं। नदियों में मछलियों को खाना खिलवाती थीं और गरमी के दिनों में उसके आदमी किसान के हल में जुते बैलों को रोककर पानी पिलाते थे। चूँकि किसान पक्षियों को अपने खेत से उड़ा देते हैं, इसलिए उन्होंने पक्षियों के लिए फल के अनेक बाग़ लगवा दिए थे, ताकि पक्षी स्वतन्त्रतापूर्वक उसमें अपना पेट भर सकें।

इन्हीं कार्यों के कारण लोग उनसे शत्रुता करना पाप समझते थे। इतना ही नहीं, वरन् किसी भी शत्रु के विरुद्ध अहिल्याबाई की सहायता करना अपना धार्मिक कर्तव्य समझते थे। अन्य राजा भी उसका आदर करते थे। दक्षिण के निज़ाम और टीपू सुल्तान अहिल्याबाई का उतना ही आदर करते थे, जितना कि पेशवा करता था। मुसलमान एवं हिन्दू दोनों अहिल्याबाई के चिरंजीवी होने और उसकी सौम्य-वृद्धि की ईश्वर से प्रार्थना करते थे।

60 वर्ष की अवस्था में 30 वर्ष तक राज्य करने के बाद सन् 1795 में महारानी अहिल्याबाई की मृत्यु हुई। कड़े उपवास और व्रतों ने उसके शरीर को दुर्बल बना दिया था।

अहिल्याबाई मध्यम कद की दुबली-पतली स्त्री थीं। रंग उनका गहरा गेहुआँ था और जीवन की अन्तिम कड़ी तक उनके चेहरे से शान्ति और भलाई झलकती थी। अहिल्याबाई बड़ी हँसमुख थीं, किन्तु लोगों के ज़ुल्म और ज्यादतियों से जब उन्हें क्रोध आता था, तो लोग काँपने लगते थे। धार्मिक ग्रन्थों से उन्हें विशेष प्रेम था। वह उन्हें पढ़ और समझ लेती थीं। अहिल्याबाई राज्य-प्रबन्ध में अत्यन्त चतुर और दक्ष थीं। अहिल्याबाई जब बीस वर्ष की भी न थीं, उनके पति युद्ध में मारे गये। पुत्र भी उनका केवल नौ महीने राज्य करके मर गया। पति वियोग और अपने पुत्र की असामयिक मृत्यु का उसके हृदय पर बड़ा गहरा असर पड़ा। पति की मृत्यु के बाद उन्होंने कभी रंगीन कपड़े नहीं पहने और सिवाय एक हीरों की माला के कोई दूसरा आभूषण भी नहीं पहना। खुशामद से उन्हें सख़्त नफ़रत थी।

एक ब्राह्मण कवि उनकी प्रशंसा में एक पुस्तक लिखकर लाया। अहिल्याबाई ने उसे बड़े धैर्य के साथ सुना। जब वह समाप्त कर चुका, तो कहने लगी–"मैं तो एक पापी और दुर्बल स्त्री हूँ। मैं इस प्रशंसा की पात्र नहीं।"

यह कहकर कवि की पुस्तक नर्मदा नदी में फिंकवा दी गई।

उसमें अभिमान न था। वह अपने धर्म की कट्टर विश्वासी थीं, किन्तु उनमें अनुदारता न थी। अपनी प्रजा के उन लोगों के साथ, जिनके धार्मिक विश्वास उनसे भिन्न थे, अहिल्याबाई का व्यवहार विशेष अनुग्रह और उदारता का होता था। अहिल्याबाई की मृत्यु के बाद अंग्रेज़ों ने मालवा पर अधिकार कर लिया।

●●●

8

सत्रहवीं शताब्दी के मध्यकाल में, इंग्लैंड ने अपने राजा चार्ल्स प्रथम का सिर कुल्हाड़ी से काट डाला। उस समय वहाँ रोमन कैथोलिक और प्रोटेस्टेन्ट सम्प्रदायों में झगड़े बढ़े हुए थे। राजसत्ता सुदृढ़ नहीं थी। ईसाई सम्प्रदाय दो भागों में विभक्त था। एक सम्प्रदाय दूसरे सम्प्रदाय से बैर रखता था, इसी कारण चार्ल्स प्रथम को अपना सिर कटाना पड़ा। 1625 ई. में जेम्स प्रथम की मृत्यु के उपरान्त उसका पुत्र चार्ल्स प्रथम के नाम से इंग्लैंड के सिंहासन पर बैठा। उस समय इंग्लैंड की राजनैतिक अवस्था प्रोटेस्टेन्ट और रोमन कैथोलिकों के झगड़ों के कारण अत्यन्त डाँवाडोल हो रही थी। चार्ल्स स्वयं अनुभवहीन था, इस पर उसे मन्त्रिमण्डल भी उदण्ड तथा स्वेच्छाचारी मिला। परिणाम यह हुआ कि प्रजा पर नाना प्रकार के अत्याचार होने लगे। लोगों में क्रान्ति की लहर फैलने लगी। चार्ल्स ने क्रान्ति को निर्दयतापूर्वक कुचलना चाहा, परन्तु कृतकार्य न हुआ, उलटे प्रजा कुचले हुए सर्प की भाँति उसे नष्ट करने पर उतारू हो गई। राज्य-क्रान्ति हुई। पार्लियामेण्ट के नेता-कामवेल ने जैसे-तैसे शान्ति स्थापित की, परन्तु चार्ल्स के प्रति उनके घृणा के भाव कम न हुए। सेनाओं का क्रोध इतना बढ़ गया कि वे चार्ल्स के सब साथियों को मार डालने पर भी तृप्त न हुई। सब लोग चार्ल्स के लहू के प्यासे बन गये तथा उस पर अभियोग चलाने का आयोजन करने लगे। पार्लियामेण्ट के अधिकांश सदस्यों ने इसका विरोध किया, परन्तु कर्नल प्राइड ने तलवार के बल पर से सब विरोधियों को बाहर निकाल दिया तथा बचे हुए सभासदों से चार्ल्स पर अभियोग चलाने का बिल पास करवा दिया। बाद में, चिढ़ाने के लिए, इस बची हुई पार्लियामेण्ट का नाम रम्प रख दिया गया। बिल पास हो गया, परन्तु हाईकोर्ट के अनेक विचारकों ने इस कार्य में भाग लेने की अनिच्छा प्रकट की। इतने पर भी 150 सदस्यों की एक विचार-सभा बनाई गई तथा जॉन ब्राडशा को उसका सभापति नियुक्त किया गया। चार्ल्स ने विचार सभा में आते ही ललकारकर कहा–"प्रजा का उस पर अभियोग

चलाने का कोर्ट को अधिकार नहीं है। क्योंकि राजा की नियुक्ति परमात्मा की ओर से होती है, अतएव मनुष्य को तथा विशेषतया उसकी प्रजा को उसमें हस्तक्षेप करने का अधिकार नहीं हो सकता।"

उसने अपने पक्ष में कोई प्रमाण देने से इनकार कर दिया। परन्तु शत्रु तो तुले हुए बैठे थे। विचार-सभा में पाँच दिन बहस के बाद उसे मृत्युदण्ड दिया गया और व्हाइटहाल जेल भेज दिया गया। विचार-सभा के फैसले को पार्लियामेण्ट ने भी पास कर दिया और अपने राजा को मृत्यु-दण्ड देने की आज्ञा दे दी।

यद्यपि चार्ल्स के मित्रों को ऐसी आशंका थी, पर उन्हें इस निर्णय पर बड़ा दुःख हुआ। राजा के परम मित्र डी आर्टगनन ने ऐसे संकट और नाजुक समय में बड़ी धीरता और विचार से प्रतिज्ञा की कि मैं यथाशक्ति यह क़त्ल न होने दूँगा। पर किस प्रकार? इस समस्या को वह अभी तक सुलझा न पाया। यह सबकुछ अवसर पर निर्भर था। पर इतना समय ही कहाँ था? यदि किसी प्रकार बधिक को वहाँ से एक दिन के लिये हटा दिया जाता, तो भी यथेष्ठ समय मिल सकता था। वास्तव में उसकी प्राण-रक्षा का एकमात्र उपाय बधिक को लन्दन से बाहर हटा देना था। पर उसे लन्दन से बाहर ले कैसे जाये, डी आर्टगनन के सामने यही सबसे कठिन समस्या थी।

अपने इस प्रयत्न को चार्ल्स स्टुअर्ट पर व्हाइटहाल जेल में पहुँचकर प्रकट करना अनिवार्य था, जिससे वह निकल भागने में सावधान रहे। एक, दूसरे मित्र अरेमिस ने यह नाज़ुक काम अपने जिम्मे लिया। चार्ल्स को पादरी जुक्सन से जेल में मुलाकात करने की आज्ञा मिल गई थी। अरेमिस ने इस अवसर पर लाभ उठाना चाहा और यह सलाह ठहरी कि वह जुक्सन के कपड़े पहनकर और उसका पूरा भेष बनाकर उसकी जगह मिलने जाये और इस बात के लिये जुक्सन किसी-न-किसी प्रकार राजी कर लिया जाये। व्हाइटहॉल जेल पर तीन पलटनों का पहरा रखा गया था।

राजा के कमरे में सिर्फ़ दो मोमबत्तियाँ जल रही थीं। धीमा प्रकाश उसमें फैल रहा था। राजा उदास भाव से बैठे हुए अपने जीवन पर विचार कर रहे थे। मृत्यु-शय्या पर पड़े मनुष्य को अपना जीवन कितना ज्योर्तिमय और आनन्ददायक दिखता है, ठीक वही दशा इस समय उनकी थी। उनका सेवक पेरी अब भी अपने स्वामी के साथ था और क़त्ल की आज्ञा सुनने के समय से ही रो रहा था।

चार्ल्स स्टुअर्ट मेज़ पर झुके हुए अपने तमगे की ओर देख रहे थे, जिस पर उनकी स्त्री और लड़की के चित्र अंकित थे। वे दोनों की प्रतीक्षा में थे, पहले जुक्सन की और फिर मृत्यु की। स्वप्न जैसी दशा में, वे फ्रेंच वीरों का स्मरण कर

रहे थे। कभी-कभी वे स्वयं ही प्रश्न कर बैठते थे, क्या यह सबकुछ स्वप्न नहीं है? क्या मैं पागल हूँ?

अँधेरी रात थी। पास वाले चर्च से घण्टा बजने की आवाज़ आ रही थी। कमरे में मन्द प्रकाश फैला हुआ था। उन्हें कुछ प्रतिबिम्बित मूर्तियाँ दिखाई दीं, पर वास्तव में कुछ था नहीं। बाहर कोयले की आग जल रही थी, उसी का यह प्रतिबिम्ब था।

अचानक किसी के पैरों की आहट सुनाई दी। दरवाज़ा खुला और मशालों के प्रकाश से कमरा चमक उठा। श्वेत वस्त्र धारण किये हुए एक शान्त मूर्ति अन्दर आई।

"जुक्सन" चार्ल्स ने कहा—"धन्यवाद, मेरे अन्तिम बन्धु तुम खूब मौके पर आये।"

पादरी ने सशंक भाव से कोने की ओर देखा, जहाँ पेरी सुबक-सुबककर रो रहा था।

राजा ने कहा—"पेरी, अब रोओ मत। पवित्र पिता हमारे पास आए हैं।"

पादरी ने कहा—"यदि यह पेरी है, तो फिर डरने का कोई कारण नहीं! श्रीमान, मुझे आज्ञा दीजिये कि मैं आपको अभिवादन करूँ। आज्ञा हो तो मैं अपना परिचय भी दूँ और आने का कारण बताऊँ।"

आवाज़ को पहचानकर चार्ल्स चिल्लाने ही वाला था कि अरेमिस ने उसका मुँह बंद कर दिया और झुककर अभिवादन किया।

चार्ल्स ने धीरे से कहा—"क्या तुम?"

"जी हाँ श्रीमान, आपकी इच्छानुसार पादरी जुक्सन हाज़िर है।"

"यहाँ कैसे आ पहुँचे, यदि वे तुम्हें पकड़ लेंगे तो तुम्हारे टुकड़े-टुकड़े कर डालेंगे?"

अरेमिस खड़ा था। उसकी आकृति इस समय देव तुल्य थी। उसने कहा—"श्रीमान, मेरी चिन्ता न कीजिये। आप अपनी फ़िक्र कीजिए। आपके मित्रों की दृष्टि आपके ऊपर लगी हुई है। हम क्या करेंगे, यह अभी तक मैं भी नहीं जान पाया हूँ, पर हम चार आदमी हैं और चारों ही आपकी रक्षा करने पर तुले हुए हैं। रात-भर का समय है। आप सोइये, किसी बात पर चौंकिये भी नहीं। क्षण-क्षण की प्रतीक्षा कीजिये।"

चार्ल्स ने सिर हिलाकर स्वीकृति दी।

फिर कहा—"मित्र, तुम्हें ज्ञात है कि तुम्हारे पास व्यर्थ समय नहीं है। यदि तुम्हें कुछ करना ही है, तो बहुत जल्दी करो। कल प्रातः दस बजे मैं जरूर मर जाऊँगा।"

"श्रीमान, इसी बीच में कोई ऐसी घटना हो जायेगी, जिससे आपका वध असम्भव हो जायेगा।"

राजा ने अरेमिस की ओर विस्मित दृष्टि से देखा। उसी समय नीचे खिड़की के पास लकड़ी के लट्ठे के उतारने की आवाज़ सुनाई दी।

राजा ने कहा–"यह आवाज़ सुनते हो?"

आवाज़ के साथ-साथ चिल्लाने का शोर भी था।

अरेमिस ने कहा–"सुन रहा हूँ। पर यह शोर कैसा है, यह नहीं समझ आता।"

"क्या जाने, पर यह आवाज़ कैसी है, यह मैं बता सकता हूँ। तुम जानते हो कि मेरा क़त्ल इसी खिड़की के बाहर होगा?"

"हाँ श्रीमान्, यह तो जानता हूँ।"

"तो ये लकड़े मेरी पाड़ बनाने के लिए लाए जा रहे हैं। कई मजदूरों को तो इन्हें उतारते-उतारते चोट लग चुकी है।"

अरेमिस काँप उठा।

राजा ने कुछ ठहरकर कहा–"देखो, जीवन की आशा व्यर्थ है। मुझे प्राण-दण्ड की आज्ञा मिल चुकी है। तुम मुझे मेरे भाग्य पर छोड़ दो।"

अरेमिस ने कहा–"श्रीमन, वे लोग पाड़ बना सकते हैं, पर बधिक को कहाँ से लायेंगे?"

"इसका क्या मतलब?"

"यही कि अब तक तो बधिक बहुत दूर निकल गया होगा, इसलिये आपका वध अगले दिन के लिये स्थगित करना पड़ेगा।"

"अच्छा?"

"कल रात को हम लोग आपको यहाँ से ले भागेंगे?"

"किस तरह", राजा ने चौंककर पूछा। उसका चेहरा प्रसन्नता से खिला हुआ था।

पेरी ने हाथ जोड़कर कहा–"आपको और आपके साथियों को ईश्वर सफलता दे।"

"मुझे तुम्हारी बातें तो मालूम होनी चाहिए, ताकि मैं भी तुम्हारी कुछ सहायता कर सकूँ।"

"सो तो मैं नहीं जानता श्रीमान्, लेकिन हम चारों में जो सबसे अधिक चतुर, वीर और धुन का पक्का आदमी है, उसी ने चलते वक़्त मुझसे कहा था कि महाराज से कह देना कि कल रात को दस बजे हम उन्हें भगा लायेंगे। जब उसने यह कहा है, तो वह अवश्य पूरा करेगा।"

"मुझे उस उदार सज्जन का नाम तो बताओ, ताकि मैं अन्त समय तक उसे धन्यवाद देता रहूँ, चाहे वह अपने काम में सफल हो या न हो।"

"डी आर्टगनन श्रीमन्, ये वही सज्जन हैं, जो आपको उस समय बचाने में असफल रहे थे, जबकि कर्नल हैरीसन महलों में घुस आये थे।"

"तुम सचमुच विचित्र आदमी हो। यदि मुझसे कोई ऐसी बात कहे, तो मैं कभी विश्वास न करूँ।"

"श्रीमान् हम प्रत्येक क्षण आपकी रक्षा के लिए प्रयत्नशील हैं। छोटी-से-छोटी चेष्टाएँ धीमी-से-धीमी कानाफूसी और गुप्त-से-गुप्त संकेत, जो शत्रु आपकी बाबत करते रहते हैं, हमसे छिपा नहीं रह सकता।"

"ओह! मैं क्या करूँ? मेरे अन्तस्तल से कोई शब्द नहीं निकलता है। मैं तुम्हें कैसे धन्यवाद दूँ? यदि तुम अपने कार्य में सफल हुए, तो मैं यही नहीं कहूँगा कि तुमने एक राजा को बचाया है, बल्कि तुमने एक स्त्री का पति बचाया है, बच्चों का पिता बचाया है। अरेमिस मेरा हाथ तो दबाओ। यह हाथ तुम्हारे ऐसे मित्र का है, जो अन्तिम श्वास तक तुम्हें प्यार करता रहेगा।"

अरेमिस ने चाहा कि राजा के हाथ चूम लूँ। पर उसने तुरन्त हाथ खींचकर अपने हृदय पर रख लिया।

अकस्मात् एक व्यक्ति ने बिना द्वार खटखटाए अन्दर प्रवेश किया। बहुत से गुप्तचर आस-पास लगे रहते थे। उन्हीं में से एक यह भी था। यह पादरी था।

राजा ने उससे पूछा—"आप क्या चाहते हैं?"

"मैं जानना चाहता हूँ कि चार्ल्स स्टुअर्ट की स्वीकृति खतम हुई या नहीं?"

"इससे आपका क्या मतलब है? हम लोग तो एक ही पन्थ को मानने वाले नहीं हैं न?"

"सब आदमी भाई-भाई हैं। मेरा एक भाई मरने वाला है और मैं उसे मृत्यु के लिए तैयार करने आया हूँ!"

पेरी ने कहा—"हमारे स्वामी को शिक्षा की जरूरत नहीं है।"

अरेमिस ने धीरे से राजा से कहा–"इनसे नरमी का व्यवहार करें, यह तो एक सेवक मात्र हैं।"

राजा ने कहा–"पवित्र पिता से मुलाकात करने के बाद, मैं आपसे प्रसन्नता से बातें कर सकूँगा।"

एक संदिग्ध दृष्टि फेरता हुआ वह व्यक्ति वहाँ से चला गया। जुक्सन वेशधारी पादरी को भी उसने सन्देह की दृष्टि से देखा है, यह बात राजा से छिपी न रही।

दरवाज़ा बंद हो जाने पर राजा ने कहा–"मुझे विश्वास हो गया कि तुम ठीक कहते थे। यह आदमी किसी बुरे भाव से आया था। जब तुम लौटो, तो सावधान रहना। कोई आपत्ति न आ जाए।"

"श्रीमन्, मैं आपको धन्यवाद देता हूँ, पर आप व्याकुल न हों। इस लबादे के नीचे, मैं एक कवच पहने हुए हूँ और एक खंजर भी मेरे पास है।"

"तब जाओ मन्शेर। ईश्वर तुम्हें सकुशल रखे। यही आशीर्वाद जब मैं राजा था, तब भी दिया करता था।" अरेमिस बाहर चला गया। चार्ल्स द्वार तक पहुँचाने आए। अरेमिस ने आशीर्वाद दिया। पहरेदारों ने मस्तक झुका दिए और बड़ी शान के साथ सैनिकों से भरे उस कमरे में से निकलकर वह अपनी गाड़ी में आ बैठा। गाड़ी पादरी साहब के घर की ओर चल दी।

जुक्सन व्याकुलता से उसकी प्रतीक्षा कर रहा था। अरेमिस को देखकर उसने कहा–"आ गए?"

अरेमिस ने कहा–"जी हाँ, मेरी इच्छानुसार सबकुछ सफल हुआ। सिपाही, पहरेदार, सभी ने मुझे समझा कि आप ही हैं। राजा ने आपको आशीष दी है और आपकी आशीष के लिए भी वे व्याकुल हैं।"

"मेरे पुत्र, ईश्वर ने तुम्हारी रक्षा की है। तुम्हारे इस कार्य से मुझे बहुत-कुछ आशा और साहस हुआ है।"

अरेमिस ने फिर अपने कपड़े पहने और जुक्सन से यह कहकर कि मैं फिर आऊँगा, चल दिया।

वह मुश्किल से दस गज गया होगा कि एक आदमी को लबादा पहने हुए उसने अपनी ओर आते देखा। वह सीधा आकर उसके पास खड़ा हो गया! वह पोरथस था।

पोरथस ने अरेमिस के हाथ में हाथ मिलाते हुए कहा–"मैं तुम्हारी देखरेख कर रहा था। क्या तुम राजा से मुलाकात कर चुके?"

"हाँ, सब ठीक है। पर हमारे और साथी कहाँ हैं?"

"हमने उस होटल में ग्यारह बजे मिलने का निश्चय किया था न?"

"तो फिर अब समय नष्ट न करना चाहिए।"

गिरजे की घड़ी ने साढ़े दस का घण्टा बजाया। वे जल्दी-जल्दी चले और वह सबसे पहले पहुँच गए। इनके बाद अथस पहुँचा।

अथस ने पूछा–"सब ठीक है न?"

अरेमिस ने कहा–"हाँ, तुम क्या कर आए?"

"मैंने एक नाव किराए पर तय की है। वह नाव बहुत तेज चलने वाली है। डाग्स टापू के ठीक सामने ग्रीनविच पर वह हमारी प्रतीक्षा करेगी। उस पर एक कप्तान है और चार सिपाही हैं। तीन रात के लिए पचास पौण्ड में तय हुए हैं। वे हमारी इच्छानुसार काम करेंगे। पहले तो हम टेम्स में दक्षिण दिशा को चलेंगे, फिर करीब दो घण्टे में खुले समुद्र में पहुँच जाएँगे। वहाँ पहुँचकर असली समुद्री डाकुओं की तरह किनारे-किनारे और यदि समुद्र अनुकूल हुआ, तो बोलोगने की ओर चलेंगे। कप्तान का नाम रागर्स है और नाव का नाम लाइटनिंग है। निशानी के लिए एक रूमाल है, जिसके कोनों में गाँठें बँधी हुई हैं।"

थोड़ी देर पीछे ही आर्टगनन ने प्रवेश किया।

उसने कहा–"अपनी जेबों में से निकालो क्या है, और सौ पौण्ड इकट्ठे करके मुझे दो।"

रकम फौरन इकट्ठी कर दी गई। डी आर्टगनन बाहर चला गया और जल्दी ही लौट आया। उसने कहा–"अच्छा, यह काम भी पूरा हुआ।"

अथस ने पूछा–"क्या बधिक लन्दन छोड़कर चला गया?"

"वह एक द्वार से जा सकता था और दूसरे से आ सकता था। इसलिए सावधानी की दृष्टि से बंद कर दिया है।"

"वह है कहाँ?"

"होटल में एक कोठरी में क़ैद है। मोसक्येटन दरवाज़े पर बैठा है। यह लो उसकी चाभी।"

अरेमिस ने कहा–"शाबाश, पर तुमने उसे बाहर आने तक राजी कैसे किया?"

"रुपये से। इसमें ख़र्च तो बहुत हुआ।"

अथस ने कहा–"यद्यपि बधिक! सम्बन्धी काम ख़तम हो चुका है, पर उसके सहायक भी तो बहुत हैं।"

"हाँ, हैं तो, पर इस समय भाग्य हमारे साथ है।"

"कैसे?"

"जब मैं यह सोच रहा था कि अब क्या करूँ, तभी कई आदमी मेरे नौकर को, जिसकी टाँग टूट गई थी, लेकर मेरे घर पर गये। जोश में उन्मत होकर वह एक गाड़ी के पीछे-पीछे हो लिया था। इसमें पाड़ बनाने के लिये लकड़ी का सामान जा रहा था। उसमें से एक लट्ठा निकलकर उसकी टाँग पर गिर पड़ा और वह टूट गई।"

अरेमिस ने कहा–"ओह, यह वही व्यक्ति था, जिसकी चिल्लाने की आवाज़ मैंने राजा के कमरे में सुनी थी।"

आर्टगनन ने कहा–"सम्भव है, उसने चलते समय उनसे यह वादा किया कि तुम्हारा काम पूरा करने के लिए मैं चार आदमी शीघ्र ही भेजूँगा और घर पहुँचते ही अपने एक दोस्त बढ़ई को जिसका नाम मिस्टर होमलो है, लिखा कि मेरे वादे के अनुसार तुम तुरन्त व्हाइटहॉल पहुँचो। देखो, यह पत्र है, जिसे एक विश्वासपात्र आदमी के हाथों दस पेन्स देकर भेजा गया उसका था और उस आदमी से वह पत्र अधिक मुद्रा देकर मैंने खरीद लिया है।"

अथस ने पूछा–"उस पत्र से हमें क्या?"

"नहीं समझ सके?"

"नहीं तो।"

अथस, जॉनबुल की तरह अंग्रेज़ी बोल सकने योग्य तुम मिस्टर होमलो बन जाओ और हम उसके तीनों साथी बन जाएँ। अब समझे?

अथस प्रसन्नता से उछल पड़ा।

चारों ने मजदूरों जैसा भेष बना लिया और पाड़ बनाने चले। अथस के कन्धे पर आरी थी, पोरथस पर रन्दा, अरेमिस पर कुल्हाड़ी और डी आर्टशनन पर हथौड़ा और कीलें थीं।

आधी रात के समय राजा ने खिड़की के नीचे बहुत शोर-गुल सुना। यह सबकुछ हथौड़े की चोटों और चीरने-फाड़ने से हो रहा था। उस अन्धकार और निस्तब्धता

में वह पहले से ही भयभीत हो रहे थे। इस शोर-गुल से उनकी रही-सही हिम्मत भी जाती रही। उन्होंने पेरी को द्वारपाल के पास यह कहला भेजा कि "ज़रा इन मजदूरों से कह दो, कम शोर मचाएँ। कम-से-कम इस अन्तिम रात्रि में तो मुझे सुख से सो लेने दें।"

पेरी ने बाहर जाकर पहरेदार से कहा, परन्तु वह अपनी ड्यूटी से हट नहीं सकता था। इसलिए पेरी को ही, वहाँ जाकर मना कर आने की आज्ञा उसने दे दी। महल का चक्कर काटकर पेरी ने उस खिड़की के नीचे पहुँचकर देखा कि पाड़ अभी पूरी नहीं हो पाई है और वे लोग उसमें कीलों से काला कपड़ा लटका रहे हैं।

पाड़ की ऊँचाई जमीन से 20 फीट ऊँची खिड़की तक थी। इसमें नीचे दो मंजिलें थीं। पेरी घृणा से उन आठ-दस मजदूरों को, जो अभी तक शीघ्रता से काम कर रहे थे, देखने लगा। वह देखना चाहता था कि किस आदमी के कार्य से राजा कष्ट पा रहे हैं। दूसरी मंजिल की ओर उसने देखा कि दो आदमी लोहे की कमानी सरका रहे हैं। हथौड़े की चोट पड़ते ही पत्थर खील-खील होकर बिखर जाता है और एक आदमी घुटने टेके इधर-उधर पड़े हुए कंकड़ों को हटाता जाता है। उसे निश्चय हो गया कि यहीं के शोर की राजा शिकायत कर रहे थे।

पेरी जीने पर बढ़कर उनके पास गया और कहने लगा–"दोस्तों, अपना काम ज़रा धीरे-धीरे करो, जिससे शोर न मचे। मैं आप से यही प्रार्थना करने आया हूँ। राजा इस समय सो रहे हैं और उन्हें पूरे विश्राम की जरूरत है।"

हथौड़े से काम करने वाला व्यक्ति रुक गया और पीठ फेरकर उधर देखने लगा, पर अँधेरे के कारण पेरी उसका मुँह न देख सका। दूसरा आदमी जो घुटने टेके काम कर रहा था, वह भी मुड़ा। यह कम लम्बा था, अतः इसका चेहरा लालटेन के प्रकाश में दिखलाई पड़ रहा था। उस आदमी ने पेरी पर एक कड़ी दृष्टि डाली और उसके मुँह पर उँगलियाँ रख दीं। पेरी हड़बड़ाकर पीछे हट गया।

उस मजदूर ने कहा–"राजा से कह दो कि यदि आज रात को सुख से न सो सकेंगे, तो कल रात को सुख से सो लेंगे।"

दूसरे मजदूरों ने भी कठोरता से हाँ में हाँ मिलाई। पेरी वहाँ से चल दिया। उसे ऐसा मालूम पड़ता था, मानो वह स्वप्न देख रहा है।

चार्ल्स बेचैनी से पेरी की बाट देख रहे थे। जब पेरी अन्दर आया तो पहरेदार ने यह जानने की इच्छा से कि राजा क्या कर रहे हैं, अन्दर झाँका। राजा कुहनी के

सहारे पलंग पर लेटे हुए थे। पेरी ने दरवाज़ा बंद कर दिया। उसका चेहरा प्रसन्नता से लाल हो रहा था।

पेरी ने धीरे से कहा–"श्रीमन्, आपको पता है, इतना शोर मचाने वाले वे मजदूर कौन हैं?"

राजा ने उदास भाव से सिर हिलाकर उत्तर दिया–"नहीं, मैं कैसे जान सकता हूँ? क्या वे आदमी मेरे परिचित हैं?"

पेरी ने पलंग पर झुककर ज़रा और धीरे से कहा–"श्रीमन्, वे हैं अथस और उनके साथी।"

"मेरी पाड़ क्या वे बना रहे हैं?"

"हाँ, और साथ-ही-साथ दीवार में सुराख भी कर रहे हैं?"

राजा ने चारों ओर भयभीत दृष्टि से देखते हुए कहा–"सच! क्या तुमने देखा?"

"मैं तो बात भी कर आया।"

राजा ने दोनों हाथ जोड़कर-ईश्वर से प्रार्थना की। वे खिड़की के पास गये और परदों को हटा दिया। पहरेदार अब भी पहरे पर थे। ठीक उसी के नीचे एक काले से चबूतरे पर वे परछाईं की तरह घूमते नज़र आते थे। चार्ल्स को अपने पैरों के नीचे चोट पड़ने की आवाज़ सुनाई दी।

पेरी ने अथस को पहचान लिया था। यह पोरथस की सहायता से लट्ठा रखने के लिए दीवार में छेद कर रहा था। इस छेद का सम्बन्ध राजा के कमरे से था। कन्धा लगाकर कमरे के फर्श की ईंटें निकाली जा सकती थीं और राजा इस छेद में होकर बाहर निकल सकते थे और पाड़ के एक कोने में, जहाँ काला कपड़ा ढका हुआ था, छिप सकते थे। वहाँ छिपे-ही-छिपे, मजदूर जैसे कपड़े पहनकर वे अपने चारों साथियों सहित भाग सकते थे। पहरेदार बिना सन्देह किए ही उन मजदूरों को चले जाने की आज्ञा दे सकते थे, क्योंकि ये लोग पाड़ बनाने वाले थे। इधर काम भी ख़तम होने ही वाला था। उनके भागने की युक्ति सीधी, सच्ची और सरल थी। अथस के कोमल हाथ पत्थर निकालते-निकालते छिल गए थे, इसलिए पोरथस इस काम को करने लगा। आर्टगनन ने फ्रेंच कारीगर का छद्म-वेश बना रखा था। उसने कीलें ऐसी तरकीब से लगाई थीं कि एक चतुर कारीगर मालूम पड़ता था। अरेमिस ने ऐसा लबादा पहन रखा था, जो जमीन तक लटकता था। उसकी पीठ पर पाड़ का नक्शा कढ़ा हुआ था।

प्रभात हुआ। सरदी के दिन थे। कारीगर लोग अपना काम छोड़-छोड़कर आग जलाकर तापने के लिए वहाँ आ बैठे। केवल अथस और पोरस ने अपना काम

अभी तक नहीं छोड़ा था। सवेरा होने तक उन्होंने सुराख पूरा कर लिया। एक काले कपड़े में राजा के पहनने योग्य कपड़े लपेटकर अथस घुस गया।

अथस को सुराख के अन्दर रहकर, अभी दूसरी दीवार और फोड़नी थी। तब कहीं जाकर, वह राजा के पास तक पहुँच सकता था। इन चारों ने सोचा कि अभी तो सारा दिन पड़ा है, बधिक तो आएगा ही नहीं, चलो ब्रिस्टल से एक साथी और पकड़ लाएँ।

आर्टगनन और पोरथस अपने-अपने कपड़े बदलने चले गए और अरेमिस पादरी से सहायता प्राप्त करने की आशा से उनके पास चला गया। तीनों ने व्हाइटहॉल के सामने दोपहर को मिलने का निश्चय किया, ताकि वे वहाँ की कार्यवाही देख सकें। पाड़ छोड़ने से पहले अरेमिस उस सुराख के पास, जहाँ अथस छिपा हुआ था, गया और उससे बोला कि मैं जाता हूँ। एक बार मैं चार्ल्स से मिलने का फिर प्रयत्न करूँगा।

अबस ने कहा–"साहस न खोना। राजा से सारा मामला कह सुनाना। उनसे कहना कि जब वे अकेले हों, तो फर्श पर खटखटा दें, ताकि मैं निश्चय-पूर्वक अपना काम करता रहूँ। अगर पेरी चिमनी का पत्थर हटाने में मेरी सहायता करे तो और भी अच्छा है। यदि कमरे में कोई पहरेदार हो, तो फौरन उसे मार डालो। और जो दो हों तो एक को पेरी मार डालेगा और एक को तुम मार डालना। पर यदि तीन हों तो चाहे तुम मर भी क्यों न जाओ, किसी-न-किसी प्रकार राजा की रक्षा करना।"

अरेमिस ने कहा–"मैं दो कटार ले आऊँगा। इनमें से एक पेरी को दे दूँगा।"

"हाँ, अब जाओ पर राजा को सावधान कर देना कि खुशी में बहुत फूले नहीं। जब तुम लड़ रहे हो और उन्हें मौका मिले तो उनसे कह देना कि वे भाग जाएँ। फिर तुम चाहे मरना या जीना। दस मिनट तक तो सुराख का पता लग ही न सकेगा कि राजा किधर भाग गए। इन दस मिनटों में हम अपने रास्ते लगेंगे और राजा की प्राण-रक्षा हो जाएगी।" "जैसा तुम कहते हो, वह तो होगा ही अथस। लाओ हाथ मिलाओ। शायद अब हम कभी न मिलेंगे।"

अथस ने अपनी बाँहें अरेमिस के गले में डाल दीं और दोनों बगलगीर होकर मिले।

उसने कहा–"तुम्हारी ख़ातिर अब यदि मैं मर भी जाऊँ, तो आर्टगनन से कहना कि मैं उसे अपने बच्चे की तरह प्यार करता था। मेरी तरफ से उसे गले लगा लेना। हमारे वीर पोरयस को भी गले लगाना।"

अरेमिस ने कहा–"इन जैसे राजभक्त शायद ही संसार में कोई हों।" अरेमिस चल दिया और होटल में पहुँचा। वहाँ उसके दोनों साथी आग के सामने बैठे हुए शराब पी रहे थे और नाश्ता कर रहे थे। पोरथस खाता जाता था और पार्लियामेण्ट वालों को उनकी करतूतों के ऊपर कोस रहा था। आर्टगनन चुपचाप बैठा हुआ कुछ विचार कर रहा था।

अरेमिस ने सब हाल कह सुनाया। आर्टगनन ने सिर हिला दिया।

पोरथस ने कहा–"ठीक है, परन्तु राजा के भागने के समय हमें वहाँ हाज़िर होना चाहिए। पाड़ के नीचे छिपने की अच्छी जगह है। आर्टगनन, मैं, ग्रीमौड और मास्कोटन, हम सब उनके आठ आदमियों को मार सकते हैं।"

अरेमिस ने जल्दी से एक ग्रास खाकर, एक गिलास शराब पी और अपने कपड़े बदल लिए।

उसने कहा–"अब मैं पादरी के घर जाता हूँ। हथियारों को सँभाल लो। बधिक के ऊपर निगाह रखना आर्टगनन।"

अरेमिस ने आर्टगनन को गले लगाया और चल दिया। चलकर वह पादरी सुमन के घर पहुँचा और अपने आने की ख़बर दी। पादरी महाशय उसकी प्रतीक्षा कर रहे थे। उन्होंने उसे तुरन्त अन्दर बुला भेजा।

कुछ बातचीत कर चुकने पर, वे दोनों गाड़ी में बैठकर चल दिए। अभी नौ भी न बजे होंगे कि गाड़ी व्हाइटहॉल के सामने पहुँच गई। इस बीच में कोई विशेष घटना नहीं हो पाई थी। दो सिपाही तो दरवाज़ों पर तैनात थे और दो पाड़ के तख़्तों पर इधर-उधर टहल रहे थे।

राजा अरेमिस को देखकर प्रसन्न हुए। उन्होंने जुक्सन को गले लगा लिया। पादरी जुक्सन ने पहरेदारों से वहाँ से हट जाने को कहा। सब चले गए।

दरवाज़ा बंद होने पर अरेमिस ने कहा–"श्रीमान्, आप बच गए हैं। लन्दन का बधिक गायब है। उसके सहायक ने उसकी जाँघ तोड़ दी है। हमें पूरा निश्चय है कि बधिक यहाँ नहीं है और दूसरा बधिक ब्रिस्टल के सिवा यहाँ कहीं आस-पास मिल भी नहीं सकता। उसे वहाँ से बुलाने के लिए काफी समय चाहिए। इस हिसाब से कल तक प्रतीक्षा करनी पड़ेगी।" राजा ने कहा–"लेकिन अथस?"

"आपसे दो फीट दूर है श्रीमान्, लोहे का डण्डा लेकर तीन बार खटखटाइए। देखिए, वह आपको इसका उत्तर देता है कि नहीं।"

राजा ने ऐसा ही किया और उत्तर में तुरन्त ही फ़र्श के नीचे से खटखट की आवाज़ सुनाई दी।

राजा ने पूछा–"क्या वही उत्तर दे रहा है?"

"जी हाँ, अथस ही रास्ता बना रहा है, जिससे श्रीमान् निकल भागेंगे। पेरी यदि चिमनी के पत्थर को उठा लेगा, तो आर-पार रास्ता बन जाएगा।"

पेरी ने कहा–"पर मेरे पास औज़ार कहाँ हैं?"

अरेमिस ने कहा–"लो, यह खंजर लो पर इसकी धार बिगड़ने न पाए, क्योंकि इससे अभी और काम है।"

नीचे अथस अपना काम कर रहा था। उसकी ध्वनि प्रतिक्षण पास आती मालूम होती थी। पर अचानक कुछ शोर सुनाई दिया। अरेमिस ने लोहे का डण्डा लेकर खटखटा दिया और अथस को काम बन्द करने का संकेत किया।

शोर बढ़ता ही गया। अब पैरों की आवाज़ स्पष्ट आने लगी। चारों व्यक्ति चुपचाप खड़े हो गए। उनकी आँखें दरवाज़े पर लग रही थी। दरवाज़ा धीरे-से खुला।

कुछ पहरेदार एक कतार बाँधे राजा के कमरे में आकर खड़े हो गए। पार्लियामेण्ट का एक कमिश्नर काली वर्दी पहने गम्भीर भाव से अन्दर आया। उसने राजा का अभिवादन किया और चमड़े की बसली को खोलकर एक वाक्य पढ़कर सुना दिया। पाड़ पर मरने के लिए जब कोई जाता है, तो उसे इसी प्रकार यह वाक्य सुनाने का नियम है।

अरेमिस ने जुक्सन से पूछा–"इसका क्या अर्थ है?"

जुक्सन ने संकेत द्वारा उत्तर दिया कि मैं भी नहीं जानता।

राजा ने जुक्सन और अरेमिस की ओर देखते-देखते पूछा–"तब क्या आज का ही वध निश्चय रहा?"

कमिश्नर ने कहा–"क्या आपसे पहले ही नहीं कह दिया गया था श्रीमान् कि आज का ही दिन निश्चय हुआ है।"

राजा ने कहा–"क्या मैं एक साधारण व्यक्ति की भाँति लन्दन के एक बधिक के हाथों मारा जाऊँगा?"

"राज्य के बधिक का तो कुछ पता नहीं। पर एक अन्य व्यक्ति ने यह काम अपने हाथ में ले लिया है। वध कुछ समय के लिए रोक दिया है, ताकि आप इहलोक और परलोक का भली-भाँति चिन्तन कर लें।"

यह सुनकर राजा के रोम-रोम से पसीना बहने लगा और अरेमिस का रंग एकदम काला पड़ गया। उसके हृदय की धड़कन मानो बंद हो गई। उसने आँखें बंद कर मेज पर हाथ टेक दिए। उनके इस गहरे दुःख को चार्ल्स ने देखा। वह अपना दुःख भूल गए और उसे गले लगा लिया।

उन्होंने उदास भाव से मुस्कराहट के साथ कहा–"धैर्य रखो।"

फिर कमिश्नर की ओर मुड़कर कहा–"महोदय, मैं तैयार हूँ। दो बातों की मेरी इच्छा है। आपको इसमें कुछ देर न लगेगी। एक तो मैं कॉम्यूनियन का स्वागत करूँ और दूसरे अपने बच्चों को गले लगाकर अंतिम विदा ले लूँ। क्या मुझे इसकी आज्ञा मिलेगी?"

"हाँ श्रीमान्।" कमिश्नर यह कहकर चला गया।

राजा ने अपने घुटने टेककर कहा–"जुक्सन मेरी स्वीकृति सुन लीजिये।"

अरेमिस जाने लगा, परन्तु राजा ने उसे रोककर कहा–"ठहरो पेरी, स्वीकृति तुम भी सुन लो।"

जुक्सन बैठ गये और राजा सेवक की भाँति अपनी स्वीकृति कहने लगे।

स्वीकृति समाप्त कर चुकने पर चार्ल्स अपने बच्चों से मिलने दूसरे कमरे में चले गये। कुछ देर बाद वे लौट आए।

जनता की भीड़ इकट्ठी हो चुकी थी, वध का समय ठीक दस बजे रखा गया था। आसपास की गलियों में भी लोग भर गये थे। राजा उनके शोर-गुल को खेदपूर्ण दृष्टि से देखने लगे। वे सोचने लगे, यह भयंकर कोलाहल जनता की अपार भीड़ का है या समुद्र का? जनता उत्तेजित अवस्था में और समुद्र अपने तूफान के समय ही ऐसा कोलाहल करता है।

राजा के चारों ओर सिपाही खड़े हुए थे। उन्हें भय हुआ कि कहीं आहट होते ही अथस अपना काम शुरू न कर दे, इसीलिए वे मूर्तिवत् चुपचाप खड़े रहे।

राजा का अनुमान ठीक था। अथस ठीक उनके नीचे था। राजा ने सुना कि वह संकेत पाने की बाट में है। कभी-कभी तो वह बेचैन होकर पत्थर काटने लगता था। पर कोई सुन न ले, इस भय से तुरन्त ही बंद भी कर देता था। दो घण्टे तक यही भयानक क्रम चलता रहा। मृत्यु की निस्तब्धता उस बन्दीगृह में छा गई।

अथस ने सोचा, मैं देखूँ तो, लोगों ने कैसा शोरगुल मचा रखा है। वह परदा खोलकर पाड़ की पहली मंजिल में उतर आया। यहीं पाड़ थी। उसे शोरगुल अब

और भी जोर-जोर से सुनाई देने लगा। वह पाड़ के किनारे पहुँचा और काले कपड़े को खोला। उसने देखा कि सिर काटने का यन्त्र तैयार है। उसके पीछे बन्दूकधारी सिपाही हैं।

अथस ने भयभीत हो मन-ही-मन कहा–"यह क्या मामला है?" आदमी बढ़े चले जा रहे हैं, सिपाही हथियारबन्द हैं और ये दर्शक लोग खिड़की की ओर एकटक क्या देख रहे हैं? मैं डी आर्टगनन को भी देख रहा हूँ, वह क्या घूमता है? हे भगवान! क्या बधिक भाग निकला?"

अचानक ढोल बजा। उसके सिर के ऊपर पैरों की भारी आवाज़ सुनाई दी। उसे ऐसा लगा जैसे व्हाइटहॉल में कोई जुलूस निकल रहा है। फिर उसने किसी को पाड़ पर उतरते भी सुना। आशा, भय और विस्मय, उसे परेशान कर रहे थे। वह कुछ समझ नहीं सका।

भीड़ की गुनगुनाहट बिलकुल बंद हो गई थी। सबकी आँखें व्हाइटहॉल की खिड़की की ओर लगी हुई थीं। अधखुले मुख और रह-रहकर साँस यह बताती थी कि कुछ अनिष्ट होने वाला है।

लोगों ने देखा कि एक आदमी चला आ रहा है। उसके हाथ में नरघाती कुल्हाड़ी थी। इसी से वह बधिक मालूम पड़ता था। तख़्ते पर पहुँचकर उसने कुल्हाड़ी रख दी। बधिक के पीछे शान्त भाव से दो पादरियों के बीच चार्ल्स आए। बधिक को देखते ही सब लोग सबकुछ समझ गये। सबको यह जानने की उत्सुकता थी कि यह अजनबी बधिक कौन है, जो ठीक मौके पर इस भयानक खून के लिए तैयार हुआ है। लोगों का विचार था कि बात कल के लिए टल गई है। बधिक मँझले कद का था। उसके वस्त्र काले थे। उसकी उमर पक चुकी थी। उसकी पेशानी पर सफेद बाल लटक रहे थे।

राजा की शान्त सुन्दर और सजी हुई मूर्ति देखकर निस्तब्धता छा गई। लोग उनकी अन्तिम अभिलाषा सुनना चाहते थे।

चार्ल्स ने अधिकारी से कहा–"मैं लोगों से कुछ कहना चाहता हूँ।" उन्हें आज्ञा दे दी गई।

राजा ने कहना शुरू किया। उन्होंने जनता को समझाया कि मेरा तुम्हारे प्रति कैसा व्यवहार रहा है। उन्होंने उसे इंग्लैंड की शुभकामना मनाने की सलाह दी।

बधिक ने कुल्हाड़ी सँभाली, परन्तु राजा ने उससे कहा–"कुल्हाड़ी को अभी मत उठाओ।" और फिर कुछ कहने लगे।

अथस के सिर पर जैसे वज्र गिरा। उसके माथे पर पसीने की बूँदें झलक रही थीं। जनता चुप और शान्त थी।

राजा ने दया-भाव से भीड़ पर दृष्टि डाली। फिर उन्होंने अपना लिबास उतारा, जिसे वे पहने हुए थे। यह वही हीरे का स्टार था, जिसे रानी ने उनके पास भेजा था। इसे बुसान के साथी पादरी को दे दिया गया। फिर उन्होंने छाती पर लटकता हुआ हीरे का क्रास निकाला। यह भी रानी ने भेजा था।

उन्होंने पादरी से कहा–"मैं इस क्रास को अन्तिम क्षण तक अपने हाथ में रखूँगा। जब मैं मर जाऊँ, तब इसे आप लें लें।"

"जो आज्ञा।" एक आवाज़ आई, जिसे अथस ने पहचान लिया कि यह अरेमिस की है।

चार्ल्स ने अपना टोप उतार लिया। इसके बाद उन्होंने एक-एक करके बटन खोल डाले और कोट भी उतारकर फेंक दिया। सरदी का समय था, इसलिये उन्होंने अपना ऊनी बनियान पहनने को माँगा, जो दे दिया गया। ऐसा प्रतीत होता था कि राजा शय्या पर सोने को जा रहे हैं।

अन्त में अपने बाल उठाये हुए राजा ने बधिक से कहा–"यदि ये तुम्हारे कार्य में बाधा डालें तो उन्हें बाँध सकते हो।" यह कहकर उन्होंने एक दृष्टि उस पर डाली। कैसी चितवन थी, शान्त और सौजन्य से परिपूर्ण।

बधिक आँख से आँख न मिला सका। उसने पीठ फेर ली। अरेमिस उसकी ओर ज्वालामय नेत्रों से देख रहा था।

राजा ने जब देखा कि मेरी बात का बधिक कुछ भी उत्तर नहीं देता है, तो उन्होंने फिर दुबारा वही प्रश्न किया।

बधिक ने भर्राई हुई आवाज़ में कहा–"यदि आप इन्हें गर्दन पर से हटा लें तब भी काम चल जाएगा।"

राजा ने अपने हाथों से बालों को गर्दन के दोनों ओर इकट्ठा कर लिया और सिर काटने की लकड़ी देखकर बोले–"यह तो बहुत नीची दिखती है। क्या ज़रा ऊँची न हो सकेगी?"

"यह तो जैसी होती है, वैसी ही है।" बधिक ने कहा।

"क्या तुम्हें निश्चय है कि एक ही चोट से तुम मेरा सिर काट लोगे?"

"मुझे तो यही आशा है।"

"ठीक है। अच्छा, ज़रा सुनो तो।"

बधिक राजा की ओर चला और अपनी कुल्हाड़ी के बल झुक गया।

"मैं प्रार्थना करने को झुकूँगा, उसी समय मुझ पर चोट मत करना।"

"तो मैं कब चोट करूँ?"

"जब मैं अपना सिर टिकटी पर रख दूँ और अपने हाथ फैला दूँ और कहूँ–'सावधान' मेरे कहते ही तुम जोर से चोट करना।"

बधिक ने झुककर स्वीकार किया।

राजा ने अपने पास खड़े लोगों से कहा–"संसार-त्याग करने का समय आ गया है। मैं तुम्हें मँझधार में छोड़े जाता हूँ और स्वयं उस देश में जाता हूँ, जहाँ से फिर कोई नहीं लौटता। विदा!"

उन्होंने अरेमिस की ओर देखा और सिर हिलाकर एक विशेष संकेत किया। उन्होंने कहा–"अब सब चले जाओ और मुझे प्रार्थना कर लेने दो।"

बधिक की तरफ मुँह करके कहा–"मैं तुमसे भी यही विनती करता हूँ। ज़रा सी देर की बात है, फिर मैं तुम्हारा ही हो जाऊँगा।"

चार्ल्स झुक गये। क्रास का संकेत हुआ। उन्होंने तख़्त को चूमना चाहा।

उन्होंने फ्रेंच भाषा में कहा–"अथस! क्या तुम वहाँ हो? मैं बोल सकता हूँ?"

अथस के हृदय को इस आवाज़ ने ठेस पहुँचाई। उसने काँपते हुए कहा–"हाँ श्रीमान्।"

"दोस्त, मैं अब किसी प्रकार भी बच नहीं सकता। मैंने ऐसे पुण्य ही नहीं किये थे। मैं इन सबसे बोल चुका हूँ, ईश्वर से भी बोल चुका हूँ, अब अन्त में तुमसे बोलता हूँ। एक पवित्र हेतु को दृढ़ रखने के कारण ही मेरे पूर्वजों की, मेरे बच्चों की राजगद्दी मुझसे छीनी जा रही है। सोने की एक लाख मोहरें न्यूकासिल की छत में, वहाँ से चलते समय छिपाकर रख दी थीं। इस रुपये से तुम मेरे बड़े बेटे की व्यवस्था करना। अथस अब विदा दो।"

"विदा! बलिदान होने वाले पवित्र राजा, विदा!" अथस ने काँपती हुई आवाज़ में धीरे से कहा।

कुछ देर तक सन्नाटा रहा। फिर राजा ने गरजती आवाज़ में कहा–"सावधान!"

कठिनता से यह शब्द निकले होंगे कि एक भयानक चोट से पाड़ हिल गई। नीचे की धूल उड़ने लगी। तुरन्त ही अथस ने अपना सिर उठाया। खून की गरम बूँद उसके मस्तक पर पड़ीं। पर वह अन्दर हो गया। खून की बूँदें अब जमीन पर गिर रही थीं।

अथस घुटने के बल गिर पड़ा और थोड़ी देर तक पागलों की भाँति पड़ा रहा। कोलाहल कम हो गया था, भीड़ चली गई थी। अथस फिर उधर चला और अपने रूमाल का छोर मृतक राजा के खून से रंग लिया। भीड़ कम होती जा रही थी। वह नीचे उतरा। कपड़े को खोला और दो घोड़ों के बीच में धीरे-से खिसककर भीड़ में मिल गया।

●●●

9

ई. 1754 में इंग्लैंड और फ्रांस में राजनैतिक स्थितियाँ विभिन्न थीं। जबकि इंग्लैंड सम्पूर्ण रूप से भारत की ओर समय-समय पर उचित सहायता भेजता रहा, तब फ्रांस अपने आन्तरिक झगड़ों में फँसा रहा। इंग्लैंड के राज्य-परिवार में कभी पारिवारिक झगड़े उत्पन्न नहीं हुए, परन्तु फ्रांस का राज्य-परिवार आन्तरिक झगड़ों में फँसा रहा। त्रिचनापली के युद्ध में हार-होने के बाद डूप्ले को फ्रांस बुला लिया गया। फ्रांस और अंग्रेज़ों ने परस्पर में सन्धि कर ली, परन्तु अंग्रेज़ कब सन्धियों का पालन करते थे।

18वीं शताब्दी के मध्य में फ्रांस का राज्य वंश अपनी भोगलिप्सा में डूबकर राजकोष को ऐश्वर्य और विलासिता में खाली कर रहा था। तत्कालीन फ्रांस का बादशाह लुई पंद्रहवाँ राजकोष को बिलकुल समाप्त करके और अपनी तृप्त भोगलिप्सा को अपने दृश्य में लिए सन् 1774 में मर गया। उसके बाद लुई सोलहवाँ सिंहासन पर बैठा।

नया बादशाह नवयुवक था और उसकी पत्नी आस्ट्रिया की राजकुमारी मेरी आत्वानेव बहुत सुन्दरी थी। पति-पत्नी का प्रेम आपस में बँटा हुआ था, परन्तु उन्होंने भी अपने ऐश्वर्य और सुख-भोग के लिए राजकोष को अंधाधुंध खर्च किया। प्रतिवर्ष प्रधानमंत्री राजकोष को भरने के लिए उपाय करते, परन्तु उनका प्रयत्न सफल नहीं होता था। 12 वर्ष के बाद बादशाह से कह दिया गया कि अब फ्रांस का दिवाला निकलने वाला है। बादशाह ने अमीरों, पादरियों और प्रजा के विशिष्ट व्यक्तियों को साथ लेकर कुछ उपाय करना चाहा, परन्तु फ्रांस-भर में प्रजा इतनी दुखी और पीड़ित हो चुकी थी कि महान् क्रान्ति का सूत्रपात 1789 में देश-भर में हुआ। फ्रांस में तीन राजनैतिक दल बन गए। गिरोण्डिस्ट, कोर्डिलियर और जैकोबिन। तीनों ही दल अपनी महारानी को आस्ट्रिया की राजकुमारी होने के कारण विदेशी समझ, उसका

तिरस्कार करते रहे और राजवंश का अन्त करने पर तुल गए। राज्यक्रान्ति हुई। खून बहाया जाने लगा और राज्य-सत्ता राज्यवंश से निकलकर राजनैतिक दलों के हाथों में आती-जाती रही। प्रजा के पास खाने को अन्न और पहनने को वस्त्र नहीं बचे थे। चारों ओर अराजकता और खून-खराबा का बोल-बाला था।

मेरी आत्वानेव का शैशव अपनी गरिमामयी माता मेरी थेरेसा की गोद में आमोद-प्रमोद में व्यतीत हुआ था। छोटी अवस्था में ही उसका विवाह फ्रांस के राजकुमार लुई 16वें से हो गया था। विवाह के पाँच वर्ष बाद आत्वानेव को साम्राज्ञी पद प्राप्त हुआ। वह राजसत्ता में दृढ़ आस्था रखती थी, परन्तु फ्रांस की राजनीति क्रान्ति की ओर अग्रसर हो रही थी और राजसत्ता संकटमय स्थिति में थी। उसका पति साहसी नहीं था। आत्वानेव ने अपने पति को अपने आदेशानुसार चलाना चाहा। वह नहीं चाहती थी कि सम्राट् के अधिकारों में किसी प्रकार का नियंत्रण हो। आत्वानेव के विचार फ्रांस की प्रजा का रोष उभारने में और भी सहायक बने।

फ्रांस की आर्थिक स्थिति बहुत दुर्दशा ग्रस्त थी। सम्राट् ने प्रसिद्ध अर्थशास्त्री तूर्गो के हाथ में स्थिति सुधार का कार्य सौंपा था, परन्तु साम्राज्ञी के हस्तक्षेप के कारण तूर्गो अधिक समय तक अर्थसचिव के पद पर न रह सका। आत्वानेव ने सम्राट् से कहा कि तुम्हारा कार्य फ्रांस-निवासियों से न हो सकेगा, तुम्हें अन्य राष्ट्रों से सहायता लेनी चाहिए।

लुई वार्सेल्स नगर में रहकर वहीं से राजकार्य की देखरेख करता था। उसके कार्यों से पेरिस की जनता में असन्तोष पैदा हो रहा था और उपद्रव के लक्षण दिखने लगे थे। कुछ ही काल में राज्य-क्रान्ति आरम्भ हो गई। उन्हीं दिनों पेरिस को भीषण दुर्भिक्ष का सामना करना पड़ा। क्रान्तिकारी विचारों के कारण पेरिस की जनता में जाग्रति हो चुकी थी। उन्हें यह असह्य हो गया कि राजा और रानी तो आनन्द से जीवन बितायें और प्रजा भूखों मरे। भूखे जन-समूह ने वार्सेल्स के राजभवन को घेर लिया। विवश होकर राजा और रानी को पेरिस आना पड़ा। वहाँ वे राजभवन में रहने लगे, परन्तु उनके कार्यों पर दृष्टि रखी जाने लगी। राजा तो किसी प्रकार उस स्थिति में रहने को प्रस्तुत था, परन्तु स्वतन्त्रता का अपहरण हो जाने से रानी को उस स्थिति में रहना बड़ा कष्टप्रद प्रतीत होने लगा। वह वहाँ से निकल भागने का विचार करने लगी।

इन्हीं दिनों फ्रांस की राज्य-परिषद् में शासन विधान सम्बन्धी बहुत से परिवर्तन हो गए थे, जिसके कारण राजसत्ता के समर्थक बहुत से कुलीन मनुष्य फ्रांस की सीमा से बाहर चले गये थे। वे विदेशी राज्यों की सहायता से फ्रांस में राजसत्ता को निरापद करना चाहते थे। साम्राज्ञी, गुप्त रीति से उनके कुचक्र में सम्मिलित थी।

उनके परामर्श और सहायता से उसने राजभवन छोड़ने का प्रबन्ध कर लिया। एक दिन सुयोग देखकर प्रहरियों की आँख में धूल झोंककर राजवंश ने सीमाप्रान्त की ओर प्रस्थान कर दिया। वहाँ उनकी सहायता के लिए एक सेनानायक 25000 सैनिकों के साथ उपस्थित था, परन्तु यह सब-के-सब मार्ग में ही पकड़े गए। वर्निस गाँव के पोस्टमास्टर के पुत्र ने उन्हें पहचान लिया। रानी ने हाथ जोड़े, प्रार्थना की, गिड़गिड़ाई और रोई भी, परन्तु उसके आँसुओं का कुछ फल न निकला। सब-के-सब पेरिस लाए गये और कड़े पहरे में बंद कर दिए गए। राजा की स्थिति दुर्भाग्यपूर्ण हो गई। उसकी इच्छा आत्मघात करने की होती थी। दस दिन तक निरन्तर उसने रानी से कोई बात न की। जब रानी से न रहा गया, तो वह जाकर पति के चरणों पर गिर पड़ी और दोनों बच्चों को उसकी गोद में बैठाकर कहने लगी–"भाग्य के विरुद्ध युद्ध जारी रखने के लिए हमें धैर्य धारण करना ही होगा। यदि हमारा अन्त असंभावी है, तो हम उसे रोक नहीं सकते, परन्तु मरने की कला हम अच्छी तरह जानते हैं। मरना ही है, तो शासक की भांति मरें। बिना विरोध किए, बिना प्रतिशोध लिए ही हाथ-पर-हाथ रखकर बैठना उचित नहीं है। हमें अपने स्वत्व के लिए झगड़ते रहना चाहिए।"

रानी के हृदय में वीरता थी। वह झगड़ना जानती थी, परन्तु शासन करना उसे आता न था।

राजवंश के पेरिस परित्याग से पूर्व बहुत से मनुष्य राजा के पक्ष में थे, परन्तु उनके इस प्रकार जाने से उनका पक्ष निर्बल हो गया। जनता सम्राट को पदच्युत करने की बात सोचने लगी। राज्य-परिषद् ने राजा के बहुत से अधिकार छीन लिए। उधर आस्ट्रिया और प्रजा के राजाओं ने फ्रांस के विरुद्ध युद्ध-घोषणा कर दी। लोग और भी जल उठे। राजा के आदर-सूचक चिह्न बंद कर दिए गए। वह एक साधारण मनुष्य के समान हो गया। प्रजा के प्रति राजा की शुभेच्छाओं के विषय में कितने ही मनुष्य अब भी विश्वास करते थे? परन्तु आत्वानेव के कारण वह कुछ कार्य नहीं कर सकता था। पत्नी से विरुद्ध कार्य करने का उसे साहस न था। प्रजा की दृष्टि में साम्राज्ञी अवगुण, स्वेच्छाचार और विश्वासघात की सजीव प्रतिमूर्ति थी। नगर की स्त्रियाँ तक उससे घृणा करती थीं।

जब कभी वह राजभवन की खिड़की से बाहर झाँकती, तो लोग उसका तिरस्कार करने लगते थे। उसके लिए अपशब्द कहने लगते थे। एक दिन एक मनुष्य अपने भाले की नोंक रानी को दिखाकर कहने लगा–"मेरे जीवन में वह दिन शुभ होगा, जब तुम्हारा सिर इस भाले की नोंक पर लटकता देख सकूँगा।"

साम्राज्ञी के लिए बाहर की ओर देखना भी अपराध हो गया था।

फ्रांस की परिषद् ने धर्मगुरुओं के विरुद्ध एक कानून बनाया। राजा की इसमें सम्मति नहीं थी। रानी के परामर्श से उसने मन्त्रिमंडल को विघटित कर दिया। पेरिस की जनता उत्तेजित हो गई। कुछ वक्ताओं के कहने से उसने राजभवन पर आक्रमण किया। उपद्रवी पाँच घण्टों तक राजदम्पति का तिरस्कार करते रहे। बहुत-सी स्त्रियाँ साम्राज्ञी के कमरे में घुस गईं और उसको नाना प्रकार से कष्ट देने लगीं। एक सुन्दर युवती ने रानी के प्रति कुछ अपशब्द कहे। रानी से चुप न रहा गया। उसने उस युवती से कहा–"तुम मुझसे क्यों घृणा करती हो, क्या मैंने अनजाने में तुम्हारा कोई नुकसान या अपराध किया है?"

युवती ने उत्तर दिया–"मेरी तो कोई हानि तुमने नहीं की, परन्तु देश की दुर्दशा तुम्हारे ही कारण हुई है।"

रानी ने कहा–"अभागिनी! तुमको किसी ने मेरे विपरीत बहका दिया है। लोगों के जीवन को दुखमय बनाने से मुझे क्या लाभ है? मैं लौटकर अपने देश को नहीं जा सकती, यहाँ रहकर ही मैं सुखी या दुखी रह सकती हूँ। जब तुम लोग मुझसे प्रेम करते थे, मैं परम सुखी थी।"

युवती ने क्षमा माँगी, उसने कहा–"मैं तुम्हें नहीं जानती थी, परन्तु आज मालूम हुआ कि तुम उतनी बुरी नहीं हो, जितनी बुरी तुम्हें बतलाया जाता है।"

उपद्रवियों के चले जाने पर रानी, राजा के चरणों पर गिर पड़ी और उसके घुटने पकड़कर घण्टों रोती रही।

राजा ने कहा–"आह! मैं तुम्हें यह दिन दिखाने के लिए तुम्हारे देश से क्यों लिवा लाया?"

इस घटना के बाद राष्ट्रीय संरक्षक दल के सेनानायक ने अपनी सहायता से उनको वह स्थान छोड़ने का परामर्श दिया, परन्तु राजा वहाँ से जाने को सहमत न हुआ। उसको विदेशी राष्ट्रों की सेनाओं का भरोसा था। राजा के प्रति जनता की श्रद्धा नित्यकर्म होती गई। उन्हें यह विश्वास हो गया कि राजा और रानी दोनों देशहित में बाधक हैं।

एक व्यक्ति ने तो परिषद् में कह दिया–"राजभवन ही सब अनर्थों का मूल है। उसका अन्त जल्द होना चाहिए।"

इसी बीच में ब्रन्सविक के ड्यूक ने फ्रांसीसियों को राजा के सम्मुख आत्म-समर्पण करने की धमकी दी। लोग भड़क गए। उन्होंने राजमहल पर आक्रमण कर दिया। राजवंश का जीवन बड़े संकट में था।

विद्रोही चिल्ला-चिल्लाकर कहते थे–"बढ़े चलो, राजा-रानी और उनके बच्चों का सिर काटकर भालों की नोंक पर लटका दो, राजवंश का एक भी प्राणी ज़िन्दा न बचने पाए।"

विद्रोहियों ने राजमहल के रक्षकों को मार गिराया। रानी की दशा बड़ी ख़राब थी। एक ओर उसको पति और बालकों की चिन्ता थी, दूसरी ओर अपनी मृत्यु का भय। परन्तु उस समय भी उसमें कुछ साहस मौजूद था। उसने राजा से कहा–"मरने-मारने का यही अवसर है, तुम्हारे अधिकार में जो थोड़ी-सी सेना है, उसकी सहायता से विद्रोहियों को क्यों नहीं भगा देते?"

परन्तु उस समय ऐसा करना अपनी मृत्यु को समीप बुलाना था। राजा ने रानी की बात पर ध्यान नहीं दिया। उन दोनों ने समीपस्थ, परिषद-भवन में जाकर अपने प्राण बचाए। उसी दिन सम्राट लुई पदच्युत कर दिया गया और राजवंश को पेरिस के टेम्पिल-कारागार में रहने की आज्ञा हुई।

राजा-रानी, दोनों बालक और राजा की बहन उस कारागार में रहने लगे। इस बन्दी-जीवन में पति के साथ रहने से रानी को विशेष दुःख नहीं हुआ, पर दो ही दिन में राज-परिवार के सब नौकर वहाँ से हटा दिए गए। जेल के कर्मचारियों का व्यवहार बड़ा कठोर और रूखा था। कुछ दिनों बाद रानी को राजसत्ता का अन्त होने की सूचना मिली, उसी दिन उनसे राज्य सम्बन्धी वस्त्र, आभूषणादि सब छीन लिए गए, उनके पहनने के लिए वस्त्रों तक का कुछ प्रबन्ध न किया गया। राजमहिषि राजा और बालकों के फटे कपड़ों को सीकर काम चलाने लगी। रानी का जीवन बड़ा दुःखपूर्ण हो गया। कहाँ एक राजमहिषी और कहाँ एक बन्दिनी। एक मास बाद लुई को वहाँ से हटाकर रानी से पृथक् रखा गया। रानी को अब अपना जीवन सचमुच बड़ा भार-रूप प्रतीत होने लगा। वह दिन-भर उदास रहती और दोनों बच्चों को गले लगाकर रोया करती। परन्तु अपनी ननद एलिजाबेथ की सान्त्वनाओं से उसका दुःख कुछ कम हो जाता। अपने भाई और भावज को सुखी रखने के लिए एलिजाबेथ ने अपने सुख को ठुकरा दिया था। उसे अपने शरीर और आराम की ज़रा भी परवाह नहीं थी।

मुसीबत का पहाड़ एक साथ ही टूटता है। कुछ ही दिनों में शासन की आज्ञा से राजकुमार को भी रानी की गोद से छीन लिया गया। उसको राजा के पास रहने की आज्ञा हुई। शासकगण समझते थे कि रानी इस राजकुमार को भी क्रान्ति का पात्र बना देगी। हृदय पर पत्थर रखकर रानी ने यह भी दुःख सहा। इन सब प्राणियों को केवल भोजन के समय एकत्रित होने की आज्ञा मिल गई थी, परन्तु उनकी चौकसी पूरी-पूरी होती थी। उनकी रोटियों तक को देखा जाता था कि कहीं इसमें

कोई, पदार्थ तो नहीं भरा है। वे लोग धीरे-धीरे बात नहीं कर सकते थे, फ्रेंच के अतिरिक्त दूसरी भाषा में बोलना भी उनके लिए निषिद्ध था।

इसी बीच में राजभवन की खोज होने पर वहाँ कुछ ऐसे गुप्त काग़ज़-पत्र मिले, जिनसे राजा का विदेशी राजाओं और सरदारों से षड्यन्त्र करना सिद्ध होता था। परिषद् ने लुई पर देश के प्रति विश्वासघात का दोष लगाया। राजा पर अभियोग चलाया गया। 11 दिसम्बर, 1792 को दोषी पाकर उसको मृत्यु-दण्ड की आज्ञा दी गई।

रानी यह समाचार सुनते ही लुई के समीप गई। आधे घण्टे तक सभी प्राणी चुप बैठे रहे, परन्तु उसके बाद रानी के आँसुओं और सिसकियों ने शान्ति भंग कर दी। रानी ने अपने आँसुओं से राजा के चरणों को तर कर दिया। दो घण्टे तक समस्त राज-परिवार अपने सुख-दुःख की बातें करता रहा। रानी ने पति के जीवन की उस अन्तिम रात्रि में पति के साथ रहने की इच्छा की, परन्तु लुई सहमत न हुआ। वह नहीं चाहता था कि मृत्यु के समय उनके मन में किसी प्रकार का मोह अथवा विकार उत्पन्न हो। अगले दिन प्रातःकाल मिलने का वचन देकर उन सबको विदा किया।

रात्रि-भर उसके हृदय में भावों का तुमुल संग्राम होता रहा। उसने सारी रात जागकर बिता दी। दूसरे दिन बिना मिले ही, बिना कुछ कहे-सुने ही राजा उस स्थान से चला गया। वह जानता था कि अन्तिम विदाई के दृश्य की चोट को रानी सहन न कर सकेगी। अन्तिम समय पति से भेंट न हो, इससे बढ़कर दुर्भाग्य पत्नी का और क्या हो सकता है? रानी का व्यवहार चाहे जैसा रहा हो, वह लुई को हृदय से चाहती थी। उसके लिए उसका पति परमेश्वर के समान था। रानी ने पति की मृत्यु का समाचार सुना तो मूर्च्छित हो गई। चेतना लौटने पर वह उन्मादिनी के समान बकझक करने लगी। परन्तु ननद की सेवा-सुश्रूषा से उसकी दशा शीघ्र ही ठीक हो गई।

●●●

10

जिस समय देहली के तख़्त पर मुज्जिमशाह आसीन था, उस समय अफगानिस्तान के तीरा शहर का निवासी दाऊदखाँ भाग्य आज़माने भारत आया। दाऊदखाँ पठान था और उसमें वीरता की भावनाएँ उठ रही थीं। उस समय उत्तर भारत में कटहर प्रदेश (अवध के उत्तर और गंगा के पूर्व हिमालय की तराई में रामपुर, मुरादाबाद, बरेली और बिजनौर का सम्मिलित हरा-भरा सुहावना प्रदेश) छोटे-छोटे ताल्लुकों में बँटा हुआ था। ताल्लुकेदार राजपूत और ठाकुर थे, जो परस्पर में ईर्ष्या-द्वेष तथा शक्ति-संतुलन के लिए परस्पर लड़ते रहते थे। अपनी ओर से लड़ाने के लिए, वे कुछ अन्य वीर योद्धाओं की भी पारिश्रमिक देकर सहायता प्राप्त करते थे। दाऊदखाँ ने अपने कुछ वीर पठानों का संगठन करके एक योद्धादल बनाकर उन ताल्लुकदारों की आपस की लड़ाई में उनका साथ देकर युद्ध किया, जिससे उसकी वीरता की प्रसिद्धि हुई। वह जिस ताल्लुकेदार की ओर से लड़ता, उसी की विजय होती थी। विजय होने पर उसे खूब रुपया मिलता था। एक बार बरेली के पास बाँकौली गाँव में दो ज़मीदारों में भयंकर लड़ाई हुई। बाँकोली गाँव सैयदों का था। सैयद जमकर लड़े, परन्तु अन्त में सब मारे गए। दाऊदखाँ ने इस लड़ाई में दूसरे ज़मीदार का पक्ष लेकर युद्ध किया था। लड़ाई जीतकर जब उसने बाँकौली गाँव में प्रवेश किया, तो उसे एक सूने घर में एक छः वर्ष का सुन्दर और तेजस्वी बालक एक कोने में बैठा हुआ मिला। दाऊदखाँ ने बालक को अपनी गोद में लेकर पूछा–"क्या तुम अकेले बचे हो?"

"हाँ।"

"तुम्हारा नाम?"

"मोहम्मद अली।"

"तुम्हारे वालिद का?"

"दिलदार अली।"

"अब वह कहाँ है?"

"शायद लड़ाई में मारे गए।"

"घर के और लोग?"

"सब भाग गए।"

"क्या तुम मेरे साथ चलोगे?"

बालक ने यह प्रश्न सुनते ही दाऊदखाँ के मुँह की ओर देखा। उस समय उसमें वात्सल्य और प्रेम झलक रहा था। बालक ने कहा–"तुम मुझे मारोगे तो नहीं?"

"नहीं बेटे, मैं तुम्हें अपना बहादुर बेटा बनाऊँगा।"

दाऊदखाँ ने उसे अपने साथ ले लिया और दत्तक पुत्र बनाकर पालन-पोषण किया। उसका नया नाम रखा अली मोहम्मद खाँ, उसके पढ़ने-लिखने तथा युद्ध-शिक्षा की उचित व्यवस्था की। युवा होने पर अली मोहम्मद खाँ दाऊदखाँ की भाँति साहसी और वीर योद्धा बना।

कुछ समय बाद दाऊदखाँ कुमायूँ के राजा के साथ हुए युद्ध में मारा गया। उसकी फ़ौज ने अली मोहम्मद खाँ को अपना सरदार स्वीकार किया। अली मोहम्मद खाँ ने अपनी फ़ौज में और भी वृद्धि की तथा अपने पिता की मृत्यु का बदला लेने के लिए कुमायूँ के राजा पर आक्रमण किया। कुमायूँ के राजा ने उसका सामना करने में असमर्थ समझ, उससे संधि कर ली।

इससे अली मोहम्मद खाँ का साहस बढ़ गया। अतः उसने कटहर प्रान्त के छोटे-छोटे ज़मीदारों से युद्ध करके उनकी ज़मीदारी छीन-छीनकर अपने अधिकार में करनी आरम्भ की। धीरे-धीरे उसने सारा ही कटहर प्रान्त अपने प्रान्त में कर लिया। यही प्रान्त रुहेलखण्ड कहलाने लगा।

इस समय दिल्ली के तख़्त पर मोहम्मदशाह रंगीला आसीन था। बादशाह ने अली मोहम्मद को काम का आदमी समझकर एक शाही फरमान भेजा, जिसमें उसे फिदवी खास लिखा और कहा कि वह जाकर मुज़फ़्फ़रनगर के बारा गाँव में निजामुलमुल्क आसिफजाँ की उसके प्रतिद्वन्द्वी ज़मीदार से पुलदीन अली खां के विरुद्ध सहायता करे। अली मोहम्मद खाँ ने बादशाह का यह हुक्म तुरन्त पालन किया और आसिफखाँ की विजय कराकर लौट आया। बादशाह ने उसे पाँच हज़ारी मनसब, माहीमरातिब, नौबतनिशाँ, चबर और नक्कारख़ाना की उपाधियाँ देकर रुहेलखण्ड की सूबेदारी दी।

रुहेलखण्ड में उसे शासन करते थोड़ा ही समय हुआ था कि अली मोहम्मद खाँ की कुछ सख़्तियों के ज़ुल्म से तंग होकर वहाँ के ज़मीदारों ने दिल्ली के बादशाह से उसकी शिकायत की। बादशाह ने राजा हरनन्द को पचास हज़ार सेना देकर अली मोहम्मद खाँ को क़ैद करने के लिए भेजा। मुरादाबाद पहुँचकर हरनन्द ने बरेली और शाहबाद के शासक अब्बदुलनबीखाँ को शाही सेना में आ मिलने का हुक्म दिया। अब्दुलनबीखाँ अली मोहम्मदखाँ के साथ युद्ध नहीं करना चाहता था। उसने बहाना बनाकर अपने भाई दिलेरखाँ को राजा हरनन्द के पास भेज दिया। अली मोहम्मद राजा हरनन्द का आगमन सुन 12 हज़ार योद्धाओं को लेकर मुरादाबाद की ओर बढ़ा। गाँवों के पास दोनों ओर की सेनाओं का आमना-सामना हुआ। पहले ही दिन भयानक युद्ध हुआ, जिसमें राजा हरनन्द, उसका पुत्र मोतीलाल और दिलेरखाँ मारे गए तथा अधिकांश सेना युद्ध में कट-मरी। अन्ततः अब्दुलनबीखाँ अपने भाई दिलेरखाँ की मृत्यु का बदला लेने के लिए क्रोध में भरकर युद्धक्षेत्र में आया। उसने अपने साथ चुने हुए 500 योद्धा लिए थे, परन्तु युद्ध-क्षेत्र में पहुँचते-पहुँचते उसके अधिकांश योद्धा बहाना बनाकर मार्ग में ही उसका साथ छोड़ते गए। जिस समय वह युद्ध-भूमि में पहुँचा, तब कठिनाई से सौ योद्धा भी उसके साथ न थे। अली मोहम्मद की सेना राजा हरनन्द के खेमों को लूट रही थी और वह किसी सरदार से बातें कर रहा था। अब्दुलनबीखाँ अकस्मात् उन पर टूट पड़ा और शत्रु के बहुत से सैनिक शीघ्रता से काट डाले गए। अली मोहम्मद ने अपनी सेना की तुरन्त व्यवस्था की और अब्दुलनबी से डटकर मुकाबला किया। अन्त में अब्दुलनबी भी मारा गया। अली मोहम्मद विजय-दुन्दभी बजाता हुआ लौट गया। उसने अपने राज्य का विस्तार किया। उसकी सेना में एक लाख सैनिक थे। ख़ज़ाने में तीन करोड़ चार लाख रुपये और एक करोड़ सोलह लाख सोने की मोहरें थीं। उसके पाँच बेटे थे। वे सब रुहेले प्रसिद्ध हुए। तीस वर्ष नवाबी करके कुछ महीने बीमार रहकर उसकी मृत्यु हो गई।

अवध के नवाब बहुत दिनों से रुहेलखण्ड को हथियाना चाहते थे, मगर जब कभी सब रुहेले-सरदार मिलकर युद्ध का डंका बजाते थे, तब उनकी संख्या अस्सी हज़ार पहुँचती थी। इसके सिवा वे वीर भी थे, अतः नवाब को उन्हें छेड़ने का साहस न होता था। जब नवाब शुजाउद्दौला ने अंग्रेज़ों की धनलिप्सा को देखा, तो उसने वारेन हेस्टिंग्स को लिखकर अंग्रेज़ी सेना की मदद माँगी। दोनों ने सलाह कर ली और चालीस लाख रुपये और सेना का कुल खर्चा लेना स्वीकार करके अंग्रेज़ों ने भाड़े पर रुहेलों के विरुद्ध अपनी सेना देना स्वीकार कर लिया। रुहेलों से अंग्रेज़ों का कोई मतलब न था, न कुछ टण्टा था, इसके सिवा वे अन्य सूबेदारों की तरह बादशाह के अधिकार प्राप्त सूबेदार थे।

हेस्टिंग्स ने कर्नल चैम्पियन की अधीनता में तीन ब्रिगेड अंग्रेज़ी सेना और चार हज़ार कड़ाबीनी रवाने किए। रुहेलों ने प्रथम तो बहुत-कुछ लिखा-पढ़ी की, पर अन्त में हारकर युद्ध की तैयारियाँ कीं, और हाफ़िज रहमत-खाँ चालीस हज़ार सेना लेकर अवध के नवाब और अंग्रेज़ों की सम्मिलित सेना की गति रोकने को अग्रसर हुए कर्नल चैम्पियन के पास तीन ब्रिगेड अंग्रेज़ी सेना और चार हज़ार कड़ाबीनी नवाबी सेना थी। 23 अप्रैल, 1774 को बाबुल-नाले पर घोर-युद्ध हुआ और रुहेलों की वीरता से इस संयुक्त सेना के छक्के छूट गये। पर भारत से मुसलमानों का भाग्य-चक्र तेजी से फिर रहा था। अगले दिन हाफ़िज रहमतखाँ युद्ध में मारा गया, और पूर्वी सेनाओं के दस्तूर के अनुसार उसके मरते ही सेना का उत्साह भंग हो गया और वह भाग चली। रुहेलों का अस्तित्व मिट गया।

नवाब की फ़ौज ने भागते रुहेलों को मारने और लूटने में बड़ी फुर्ती दिखाई। एक लाख से अधिक रुहेले अंग्रेज़ों के आतंक से भयभीत होकर अपने सुख-निवासों को छोड़-छोड़कर विकट जंगलों में भाग गये।

नवाब ने फसल उजाड़ दी, कुछ घोड़ों से कुचलवा दीं। नगर-गाँवों में आग लगवा दी। क्या मनुष्य, क्या स्त्री, क्या बालक या तो क़त्ल कर दिए गये या अंग-भंग करके तड़पते छोड़ दिए गये, अथवा गुलाम बनाकर बेच दिए गये। रुहेले सरदारों की कुल महिलाओं और कुमारी कन्याओं का अत्यन्त पाश्विक ढंग से सतीत्व नष्ट किया गया। वे दाने-दाने के लिए दर-दर भीख माँगने लगीं। मुंशी बेगम के अंगूठी छल्ले तक उतरवा लिए गए। महबूबुल्लाखाँ की लड़की पर नवाब ने पाश्विक अत्याचार किया, जिससे उसने विष खाकर आत्मघात कर लिया। डेढ़ करोड़ रुपये का माल लूटा गया। अस्सी लाख वार्षिक आय की रियासत नवाब के हाथ लगी। नवाब ने रुहेले सरदारों को पहले तो अभयदान दिया, बाद में विश्वासघात करके उन्हें क़त्ल करा डाला। यन्त्रणाएँ भुगतने के लिए प्रसिद्ध रुहेले सरदार महबूबुल्लाखाँ और फिदाउल्लाखाँ के परिवार वाले फैज़ाबाद भेज दिए गए।

इस युद्ध में हेस्टिंग्स को भारी आर्थिक लाभ हुआ। इस तीन ब्रिगेड अंग्रेज़ी सेना का पूरे वर्ष भर का खर्च साढ़े सैंतीस लाख रुपया वसूल किया तथा साढ़े सढ़सठ लाख रुपये वार्षिक नवाब ने कम्पनी को और दिए। एक करोड़ रुपया नकद कम्पनी के ख़ज़ाने के लिए भी दिया गया।

●●●

11

फ्रांस के एक नगर में एक मध्यम श्रेणी के जौहरी परिवार में एक प्रतिभाशाली बालिका ने जन्म लिया। बालिका के पिता एक महत्त्वाकाँक्षी उद्योगी पुरुष थे और थोड़ी पूँजी से ही अपनी उन्नति करते जाते थे। इन्हीं पिता की देखरेख में बालिका का शैशव काल बीता। पिता ने पुत्री को उच्च-से-उच्च शिक्षा देने का प्रबन्ध कर दिया। उनके और कोई सन्तति नहीं थी, अतएव माँ ने भी अपना सारा स्नेह बालिका के लालन-पालन में ही लगा दिया था, परन्तु अपने प्रेम के कारण कन्या की शिक्षा में उसने किसी प्रकार की त्रुटि न आने दी। उसने स्वयं बालिका को वीरता और धैर्य के भावों से बचपन ही में परिपक्व कर दिया। शैशव-काल में ही बालिका में भावी उन्नति के अंकुर प्रस्फुटित होने लगे थे। अध्ययन की ओर उसकी विशेष रुचि थी। अवकाश मिलने पर भी वह अपनी हमजोलियों में जाकर खेल-कूद न करती, वरन् एकान्त में बैठकर गम्भीरतापूर्वक प्रत्येक बात पर विचार किया करती थी। किसी एक वस्तु की जानकारी से सन्तुष्ट होकर बैठ रहना उसके लिए कठिन था। उसका अध्ययन-क्षत्र विस्तृत था। यौवन के आगम-काल में ही उसको धर्म, इतिहास, दर्शन, संगीत, चित्रकारी, नृत्य, विज्ञान, रसायन-शास्त्र आदि का ज्ञान हो गया था। दूसरे देशों की भाषाओं को भी वह बड़ी रुचि से पढ़ती थी। रूसो, बोल्टेयर, मोन्टिस्कयू, प्लूटार्क जैसे प्रसिद्ध लेखकों की पुस्तकें बड़े ध्यान से पढ़ती थी। उसने अपने पिता का व्यवसाय भी सीख लिया। मूर्तियों में खुदाई का काम करके, वह उन्हें अपने बाबा और दादी को दिया करती थी। वे दोनों वृद्ध प्राणी पौत्री की उन्नति को देखकर फूले न समाते थे और उसे बढ़ावा देने के लिए आभूषण दिया करते थे। घर का काम करने में भी उसे किसी प्रकार की हिचकिचाहट नहीं थी। बाज़ार से सौदा मोल ले आना, चौके में बैठकर शाक-भाजी तैयार करना, माँ की सहायता करना तो उसके नित्य के काम हो गए थे। संलग्नता और परिश्रम का उसके जीवन पर बड़ा गहरा प्रभाव पड़ा।

उसे विलासिता से बड़ी घृणा थी। दूसरे का सर्वस्व अपहरण करके, जो लोग आनन्द करते थे, उनको देखकर उसका तन जल उठता था। वह एक बार अपनी दादी के साथ किसी कुलीन मनुष्य के घर गई। वहाँ का असमान व्यवहार देखकर उसके हृदय को बड़ी ठेस लगी। बात-बात में निम्न श्रेणी के मनुष्यों के प्रति कुलीनों की उपेक्षा का भाव उसने देखा। एक-दूसरे अवसर पर उसको एक बार वार्सेल्स के राजभवन में रहने का सौभाग्य प्राप्त हुआ, परन्तु वहाँ के अपव्यय और विलासिता को देखकर उसे बड़ा दुःख हुआ। वह जानती थी कि उनके इस ऐश्वर्य-विलास में निर्धन मनुष्यों की आहें भरी हुई हैं। उसको वहाँ रहना भार मालूम पड़ा, वहाँ से लौटने पर ही उसके हृदय को शान्ति मिली।

युवा होने पर उसके विवाह की चर्चा होने लगी। उसका पिता किसी सम्पन्न व्यापारी के साथ अपनी पुत्री का विवाह करना चाहता था, परन्तु पिता के विचार से वह सहमत न थी। व्यापार से उसको घृणा थी। वह व्यापार को लोभ का साधन समझती थी। उसको ऐसे पति की चाह थी, जिसके साथ उसके भावों और विचारों का साम्य हो सके। उसको ऐश्वर्य की चाह न थी, वह आत्मा के साथ अपना बन्धन करना चाहती थी। जब उसके एक पड़ोसी धनी कसाई ने उसके साथ विवाह का प्रस्ताव किया, तो उसने स्पष्ट शब्दों में अपने पिता से कह दिया–"मैं अपने विचार को नहीं बदल सकती। ऐसे मनुष्य से विवाह करने की अपेक्षा जीवन भर अविवाहित रहकर कुमारी रहना मुझे अधिक पसन्द है।"

पिता ने बहुत समझाया, धन का प्रलोभन दिखाया, परन्तु उसका कोई असर न हुआ।

कुछ समय के बाद उसका रोलॉ नामक एक व्यक्ति से परिचय हुआ। उसने रोलॉ में अपने विचारों के अनुरूप पति के सभी लक्षण देखे। उसने उसके साथ विवाह करने का निश्चय किया, परन्तु पिता ने इस विवाह में सम्मति न दी। रोलॉ की अवस्था उस समय लगभग पचास वर्ष थी, उसका अधिकांश जीवन कठोर तपस्या में बीता था। ऐसे मनुष्य के हाथ में अपनी कन्या को अर्पण करना उसने महान् पातक समझा। कन्या को बड़ा दुःख हुआ। उसने घर-बार सब छोड़ दिया और एक देव-मन्दिर में जाकर तपस्वियों के समान जीवन बिताने लगी। अन्त में उसके विचारों की विजय हुई। छः मास बाद दोनों का विवाह हो गया। अवस्था भेद के कारण पत्नी अपने पति की शिष्या के समान जान पड़ती थी, परन्तु मादाम रोलॉ को इस विवाह से बड़ी प्रसन्नता थी। उनकी दृष्टि में विवाह नैसर्गिक और पवित्र बंधन था, जहाँ दो आत्माओं का मिलन होता है।

विवाह के बाद मादाम रोलॉ अपने पति के साथ एमिन्स नगर में रहने लगी। पति की सेवा-सुश्रूषा में ही उसका सारा समय बीतता था। वह अपने पति का बड़ा सम्मान करती थी। वह स्वयं ही उसको पौष्टिक भोजन बनाकर खिलाया करती। विवाह के दो वर्ष बाद उनके यहाँ एक पुत्री का जन्म हुआ। कुछ वर्ष उपरान्त रोलॉ अपने गाँव लियोन में रहने लगा। वहाँ पर मादाम रोलॉ ने आसपास के ग्रामीण कृषकों से परिचय किया। समय-समय पर वह उनकी सहायता भी करती और उनके घर जाकर स्वयं औषधि का प्रबन्ध कर आती। पिता के घर पर औषधि-सम्बन्धी कुछ ज्ञान उसने प्राप्त कर लिया था। दूर-दूर के गाँवों से लोग रोगी की औषधि कराने उसको लिवा ले जाते। रविवार के दिन बहुत से किसान अपनी-अपनी तुच्छ भेंट देने के लिये उसके घर आते थे। इन भोले-भाले किसानों की सादगी और पवित्रता पर वह मुग्ध हो गई थी।

इन्हीं दिनों फ्रांस में राज्य-क्रांति आरम्भ हो गई। पेरिस की घटनाओं के समाचार मादाम रोलॉ के कानों में पड़े। उसे विश्वास हो गया कि इस क्रांति से मनुष्य-समाज का उद्धार होगा, श्रमिक लोगों के दुःख दूर होंगे और एक नवीन युग का आरम्भ होगा। मादाम रोलॉ के हृदय में अग्नि प्रज्वलित हो गई। अपना कर्तव्य पालन करने के लिये वह भी उद्यत हो उठी। उसने पति से अपने विचार कहे। दोनों के समान विचार थे। एक बार रोलॉ नगर-समिति की ओर से परिषद् में उपस्थित होने के लिये पेरिस गया। साथ में उसकी पत्नी भी थी। पेरिस में बहुत शीघ्र अनेक मनुष्य मादाम रोलॉ के अनुयायी हो गये। ब्रिसो, पितियन, बूजो और रोब्सपीयर का उस समय बड़ा जोर था। ये सब मादाम रोलॉ के स्थान पर इकट्ठे हो-होकर राज्य की स्थिति पर विचार किया करते थे। ये लोग फ्रांस में प्रजा-तन्त्र शासन-विधान स्थापित करना चाहते थे। इन लोगों ने समय पड़ने पर एक-दूसरे की सहायता करना निश्चय कर लिया। इस निश्चय पर अन्य सब मनुष्य तो दृढ़ न रहे, परन्तु मादाम रोलॉ ने अपनी बात का पालन किया। एक बार जब रोब्सपीयर का जीवन संकट में पड़ गया, तो मादाम रोलॉ ने ही अपने यहाँ आश्रय देकर उसको बचाया था। कार्य की समाप्ति पर दोनों पति-पत्नी लियोन्स लौट आए, परन्तु मादाम रोलॉ वहाँ न रह सकी। वहाँ रहकर वह देशहित के कार्य में योग नहीं दे सकती थी। खूब सोच-विचार के बाद दिसम्बर मास में दोनों पति-पत्नी फिर पेरिस लौट आए।

इस बार मादाम रोलॉ ने बड़े उत्साह से कार्य आरम्भ किया। उसका सब समय राजनैतिक कार्यक्रम की पूर्ति में बीतने लगा। फ्रांस में प्रजातन्त्र शासन-विधान प्रचलित करना ही उसका उद्देश्य था। उसने अपने विचार उस समय के प्रमुख और प्रसिद्ध मनुष्यों पर प्रकट किये। उसके नेत्रों में आकर्षण था और वाणी में माधुर्य।

उसके तेजस्वी मुख को देखकर किसी को भी उसका विरोध करने का साहस न होता था। कुछ ही समय में उसने अपने अनेक अनुयायी बना लिये। इसी समय गिरोण्डिस्ट दल ने शासन-सूत्र अपने हाथ में कर लिया और रोलॉ की अध्यक्षता में मन्त्रिमण्डल का निर्माण किया।

रोलॉ को राज्य-सम्बन्धी कार्यों में अपनी पत्नी से बड़ी सहायता मिलती थी। जिन गुत्थियों को सुलझाने में उनकी बुद्धि चकरा जाती, उन सबको मादाम रोलॉ शीघ्र ही ठीक कर दिया करती थी। वह मनुष्य की परख बड़ी जल्दी कर लेती थी। कई बार उसने अपने पति को अपने सहकारियों से सचेत रहने के लिये कहा था।

'दुमरो' नामक व्यक्ति को देखकर उसने अपने पति से कहा–"इस मनुष्य पर अपनी दृष्टि रखना, यह बड़ा भयंकर आदमी है। समय आने पर यह आपको मन्त्रिमण्डल से बाहर निकाल देगा।"

रोलॉ की लापरवाही से भविष्य में ऐसा ही हुआ, परन्तु मादाम रोलॉ के कारण गिरोण्डिस्ट दल परिषद् में अपना पैर जमाए रहा। नित्य प्रति उसके स्थान पर इन लोगों की बैठक हुआ करती; कार्यक्रम, साधन आदि पर विचार होता। इन बैठकों का प्राण मादाम रोलॉ ही थी। लोगों को नई-नई बातें सुझाना ही उसका काम था। उसकी अलौकिक बुद्धि और प्रखर-प्रतिभा को देखकर सब चकित होते थे।

परन्तु कुछ मनुष्य उसके विरुद्ध भी कार्य कर रहे थे। उनमें एक रोब्सपीयर भी था। सिद्धान्त के नाम पर वह गिरोण्डिस्ट दल से अलग हो गया था। जब सम्राट लुई 16वें के अपराध पर परिषद् में विचार हो रहा था, उस समय रोब्सपीयर के कुछ साथियों ने मादाम रोलॉ पर यह दोष लगाया था कि राजा को बचाने वालों में मादाम रोलॉ भी शामिल है। उस समय मादाम रोलॉ ने स्वयं सफाई पेश करके अपनी निर्दोषिता सिद्ध की थी, परन्तु गिरोण्डिस्ट दल की नीति के असफल होने से मादाम रोलॉ का प्रभाव कम होता गया। जून, सन् 1793 में गिरोण्डिस्ट के हाथ से शासन-सूत्र छीन लिया गया।

गिरोण्डिस्ट दल के छिन्न-भिन्न होने के पश्चात् रोलॉ राजनीति क्षेत्र से अलग हो गया। विरोधियों ने अपने भाषणों द्वारा जनता की दृष्टि में दोनों पति-पत्नियों को गिरा दिया था। इस अपयश के कारण पेरिस में रहना मादाम रोलॉ के लिये कठिन हो गया। पति और पुत्री को लेकर उसने घर लौट जाने का विचार किया, परन्तु घटना-चक्र में फँस जाने के कारण, वह पेरिस नगर को न छोड़ सकी।

इस बीच में क्रांतिकारी न्यायालय ने रोलॉ को दोषी ठहराकर उस पर अभियोग चलाना निश्चित किया। गिरफ़्तारी का वारण्ट लेकर कुछ कर्मचारी उसके मकान पर

पहुँचे। उसने आत्म-समर्पण करने से इनकार कर दिया। भावी अनर्थ की आशंका से मादाम रोलॉ को बड़ा कष्ट हुआ। उसने पति के छुटकारे के लिए परिषद् के नाम एक प्रार्थना-पत्र भेजा और स्वयं जाकर अध्यक्ष से मिली। परिषद् में बोलने के लिए उसने अध्यक्ष से आज्ञा माँगी। परन्तु वहाँ अधिकांश मनुष्य गिरोण्डिस्ट दल से जले-भुने बैठे थे, अतएव अध्यक्ष ने रोलॉ को चुप रहने का आदेश किया।

घर लौटकर रोलॉ अपने पति से मिली। उस समय उस पर से अभियोग हटा लिया गया था। उसी दिन रोलॉ ने पेरिस नगर के बाहर एक दूसरी जगह आश्रय लिया, परन्तु उसकी पत्नी वहाँ से न गई। सायंकाल परिषद्-भवन के समीप मादाम रोलॉ ने कुछ मनुष्यों के मुख से सुना कि गिरोण्डिस्ट दल के बाईस मनुष्य शीघ्र ही गिरफ़्तार किए जाएँगे, उनमें वह भी शामिल थी। वह खिन्न मन से घर लौट आई। उसने अपनी सोई हुई पुत्री को छाती से लगाकर बार-बार चूमा। मृत्यु से उसको किसी प्रकार भय न था। मृत्यु को वह चिर-शांति का आश्रय समझती थी, परन्तु इस बालिका का मोह उसको सता रहा था। उसने अपने एक मित्र के यहाँ उसको छोड़ने का विचार किया। एक पत्र अपने पति के नाम लिखकर वह सो गयी, परन्तु थोड़ी देर में द्वार तोड़कर, कुछ पुलिस कर्मचारी उसके घर में घुस आए। उन्होंने उसको गिरफ़्तार कर लिया। मादाम रोलॉ को अपने पति के सुरक्षित होने से बड़ी प्रसन्नता हुई। अपने भृत्य को कन्या के संबंध में कुछ बातों का आदेश देकर मादाम रोलॉ कर्मचारियों के साथ हो ली।

एक कर्मचारी ने उससे पूछा–"क्या गाड़ी की खिड़कियाँ बंद कर दूँ?"

उसने कहा–"कदापि नहीं, मैंने कोई अपराध नहीं किया है, मुझे कोई लज्जा नहीं जो अपना मुँह ढाँकती फिरूँ।"

कर्मचारी ने उससे फिर कहा–"आप में मनुष्यों से अधिक साहस है, आप शांति और धैर्य से न्याय की प्रतीक्षा कीजिए।"

रोलॉ हँसी और कहने लगी–"न्याय! न्याय होता तो मैं आज यहाँ न होती। मैं निर्भय चित्त से फाँसी के तख़्ते पर चढ़ूँगी। मुझे अब जीवन से घृणा हो गई है।"

गाड़ी कारागार के समीप खड़ी हो गई। मादाम रोलॉ को एक कोठरी में बंद कर दिया गया।

परन्तु कारागार में भी कर्मचारियों ने उसके लिए बहुत-सी बातों की सुविधा कर दी। फल, फूल, पुस्तक, कलम, दवात, काग़ज़, सभी चीज़ें उसे उपलब्ध थीं। कुछ ख़ास मनुष्य उससे मिलने के लिए आते थे। कारागार में मादाम रोलॉ ने अपनी

आत्मकथा लिखी और प्रहरियों की दृष्टि से छिपाकर उसे अपने एक मित्र बोस्क को दे दी। यह व्यक्ति कभी-कभी मादाम रोलाँ से मिलने आया करता था। कुछ दिनों बाद मादाम को वहाँ से एक दूसरे कारागार में हटा दिया गया, जहाँ उसको नगर की दुराचारिणी स्त्रियों के साथ रहना पड़ा, परन्तु कुछ कर्मचारियों की कृपा से उसे एक अच्छी-सी कोठरी रहने को मिल गई। यहाँ पर उसने रोब्सपीयर के नाम एक पत्र लिखा–"अपराधी को प्रार्थना करने का कोई अधिकार नहीं है। गिड़गिड़ाना मेरी प्रकृति के विरुद्ध है। मैं दुःख अच्छी तरह सह सकती हूँ। मैं भाग्य का रोना नहीं रोती। मैं तुम्हारे मन में दया उत्पन्न करने के लिए यह पत्र नहीं लिख रही हूँ। मैं तुम्हें तुम्हारा कर्तव्य सुझाना चाहती हूँ। याद रखो, भाग्य हमेशा साथ नहीं देता है, यही बात सर्व-साधारण में प्रिय होने के विषय में भी है। इतिहास इस बात का साक्षी है, जो कभी जनता के प्रिय थे, वही जनता के पैरों से ठुकराए गए।"

परन्तु उसने यह पत्र रोब्सपीयर के पास नहीं भेजा। जिसके एक बार वह स्वयं प्राण बचा चुकी थी, उसके सामने दीन बनने में उसको बड़ी ग्लानि प्रतीत हुई। उसने वह पत्र टुकड़े-टुकड़े कर डाला तब से वह किसी-न-किसी प्रकार समय बिताती रही। एक बार विष-पान करके जीवन अन्त करने का विचार भी उसके मन में उदय हुआ। एक कर्मचारी की सहायता से उसको कुछ विष मिल गया। मरने से पूर्व उसने पति, मित्रों के लिए कई पत्र लिखे, परन्तु पुत्री की स्मृति ने मरने न दिया। उसने विष का प्याला दूर फेंक दिया। वह कठिन-से-कठिन दुःख सहने के लिए तैयार हो गई।

शीघ्र ही उस स्थान से वह एक तंग, गंदी और अंधकारपूर्ण कोठरी में बंद कर दी गई। केवल विचार के समय न्यायालय में उपस्थित होने के लिए बाहर निकाली जाती थी। बड़ी निर्भीकता से उसने विचार पति के प्रश्नों का उत्तर दिया।

मृत्यु-दण्ड सुनकर उसने बड़े कटु शब्दों में विचारपति से कहा–"उन महात्मा पुरुषों का साथ देने में, जिनके रक्त से आपके हाथ रंगे हुए हैं, आपने मेरी जो सहायता की है, मैं उसके लिए आपको धन्यवाद देती हूँ।"

जब वह अन्य अपराधियों के साथ फाँसी के स्थान को जा रही थी, नगर की बहुत-सी स्त्रियाँ चिल्ला-चिल्लाकर कहने लगीं–"बध-स्थान के लिए, बध-स्थान के लिए।"

मादाम रोलाँ से चुप न रहा गया। उसने उन स्त्रियों से कहा–"मैं तो बध-स्थान को जा रही हूँ और कुछ क्षणों में ही वहाँ पहुँच जाऊँगी, पर वे जो मुझे वहाँ भेज रहे हैं, उन्हें भी शीघ्र ही मेरा अनुकरण करना होगा। मैं निर्दोष जा रही हूँ, उनके

सिर पर रक्त का अपराध होगा और तुम, जो आज हम लोगों के ऊपर हँस रही हो, आज से भी अधिक उन लोगों के दंड पर हँसोगी।"

मादाम रोलाँ का कथन अक्षरसः सत्य सिद्ध हुआ।

मादाम रोलाँ की गाड़ी में एक वृद्ध मनुष्य भी था। वह मार्ग भर रोता रहा, परन्तु रोलाँ ने उसको सान्त्वना देकर धीरज बँधाया। बध-स्थान पर सबसे पहले मादाम रोलाँ को ही फाँसी लगनी थी, पर उसने बधिक से प्रार्थना की कि–"पहले उस वृद्ध को फाँसी पर चढ़ाओ, वह मेरी मृत्यु न देख सकेगा, उसका हृदय फट जायेगा। मैं तो पीछे भी मर लूँगी।"

बधिक ने उसकी बात मान ली। हृदय कड़ा करके मादाम रोलाँ ने वृद्ध का सिर कटते देखा। वृद्ध के मरने के बाद वह अपने स्थान से हटी। पास ही में स्वतन्त्रता देवी की मूर्ति रखी थी। उसके सामने नत-मस्तक होकर मादाम रोलाँ ने दीर्घ निश्वास भरकर कहा–"स्वाधीनते! स्वतन्त्रते। तुम्हारे नाम पर मनुष्यों ने कितने अपराध किये हैं।"

इतना कहकर वह गिलेटिन पर जाकर खड़ी हो गई और अपना गला छुरी के नीचे रख दिया। क्षण-मात में उसका सिर धड़ से अलग हो गया। यह 8 नवम्बर, सन् 1793 की घटना है।

रोलाँ के पति ने जब अपनी स्त्री की मृत्यु का समाचार सुना, तो उसके लिए एक क्षण भी इस संसार में रहना कठिन हो गया। वह अपने स्थान से भाग निकला और आत्महत्या कर ली।

●●●

12

रूहेलखंड युद्ध के अत्याचारों की कहानी इंग्लैंड में विभिन्न रूप धारण करके पहुँची। गवर्नर के कार्य को दोषपूर्ण कहा गया। अन्त में 1773 में लार्डनार्थ के द्वारा पार्लियामेंट में एक बिल 'रेग्युलेटिंग एक्ट' पास हुआ, जिसके द्वारा 'ईस्ट इंडिया कम्पनी' के हाथ से भारतीय शासन इंग्लैंड के राजा के हाथ में चला गया। बंगाल में एक गवर्नर जनरल नियुक्त करने का निश्चय हुआ। गवर्नर जनरल की कौन्सिल में चार सदस्य भी नियत किए गए। एक गवर्नर जनरल की शासन काल अवधि पाँच वर्ष नियत हुई। हेस्टिंग्स ही को गवर्नर जनरल पद दिया गया। उनका वेतन डेढ़ लाख वार्षिक नियत हुआ। उनकी कौंसिल के नये चार सदस्य जनरल क्लेवरिंग, कर्नल मानसून, सर फिलिप फ्रांसिस और रिचर्ड बारबल थे।

पार्लियामेंट के नये एक्ट के अनुसार भारत में एक नयी बड़ी अदालत सुप्रीम कोर्ट खोली गई। इसके एक प्रधान-न्यायाधीश और तीन न्यायाधीश नियत हुए। प्रधान न्यायाधीश का वेतन एक लाख बीस हज़ार रुपया तथा दूसरे न्यायाधीशों का 90 हज़ार रुपया वार्षिक वेतन नियत हुआ। इस कोर्ट का पहला प्रधान न्यायाधीश सर इलिजा इम्पे को बनाया गया। इम्पे हेस्टिंग्स के बाल-सहपाठी रहे थे।

गवर्नर जनरल और उनकी नई कौन्सिल की पहली बैठक हुई। पहले ही दिन हेस्टिंग्स को ज्ञात हो गया कि वह अब स्वतन्त्र नहीं रह गए हैं। बैठक आरम्भ होने पर हेस्टिंग्स ने अपनी शासन सम्बन्धी रिपोर्ट सदस्यों को सुनाई। जब रूहेला युद्ध और बनारस की सन्धि का प्रसंग आया तब कर्नल मानसून ने कहा–"गवर्नर जनरल और उनके एजेण्ट के बीच इस विषय में जो लिखा-पढ़ी उस दिन तक हुई, वह सब हमारे सामने रखी जाए।"

हेस्टिंग्स हतप्रभ होकर बोले–"वे अत्यन्त गोपनीय काग़ज़ात हैं, अतः सब नहीं दिखाए जा सकते। सभ्य केवल वह अंश देख सकते हैं, जिसे सर्व-साधारण में दिखाये जाने से हानि की संभावना नहीं है।"

इस उत्तर से गवर्नर जनरल और सदस्यों में विग्रह उठ खड़ा हुआ। जो अधिकार गवर्नर जनरल को थे, वही अधिकार प्रत्येक सदस्य को भी थे। गवर्नर जनरल मनमानी नहीं कर सकते थे। कर्नल मानसून, क्लेवरिंग और फ्रांसिस ने लखनऊ के रेजीडेन्ट मिडिलटन को पदच्युत कर दिया, कम्पनी की अंग्रेज़ी सेना तुरन्त लखनऊ से वापस बुला ली गई और नवाब से फ़ौरन रुपया तलब किया गया। रूहेला युद्ध की जाँच के लिए भी आदेश दिया गया।

●●●

13

फ्रांस की राज्य-क्रान्ति के दिनों में वहाँ सभी दल शासन-सूत अपने हाथ में लेने के लिये आपस में झगड़ते रहते थे। जिस दल के हाथ में शासन अधिकार आ जाता, वही भाग्य-विधायक समझा जाता। इन्हीं अधिकारियों के कारण उस समय फ्रांस में खून बहाया जा रहा था। विरोधियों के प्राण हरण के लिए सैकड़ों बधिक नियुक्त किये जाते थे। 1792 के सितम्बर मास में ऐसे दो सौ बधिकों द्वारा तीन दिन के भीतर चौदह सौ मनुष्यों का वध केवल पेरिस नगर में हुआ। थक जाने पर इन बधिकों को मद्य और भोजन देकर कार्य जारी रखने के लिये फिर उत्तेजित किया जाता था। इन बधिकों पर 1463 यूरो व्यय किये गये थे। इतने मनुष्यों की गर्दन काटने के लिए गिलेटिन यन्त्र काम में लाया जाता था। जून 1793 में गिरोण्डिस्ट दल शासन से च्युत हो गया और दल के सदस्य छिपकर संघर्ष चलाने लगे। वे स्थान-स्थान पर भाषण देकर जनता को अपना पक्ष समझाते रहते थे।

नार्मण्डी प्रान्त के केईन नगर की एक गरीब किसान परिवार की युवती कन्या इन भाषणों को बहुत उत्सुकता से सुनती थी। इसका नाम शालोति कोर्दे था। कोर्दे के पिता को राजनीति और साहित्य से प्रेम था। बाल्यावस्था में माता की मृत्यु होने पर पिता ने उसका लालन-पालन किया और इस प्रकार तभी से वह भी अपने पिता के विचारों से प्रभावित होती गई। गरीबी असह्य होने पर पिता अपने बच्चों का भार उठाने में असमर्थ होकर गृहत्याग, एक मठ में ईश्वर चिन्तन करने लगे। कोर्दे भी अपने पिता के साथ वहीं रहने लगी। इससे वह संयमी और कठोर जीवन की अभ्यस्त हो गई। उसने रूसो, रेनल, प्लूटार्क आदि प्रसिद्ध लेखकों की पुस्तकों का अध्ययन किया और देश सेवा की भावना मन में भरकर उसमें जूझ गई। नए सत्तारूढ़ दल के नेता मारोत की अमानवीय क्रूरता ने जनता में भय का संचार कर दिया। गिरोण्डिस्ट दल मारोत को नष्ट करने के उपाय सोचने लगा। उन्होंने उसके विरुद्ध एक राष्ट्रीय सेना की भरती आरम्भ की।

सैनिकों की संख्या में नित्य वृद्धि होती जा रही थी। एक दिन कोर्दे का एक परिचित युवक सेना में भरती होने के लिए आया। वह कोर्दे से स्नेह करता था। कोर्दे भी उसकी ओर आकृष्ट हुई थी, परन्तु वह अपना जीवन देश-हित में अर्पण करने की प्रतिज्ञा कर चुकी थी, अतः उस युवक के सम्मुख आत्म-समर्पण न कर सकी।

उसने अपना एक चित्र उस युवक को देकर कहा–"तुम्हें प्रेम करने का मुझे अधिकार नहीं है, व्यावहारिक दृष्टि से भी मुझे साथ रखने में तुम्हें कष्टों के सिवा और कुछ न मिल सकेगा। हाँ, इस चित्र के रूप में ही तुम मुझसे प्रेम कर सकते हो।"

युवक को निराश और उदास जाते देखकर कोर्दे की आँखों से अनायास आँसू निकल पड़े।

कोर्दे को रोते देखकर सेनापति पितियन ने पूछा–"यदि यह मनुष्य यहाँ से न जाय, तो तुम्हें प्रसन्नता होगी?"

कोर्दे ने ये शब्द सुने और लज्जा से सिर झुका लिया। वह मुख से एक शब्द भी न निकाल सकी और वहाँ से चली गई।

इस घटना के बाद कोर्दे का वहाँ रहना कठिन हो गया और शीघ्रातिशीघ्र पेरिस पहुँचने की इच्छा प्रबल होती गई। नवीन सेना के पेरिस पहुँचने से पूर्व मारोत का प्राणान्त कर देना ही उसका एकमात्र उद्देश्य था। उसने अपना कार्यक्रम और साधन निश्चित किया। किसी को भी उसके विचारों का पता न था और न स्वयं उसने किसी से इस विषय में कुछ कहा था, परन्तु हृदय के आवेग में आकर उसने अपनी चाची से एक दिन कुछ ऐसे शब्द कह दिये, जिससे अप्रत्यक्ष रूप में उसके विचारों का पता चल गया।

कोर्दे एकान्त में बैठी रो रही थी। चाची ने कारण पूछा।

कोर्दे के मुँह से निकल पड़ा–"मैं अपने देश, अपने सम्बन्धियों और तुम्हारे दुर्भाग्य के लिये रोती हूँ। जब तक मारोत इस संसार में मौजूद है, कोई भी व्यक्ति स्वतन्त्र जीवन की आशा नहीं कर सकता।"

उसी दिन बाज़ार में कुछ मनुष्यों को ताश खेलते देखकर बड़े तीव्र शब्दों में कोर्दे ने उनसे भी कहा–"तुम लोगों को खेलने की सूझी है और तुम्हारा देश मृत्यु-मुख में पड़ा है।"

पेरिस जाने की तैयारी करने के बाद कोर्दे मठ में जाकर पिता और बहनों से मिली। उसके दोनों भाई राजा की सेवा में चले गये थे। पिता से उसने इंग्लैंड जाने

के बारे में बताया। पिता ने अनुमति दे दी। कोर्दे चाची के पास लौट आई। दो दिन चाची की सेवा करने के बाद, अपनी सखी-सहेलियों और चाची से विदा होकर और अन्तिम बार उस स्थान को नमस्कार कर कोर्दे ने पेरिस के लिये प्रस्थान किया। दो दिन के पश्चात् वह पेरिस पहुँच गई और यहाँ एक होटल में रहने का उसने प्रबन्ध किया।

पेरिस में कोर्दे नगर में एक प्रतिनिधि दूप्रे से मिली। उससे परिचय करने के लिये गिरोण्डिस्ट दल के एक सदस्य बार्बरी से कोर्दे ने केईन नगर में ही एक पत्र लिखा लिया था।

भेंट होने पर उसने प्रतिनिधि से कहा–"मुझे आप मन्त्री मारोत से मिला दीजिए, मुझे उनसे काम है।"

दूप्रे ने अगले दिन कोर्दे को मारोत के पास ले चलने का वचन दिया। चलते समय कोर्दे ने बहुत धीमे स्वर में दूप्रे से कहा–"आपका जीवन सुरक्षित नहीं है, आप इस स्थान को छोड़ दीजिये और केईन नगर जाकर अपने साथियों में मिल जाइए। परिषद् में आप अब कोई भी अच्छा कार्य नहीं कर सकते।"

दूप्रे ने कहा–"मैं पेरिस में नियुक्त हुआ हूँ, मैं इस स्थान को नहीं छोड़ूँगा।"

कोर्दे ने फिर कहा–"आप भूल करते हैं, मेरा विश्वास कीजिये और आगामी रात्रि से पूर्व ही यहाँ से चले जाइये।"

परन्तु दूप्रे ने उस समय कोर्दे की बातों पर ध्यान नहीं दिया, परन्तु शीघ्र ही अधिकारियों की शनि-दृष्टि उस पर पड़ गई। उसका नाम संदिग्ध मनुष्यों की सूची में लिख लिया गया।

दूसरे दिन बड़े सबेरे, ये दोनों मारोत से मिलने गये, परन्तु मारोत ने संध्या के पूर्व भेंट करने में असमर्थता प्रकट की। कोर्दे उससे मिलकर मारोत के विषय में कुछ बातें जानना चाहती थी, पर अब उसने अपना विचार बदल दिया। समय नष्ट करना उसे व्यर्थ प्रतीत होने लगा। दूप्रे को धन्यवाद सहित विदा करके कोर्दे ने उसी दिन एक पैना छुरा खरीदकर अपने वस्त्रों में छिपा लिया। उसकी इच्छा मारोत को खुलेआम मारने की थी, परन्तु ऐसा अवसर मिलना कठिन था, अतएव उसने मारोत के स्थान पर ही उसका वध करने का निश्चय किया।

मारोत से भेंट होना बड़ा कठिन था। कोर्दे को एक युक्ति सूझी। कोर्दे जानती थी कि मारोत प्राणपण से प्रजातन्त्र, शासन तथा विधान की रक्षा करेगा। यदि उससे कहा जाय कि अमुख स्थान पर शासन-विधान के विरुद्ध लोगों ने उपद्रव किया है,

तो वह मेरी बात अवश्य सुनेगा। इसी बहाने से कोर्दे ने मारोत से मिलना चाहा। इस आशय की सूचना उसने मारोत के पास भेजी, पर कोई सुनवाई न हुई। दो बार जाने पर भी कोर्दे को लौट आना पड़ा, पर वह हताश न हुई। उसने मन-ही-मन प्रतिज्ञा की कि चाहे जैसे हो, तीसरी बार जाने पर अपना उद्देश्य अवश्य सिद्ध करूँगी।

कोर्दे उसी दिन समय पर तीसरी बार फिर मारोत के मकान पर पहुँची। द्वार-रक्षक के द्वारा अन्दर जाने से रोकने पर वह उससे झगड़ने लगी। द्वार-रक्षक कोर्दे का मार्ग रोकता था और कोर्दे मारोत से मिलने के लिये अपने हठ पर अड़ी हुई थी। इन दोनों के वाक्युद्ध का शोर मकान के अन्दर मारोत के कानों में पड़ा। शब्दों द्वारा उसने इतना जान लिया कि यह वही स्त्री है, जो आज ही मुझसे मिलने के लिए दो पत्र भेज चुकी है। मारोत ने वहीं से कोर्दे को भीतर आने के लिये द्वार-रक्षक को आदेश दिया।

अन्दर जाने पर कोर्दे ने देखा कि मारोत अपने कमरे में उपस्थित है। उसके चारों ओर काग़ज़-पत्र फैले हुये हैं और वह बड़े गौर से उनकी देख-भाल कर रहा है।

कुछ समय तक कोर्दे और मारोत में बातचीत होती रही। उपद्रवियों के नाम एक पर्चे पर लिखने के बाद बड़े निःशंक भाव से मारोत ने कहा–"एक सप्ताह पूर्व ही, ये सब मौत के घाट उतार दिये जाएँगे।"

कोर्दे ऐसे शब्द सुनने की प्रतीक्षा में ही थी। मारोत के अभिमान को चूर्ण करने का उसे अवसर मिल गया। उसने बड़ी फुर्ती से अपने वस्त्रों में से छुरा निकाला और मारोत की छाती में पूरे वेग से घोंप दिया। यह सब करने में कोर्दे को पल भर का भी समय नहीं लगा। मारोत के मुँह से निकला–"सहायता" और फिर उसके प्राण-पखेरू उड़ गए।

'सहायता' का शब्द सुनकर मारोत के कुछ भृत्य कमरे में दौड़ आये। उन्होंने कोर्दे को पकड़ लिया। एक मनुष्य ने एक कुर्सी उठा कर कोर्दे के शरीर पर दे मारी और वह बेहोश होकर गिर पड़ी। उसकी अचेतन अवस्था में मारोत की प्रेयसी ने, जो उस समय वहाँ खड़ी थी, कोर्दे को अपने पैरों से रौंद डाला। मारोत का मृत्यु समाचार बिजली की तरह सारे नगर में फैल गया। थोड़ी देर में पास-पड़ोसी, सरकारी-कर्मचारी, नगर-रक्षक आदि सभी घटनास्थल पर आ पहुँचे। मारोत का मकान बाहर और भीतर नर-समूह से भर गया।

बेहोशी दूर होने पर कोर्दे बिना किसी की सहायता के फर्श पर से उठ बैठी। उसने देखा, सैकड़ों आदमी उसे देखकर दाँत पीस रहे हैं। लाल-लाल आँखें दिखाकर अपने क्रोध में, वे उसे भस्म कर देना चाहते हैं और घूँसों द्वारा मारने के लिए प्रस्तुत

हैं। वास्तव में यदि उस समय पुलिस कर्मचारी वहाँ न होते, तो कोर्दे की अस्थियाँ तक मिलना कठिन हो जाता। कोर्दे इस दृश्य को देखकर तनिक भी विचलित न हुई। केवल मारोत की प्रेयसी को देखकर उसे कुछ पीड़ा हुई, परन्तु वह भी क्षणिक थी। पुलिस ने कोर्दे को ले जाकर कारागार में बंद कर दिया।

पुलिस ने उससे प्रश्न किये-

"तुम इस छुरे को पहचानती हो?"

"हाँ।"

"किस कारण तुमने यह भीषण अपराध किया है?"

"मैंने देखा कि गृह-युद्ध से फ्रांस नष्ट हुआ जा रहा है। मुझे यह विश्वास हो गया कि इन सब आपत्तियों का मुख्य कारण मारोत ही है। मैंने अपने देश को बचाने के लिये अपना जीवन स्वेच्छा से बलिदान किया है।"

"जिन मनुष्यों ने तुम्हें इस कार्य में सहायता दी है, उनके नाम बताओ।"

"कोई भी मेरे विचारों से अवगत न था, मैंने अपनी चाची और पिता तक को धोखा दिया। बहुत कम मनुष्य मेरे सम्बन्धियों से मिलने आते रहे, किसी को भी मेरे विचारों के बारे में ज़रा भी सन्देह न था।"

"क्या केईन नगर छोड़ने से पूर्व मारोत के मारने का तुमने पूर्ण निश्चय नहीं कर लिया था?"

"यही तो मेरा एकमात्र उद्देश्य था।"

एक पुलिस अधिकारी को प्रतीत हुआ कि कोर्दे की साड़ी के एक छोर में काग़ज़ बँधा है। उसके बारे में जानने की उसे इच्छा हुई, परन्तु कोर्दे उसके विषय में बिलकुल भूल गई थी। उस अधिकारी को इस प्रकार घूरते देखकर कोर्दे ने समझा कि यह मेरे कौमार्य पर दृष्टिपात करके मेरी पवित्रता का अनादर कर रहा है। उसके हाथ बँधे हुए थे। वह किसी तरह भी अपने वस्त्रों को सँभाल नहीं सकती थी। उसने अपनी लज्जा को ढकने के लिए शरीर को दुहरा करने की चेष्टा की, परन्तु उसके वक्षस्थल पर से वस्त्र हट गया और उसके स्तन बाहर निकल पड़े। कोर्दे को अपनी इस दशा से बड़ी लज्जा प्रतीत हुई। उसने बड़े दीन शब्दों में अधिकारियों से अपने हाथ खोलने की प्रार्थना की।

उसकी प्रार्थना स्वीकृत हुई। हाथ खुलने पर दीवार की ओर मुँह करके उसने झटपट अपने वस्त्रों को ठीक किया और अपने बयान पर हस्ताक्षर कर दिये। रस्सी

से बँधने पर उसके हाथों में नीले दाग पड़ गये थे। इस बार हाथ बाँधे जाने पर उसने दस्ताने पहनाने का अनुरोध किया, परन्तु उसकी वह प्रार्थना स्वीकृत नहीं हुई।

मृत्यु-मुख में पड़े रहने पर भी एक लड़की के ऐसे शिष्ट, संयत और निर्भीक उत्तर सुनकर अधिकारी दंग रह गये। उस काग़ज़ में कोर्दे ने फ्रांस निवासियों के प्रति अपना सन्देश लिखा था। उस सन्देश की प्रत्येक पंक्ति में एक युवती के मार्मिक हृदय के उद्‌गार भरे हुए थे। सन्देश इस प्रकार था–"अभागे फ्रांस-निवासियो! मतभेद और इस प्रकार की मुसीबतों में कब तक पड़े रहोगे? मुट्ठी-भर मनुष्यों ने सर्व-साधारण का हित अपने हाथ में कर रखा है, उनके क्रोध का लक्ष्य क्यों बनते हो? अपने प्राणों को नष्ट करके फ्रांस के भग्नावशेष पर उनके अत्याचारों को स्थापित करना क्या तुम्हें उचित दिखता है? चारों ओर दल-बन्दियाँ हो रही हैं और मुट्ठी-भर मनुष्य क्रूर और अमानुषिक कार्यों द्वारा हम पर आधिपत्य जमाए हुए हैं। वे नित्य हमारे विरुद्ध षड्यन्त्र रचते हैं। हम अपना नाश कर रहे हैं। यदि यही दशा रही तो कुछ समय में हमारे अस्तित्व की स्मृति के अतिरिक्त और कुछ शेष न रह जायेगा।"

फ्रांस निवासियो! तुम अपने शत्रुओं को जानते हो, उठो और उनके विरुद्ध प्रस्थान कर दो, उन्हें शासनाधिकार से हटाकर फ्रांस में सुख और शान्ति स्थापित करो।

"ओ मेरे देश, तेरे दुखों से मेरा हृदय फटा जाता है। मैं तुझे अपने जीवन के अतिरिक्त और क्या दे सकती हूँ? मैं परमात्मा को धन्यवाद देती हूँ कि मुझे अपना जीवन अन्त करने की पूरी स्वतन्त्रता है। मेरी मृत्यु से किसी को भी हानि न होगी। मैं चाहती हूँ कि मेरा अन्तिम श्वास भी मेरे नागरिक भाइयों के लिए हितकर हो, मेरे कटे सिर को पेरिस नगर में मनुष्यों द्वारा इधर-उधर घुमाते देखकर, वे कार्य-सिद्धि के लिए एक मत हो सकें, मेरे रक्त से अत्याचारियों का अन्त लिखा जाए और मैं उनके क्रोध का अन्तिम निशाना बनूँ।

"मेरे संरक्षक और मित्रों को किसी प्रकार का कष्ट न दिया जाय, क्योंकि मेरे विचारों से कोई भी अवगत न था। देशवासियो! मैं अपने उद्देश्य में सफल नहीं हो सकी हूँ, पर मैंने आप लोगों को मार्ग दिखा दिया है। आप अपने शत्रुओं को जानते हैं। उठो और उनके विरुद्ध प्रस्थान करके उनका अन्त कर दो।"

दूसरे दिन क्रांतिकारी न्यायालय के अध्यक्ष उस वीरबाला कोर्दे को देखने के लिये आये। कारागार की अँधेरी कोठरी में वह उससे मिले। कोर्दे की युवा अवस्था और सुन्दरता को देखकर उनके हृदय में बड़ी दया उत्पन्न हुई। उसने कोर्दे को बचाना चाहा, परन्तु कोर्दे ने झूठ बोलकर अपने प्राण बचाने से इनकार कर दिया।

कारागार में कोर्दे को लिखने की सामग्री मिल गई थी। अपने मित्रों और पिता को उसने जो पत्र लिखे हैं, उनमें उसने अपने कार्य, दशा और विचारों का वर्णन किया है। पिता को उसने बड़े संक्षिप्त शब्दों में लिखा–"आपकी अनुमति के बिना मुझे अपने जीवन का अन्त करने के लिये आप मुझे क्षमा करें। मेरे प्यारे पिता, विदा। आप मुझे भूल जाइये अथवा यदि उचित समझें, तो मेरे भाग्य पर हर्ष मनाइए। मैंने बड़े पवित्र कार्य के लिये अपना उत्सर्ग किया है। मैं अपनी बहन को हृदय से प्यार करती हूँ। बाबा कोर्नेल के इस वाक्य को कभी न भूलियेगा। मनुष्य को फाँसी से नहीं, वरन् अपने अपराधों से लज्जित होना चाहिए।"

कोर्नेल फ्रांस का प्रसिद्ध नाट्यकार हुआ है। वह कुशल कवि भी था। कोर्दे उसकी पोती थी। कदाचित् कोर्दे की वीरता में अप्रत्यक्ष रूप से कोर्नेल की कविता ही काम कर रही थी। कवि और वीर में कोई विशेष भेद नहीं। एक भावों द्वारा अनुभव करके जिस बात को शब्दों में व्यक्त करता है, दूसरा उसी को अपने कार्यों में परिणत कर देता है।

क्रान्तिकारी न्यायालय में कोर्दे का विचार हुआ। नियमानुसार अपनी ओर से एक वकील करने का कोर्दे को अधिकार था, परन्तु जिस मनुष्य को उसने नियुक्त किया था, वह वहाँ पर नहीं दिखाई दिया। तब अध्यक्ष ने एक, दूसरे मनुष्य को इस कार्य के लिये नियत किया।

कोर्दे ने कहा–"मैं मानती हूँ कि वह साधन मेरे उपयुक्त न था, परन्तु मारोत के सम्मुख पहुँचने के लिये धोखा देना आवश्यक था।"

जज ने कोर्दे से पूछा–"तुम्हारे हृदय में मारोत के प्रति घृणा किसने उत्पन्न की?"

कोर्दे ने उत्तर दिया–"मुझे किसी दूसरे की घृणा की जरूरत ही क्या थी, स्वयं मेरी घृणा पर्याप्त थी। इसके अतिरिक्त जो कार्य स्वयं सोच-विचारकर नहीं किया जाता, उसका अन्त ठीक नहीं होता।"

"तुम उसकी किस बात से घृणा करती थीं? उसके दोषों से उसको मारकर किस फल को प्राप्त करने की इच्छा थी?"

"देश में शान्ति स्थापित करने की।"

"क्या तुम्हारा विश्वास है कि तुमने सब मारोतों का अन्त कर दिया है?"

मारोत के मारे जाने से सम्भवतः दूसरे मनुष्य अत्याचार करने का साहस न कर सकेंगे। मैंने हज़ारों मनुष्यों को बचाने के लिये एक मनुष्य को मारा है। मैं क्रान्ति

के पूर्व से ही प्रजातत्ववादी रही हूँ, परन्तु क्रान्ति की ओट में व्यर्थ का रक्तपात मुझे पसन्द नहीं है।"

जूरियों की सहायता से जज ने एकमत होकर कोर्दे को मृत्यु-दण्ड सुना दिया। कोर्दे के मुख पर भय अथवा शोक का कोई चिह्न प्रकट नहीं हुआ। उसने बड़े हर्ष से मृत्यु-दण्ड स्वीकार किया।

जज ने कोर्दे से पूछा–"तुम्हें इस दण्ड पर कोई आपत्ति तो नहीं है?"

कोर्दे ने कोई उत्तर नहीं दिया, परन्तु अपने वकील के प्रति उसने अवश्य ही कृतज्ञता प्रकट की। उसकी ओर देखकर कोर्दे ने कहा–"मैं आपको धन्यवाद देती हूँ। आपने मेरी इच्छानुसार ही मेरी ओर से बयान दिया है। न्यायालय ने मेरी सब सम्पत्ति को जब्त कर लिया है, परन्तु कारागार में मेरी कुछ वस्तु अभी शेष है। आपके परिश्रम-स्वरूप वह वस्तु मैं आपको अर्पण करती हूँ।"

जिस समय कोर्दे का मुकद्दमा चल रहा था, एक चित्रकार कोर्दे का चित्र बनाने में मग्न था। कोर्दे को यह देखकर बड़ी प्रसन्नता हुई। उसने सोचा कि इस चित्र द्वारा ही उसके देशवासी उसकी स्मृति बनाए रखेंगे। एक और भी मनुष्य वहाँ पर उपस्थित था, जिसे कोर्दे से पूर्ण-सहानुभूति थी। उसकी मुखाकृति और भावों के उतार-चढ़ाव से यही प्रतीत होता था। जब मृत्यु-दण्ड सुनाया गया, तो उसका विरोध करने के लिये उसने अपने होंठ हिलाए, अपने स्थान से उठा भी, परन्तु असंख्य जन-समुदाय में कोर्दे का पक्ष-समर्थन करने की उसे हिम्मत न हुई। वह अपने स्थान पर बैठ गया। कोर्दे ने उसकी समस्त चेष्टाओं को देखा। उसे जानकर परम सन्तोष हुआ कि कम-से-कम एक मनुष्य वहाँ ऐसा अवश्य मौजूद है, जिसे उसके कार्यों से सहानुभूति है। कोर्दे ने मन-ही-मन उसको धन्यवाद दिया। वह युवक जर्मनी का एक प्रजातन्त्रवादी व्यक्ति था। उसका नाम आदमलक्ष था। किसी कार्यवश वह उस समय पेरिस आया हुआ था।

कोर्दे कारागार को लौट गई। वहाँ पर उसके अपूर्ण चित्र को पूरा करने के लिये दूसरे दिन, सवेरे चित्रकार उससे मिला। बड़ी देर तक कोर्दे चित्रकार से बातचीत करती रही। थोड़ी देर में एक कैंची लेकर बधिक वहाँ पहुँचा। कोर्दे ने उससे वह कैंची ले ली और अपने रेशम के समान मुलायम बालों को काटकर चित्रकार को देते हुए उसने कहा–"आपके कष्ट के लिए किन शब्दों में धन्यवाद दूँ। आपको देंने के लिए इसके अतिरिक्त मेरे पास कुछ नहीं है। कृतज्ञता-स्वरूप इनको आप अपने पास रख लीजिये और मेरी स्मृति बनाए रखिएगा। आपसे एक अनुरोध है, कृपया मेरा एक चित्र मेरे पिता के पास भेज दीजियेगा।"

बधिक ने कोर्दे के हाथ बाँध दिये और एक गाड़ी में बैठाकर उसको वध-स्थल की ओर ले चला। असंख्य मनुष्यों की भीड़ उसके साथ थी। उस भीड़ में आदमलक्ष भी था। अन्य सब मनुष्य तो कोर्दे की मृत्यु का कौतुक देखने के लिए जा रहे थे, परन्तु आदमलक्ष की धारणा दूसरे प्रकार की थी। उसका विश्वास था कि यदि मैं कोर्दे के निमित्त अपने प्राण-विसर्जन कर दूँ, तो हम दोनों एक रूप होकर ब्रह्म में लीन हो जायेंगे।

कोर्दे निर्भय-चित्त से फाँसी के तख़्ते पर चढ़ी। बधिक ने उसकी गर्दन से कपड़ा हटा दिया, जिसके कारण उसकी छाती खुल गई। मृत्यु के समय भी इस अनादर से कोर्दे को अपार कष्ट हुआ, परन्तु उसने शीघ्र ही छुरी के नीचे अपना गला रख दिया। क्षण मात्र में ही उसका गला कटकर नीचे गिर पड़ा। यह 1793 के जुलाई मास की बात है। कोर्दे की मृत्यु पर गिरोण्डिस्ट दल के एक नेता वर्जीनियाँ ने कहा था–"कोर्दे ने हमको मरने का पाठ पढ़ाया है।"

कोर्दे की मृत्यु के कुछ दिनों बाद आदमलक्ष ने कोर्दे की निर्दोषता सिद्ध करते हुए एक विज्ञप्ति प्रकाशित की थी, जिसमें लिखा था कि कोर्दे के कार्य मैं मैंने भी सहायता की है। लक्ष शीघ्र ही बन्दी कर लिया गया। मृत्यु-दण्ड ने उसको संसार से मुक्त कर दिया। मरते समय उसके मन में केवल एक ही भावना थी मैं एक आदर्श रमणी के निमित्त प्राण-दान कर रहा हूँ।

मारोत की मृत्यु के बाद देश में और भी अशान्ति हो गई। शासकों को कोर्दे के कार्य से गुप्त षड़यन्त्र की गन्ध आने लगी। उन्होंने अपने सब विरोधियों को मौत के घाट उतारने का निश्चय कर लिया। मारोत की मृत्यु के दिन से ही फ्रांस में 'आतंक का राज्य' आरम्भ हुआ। फ्रांस के कोने-कोने में गिलेटिन का प्रचार हो गया। राज्य-सत्ता के पक्षपाती, उदार-नीति के समर्थक सब मनुष्य कारागार में डाल दिए गए, उपद्रवियों को मृत्यु-दण्ड दिया गया, उनके गाँव-के-गाँव नष्ट कर दिए गए।

●●●

14

साम्राज्ञी आत्वानेत कारागार में सख़्त पहरे में रहती थी। शासकों को उससे डरने का कोई कारण नहीं था, परन्तु मारोत की मृत्यु के बाद वह भी उनकी दृष्टि अनुसार षड्यन्त्र में सम्मिलित प्रतीत हुई। शासन ने उस पर भी अभियोग चलाने का निश्चय किया। सम्राट के क़त्ल के बाद उसका पुत्र माता के ही पास रहता था, परन्तु अभियोग चलाने के निश्चय के बाद उसे माता से पृथक् कर बन्दी पिता के कमरे में रखने की आज्ञा दी गई। रानी ने अपने पुत्र को अपने से अलग रखने का विरोध किया। दो घंटे तक वह अधिकारियों से झगड़ती रही, परन्तु वे किसी भाँति नहीं माने। माता के ममत्व का उन निष्ठुर व्यक्तियों को तनिक भी ध्यान नहीं हुआ। माता ने पुत्र को अपनी छाती से लगाकर भाग्य के भरोसे छोड़ दिया। अधिकारी उसे वहाँ से ले गए।

कुछ दिनों के बाद आत्वानेत को भी दूसरे बन्दीगृह में भेजने की आज्ञा हुई। एलिजाबेथ के अनुरोध को भी अधिकारियों ने स्वीकार नहीं किया। अब आत्वानेत को विश्वास हो गया कि अब वह अपने इन प्रियजनों से सदैव के लिए बिछुड़ रही है। वह स्थान छोड़ने से प्रथम उसने अपनी पुत्री को बहुत देर तक हृदय से लगाए रखा और फिर उसका हाथ एलिजाबेथ के हाथों में देकर कहा–"बेटी, अब यही तेरे पिता-माता और भाई के स्थान पर हैं। इनकी आज्ञा मानना, मेरे ही समान इनसे स्नेह रखना।"

उसने एलिजाबेथ को गले से लगाकर कहा–"मेरे इन भाग्यहीन बच्चों की अब तुम्हीं माता हो। जिस प्रकार तुमने अब तक हमारा साथ नहीं छोड़ा, उसी प्रकार इन पर अपना स्नेह बनाए रखना। तुम्हारे सिवा अब संसार में इनका कौन है।"

पुत्र को देखने के लिए वह तरसती रह गई। अधिकारी उसे अन्यत्र बन्दीगृह में ले गए।

इस बन्दीगृह में आत्वानेत बहुत कष्ट में एकाकी जीवन व्यतीत करने लगी। धीरे-धीरे उसके मन में वीतराग उत्पन्न हुआ और वह मृत्यु की कामना करने लगी, जिससे वह शीघ्र अपने पति के पास पहुँच जाए।

उस पर अभियोग चला, वह दोषी प्रमाणित हुई। अदालत ने उसे भी मृत्युदण्ड दिया। दस महीने तक इस एकाकी बन्दीगृह की यातना भोगकर एक दिन प्रातःकाल ही उसे वध-स्थल पर ले जाया गया और अपने पति की मृत्यु के ग्यारह महीने बाद उसका सिर भी उसी गिलेटिन पर रखकर काटा गया, जिस पर उसके प्यारे पति और फ्रांस के सम्राट का काटा गया था। आत्वानेत ने जीवन पर्यन्त प्रजा का रोष और तिरस्कार सहा, परन्तु उसने अपनी गरिमा को नहीं गिराया। सिर काटने के समय भी वह भय, शोक और चिन्ता से मुक्त थी।

आत्वानेत को मारकर अधिकारियों ने गिरोण्डिस्ट दल के सदस्यों को ढूँढ़-ढूँढ़कर मारना आरम्भ किया। कितने ही पुरुष और स्त्रियों के सिर गिलेटन पर रखकर काट डाले गए। सम्राट के पुत्र को ऐसी एकान्त कोठरी में रखा गया, जहाँ दिन का प्रकाश भी नहीं पहुँचता था। सरदी के दिनों में उसे तापन के लिए आग भी नहीं जलाने दी जाती थी। उसे भोजन एक खिड़की में से दिया जाता था। कोई उससे बात नहीं कर सकता था। अन्त में एकान्तवास की यातना सहकर केवल 15 वर्ष की आयु में अपनी माता की मृत्यु के दो वर्ष बाद वह भी मृत्यु की गोद में सो गया।

●●●

15

हैदरअली के दादा वलीमुहम्मद एक मामूली फकीर थे, जो गुलबर्गा में दक्षिण के प्रसिद्ध साधु हज़रत बन्दानेवाज गेसूदराज की दरगाह में रहा करते थे। इनके ख़र्च के लिये दरगाह से छोटी-सी रकम बँधी हुई थी। इनका एक पुत्र था, जिसका नाम मोहम्मदअली था। उसे शेखअली भी कहते थे। उसे भी लोग पहुँचा हुआ फकीर मानते थे।

वह कुछ दिन बीजापुर में रहा, पीछे कर्नाटक के कोलार नामक स्थान में आकर ठहरा, कोलार का हाकिम शाह मुहम्मद दक्षिणी शेखअली का बड़ा भक्त था। शेखअली के चार बेटे थे। उन्होंने बाप से नौकरी की इज़ाजत माँगी। पर उसने समझाया–"हम साधुओं को दुनिया के धंधों में फँसना ठीक नहीं।" निदान, वे पिता की मृत्यु तक उसके पास रहे। पिता की मृत्यु पर बड़ा तो पिता के स्थान पर अधिकारी हुआ और सबसे छोटा अरकाट के नवाब के यहाँ फ़ौज में जमादार हो गया और तंजोर के फकीर पीरजादा कुरहानुद्दीन की लड़की से शादी कर ली। इससे उसे दो पुत्र हुए, जिनमें छोटे का नाम हैदरअली था। उस समय उसका पिता सिरा के नवाब के यहाँ बाराँपुर कलाँ का किलेदार था। जब हैदरअली तीन वर्ष का था, तब उसका पिता किसी युद्ध में मारा गया। उनका सब सामान ज़ब्त कर लिया गया और हैदरअली को भाई सहित नक्कारे में बंद कराकर नक्कारे पर चोटें लगवानी शुरू करा दी गई। इस अवसर पर उसके चचा ने धन भेजकर उसका उद्धार किया और अपने पास रखा। वहाँ उसने युद्ध-विद्या सीखी और समय आने पर दोनों भाई मैसूर की सेना में भर्ती हो गये।

मैसूर रियासत मराठों को चौथ देती थी। इस समय निजाम और मैसूर राज्य का मिलकर अंग्रेज़ों से युद्ध हुआ। इस युद्ध में हैदरअली एक साधारण सवार की भाँति लड़ा।

इस युद्ध में हैदर ने जो कौशल दिखाया, उस पर मैसूर के दीवान की दृष्टि पड़ी और उसने हैदर को डिण्डीनल का फ़ौजदार नियत कर दिया। वहाँ उसने अपनी

सेना को फ्रांसिसी रीति से युद्ध करने की शिक्षा दी और तोपख़ाने में भी फ्रांसिसी कारीगर नियुक्त किये।

धीरे-धीरे उसका बल बढ़ता गया और वह प्रधान सेनापति हो गया। शीघ्र ही वह मैसूर का प्रधानमन्त्री हो गया। उस समय प्रधानमन्त्री ही राज-काज के कर्ता-धर्ता थे। महाराज तो साल में एकाध बार प्रजा को दर्शन देते थे। हैदरअली ने शीघ्र ही मैसूर की सम्पूर्ण सत्ता अधिकार में कर ली और प्रधानमन्त्री की पदवी उसकी खानदानी पदवी हो गई। दिल्ली के सम्राट् ने भी उसे सीरा-प्रान्त का सूबेदार नियुक्त कर दिया।

अब हैदरअली ने राज्य की व्यवस्था की ओर ध्यान दिया और शीघ्र ही प्रबन्ध उत्तमता से होने लगा। इसके बाद उसने आस-पास के प्रान्त में विजय प्राप्त कर, रियासत को बढ़ाना प्रारम्भ किया। यह वह समय था, जब मराठे बढ़ रहे थे। मराठों का मैसूर पर चार बार आक्रमण हुआ, पर अंत में उन्हें हैदरअली से सन्धि करनी पड़ी।

इस समय अंग्रेज़ कम्पनी की शक्ति भी किसी शक्ति की वृद्धि सहन न कर सकती थी। उन्होंने छेड़-छाड़ की और हैदरअली के मित्र कर्नाटक के नवाब को भड़काकर फोड़ लिया। हैदर ने यह देख, निजाम से सन्धि की और दोनों ने मिलकर कर्नाटक और अंग्रेज़ी इलाके पर हमला कर दिया। निजाम की ओर से 50 हज़ार सेना सहायतार्थ आई थी। इतनी ही अंग्रेज़ी सेना जनरल स्मिथ की आधीनता में मद्रास से बढ़ी। हैदर के पास दो लाख सेना थी। इसमें से पचास हज़ार सेना लेकर उसने अंग्रेज़ी सेना की गति रोकी। परन्तु निजाम को भी अंग्रेज़ों ने फोड़ने की चेष्टा की। यह देख, हैदर ने सन्धि की चेष्टा की, पर, अंग्रेज़ों ने उसके दूत को अपमानित करके निकाल दिया। यह देख, हैदर युद्ध को सन्नद्ध हो गया और शीघ्र ही समस्त छीना हुआ देश, लौटा लिया तथा अंग्रेज़ सेना को छिन्न-भिन्न कर दिया।

इस समय हैदर के पुत्र टीपू की आयु 18 वर्ष की थी और वह पिता के साथ युद्ध के मैदान में था। हैदर ने उसे 5 हज़ार सेना देकर दूसरे रास्ते मद्रास भेज दिया। वह इतना शीघ्र मद्रास पहुँचा कि उसकी सेना को सिर पर देख, अंग्रेज़ गवर्नर घबरा गया और वे लोग भाग खड़े हुए। टीपू ने सेण्ट टॉमस नामक पहाड़ी पर कब्ज़ा किया और आसपास के अंग्रेज़ी इलाके भी कब्ज़े में कर लिये।

उधर त्रिचनापल्ली में हैदर और जनरल स्मिथ का मुकाबला हुआ। ऐन मौके पर अपनी तमाम सेना को निजाम के अफसर ने इसे बुरी तरह पीछे हटाया कि हैदर की तमाम फ़ौज में खलबली मच गई। यह विश्वासघात देख हैदर ने अपनी सेना कुछ पीछे हटाई।

उधर अंग्रेज़ों ने उड़ा दिया कि हैदर हार गया और टीपू को भी समाचार भेज दिया। टीपू उस समय मद्रास से एक मील दूर था। वह अंग्रेज़ों के भरे में आ गया और मद्रास को छोड़कर पिता से मिलने को चल दिया।

इधर हैदर, बेनियमबाड़ी के किले की ओर बढ़ा और उसे फतह करके अमर की ओर गया। वहाँ उसे बहुत-सा हथियार और गोला-बारूद हाथ लगा। जनरल स्मिथ हार-पर-हार खाकर पीछे हटता गया। तब उसकी सहायता के लिये कर्नल कुड एक नई सेना लेकर बंगाल से चला।

इस बीच में अंग्रेज़ों ने पादरियों द्वारा हैदर के यूरोपियन अफसरों को फोड़ने की पूरी-पूरी कोशिश की और सफलता भी प्राप्त की। पर अन्त में हैदर ने अपना तमाम इलाका अंग्रेज़ों से छीन लिया। उधर अंग्रेज़ों ने बंगलौर को हथिया लिया था, उसे टीपू ने छीना। इस युद्ध में अनेक अंग्रेज़ अफसर सेनापति सहित गिरफ़्तार किये गये। अन्त में, हैदर वीरपुत्र सहित सेना को खदेड़ते हुए मद्रास तक पहुँचा। अंग्रेज़ों ने कप्तान हुक को सुलह की बातचीत करने भेजा। हैदर ने जवाब दिया–"मैं मद्रास के फाटक पर आ रहा हूँ। गवर्नर और उसकी कौंसिल को जो कुछ कहना होगा, वहीं आकर सुनूँगा।"

वह साढ़े तीन दिन के अन्दर 130 मील का फासला तय करके अचानक मद्रास जा धमका और किले से दस मील दूर छावनी डाल दी। अंग्रेज़ काँप उठे। हैदर और अंग्रेज़ी सेना के बीच में 'सेण्ट टॉमस' की पहाड़ी थी। अंग्रेज़ों ने देखा कि यदि हैदर इस पर अधिकार कर लेगा, तो ख़ैर नहीं। वे जल्दी-जल्दी वहाँ तोपें जमा रहे थे। पर हैदर एक चक्कर काटकर मद्रास के किले के दूसरे फाटक पर आ पहुँचा। अंग्रेज़ी सेना किले के दूसरी ओर फसील से दो-तीन मील के फासले पर थी। अंग्रेज़ों के भय का ठिकाना न था। पर हैदर ने पूर्व वचन के अनुसार गवर्नर को कहला भेजा–"कहो, क्या कहना चाहते हो?"

गवर्नर ने तुरन्त डुग्रे और वैशियर को सुलह की बातचीत करने को भेजा। डुग्रे भविष्य के लिये गवर्नर नियुक्त हो चुका था। वैशियर उस समय के गवर्नर का सगा भाई था।

अन्त में सन्धि हुई। उसमें कम्पनी का किसी प्रकार का राजनैतिक अधिकार नहीं माना गया। सन्धि-पत्र हैदर ने जैसा चाहा, वैसा ही इंगलिस्तान के बादशाह के नाम से लिखा गया। इस सन्धि के आधार पर हैदरअली और इंग्लैंड के राजा में मित्रता कायम रही। दोनों ने अपने प्रान्त वापस लिये और हैदर ने एक मोटी रकम युद्ध के ख़र्च के लिए ली। दूसरी सन्धि के आधार पर अरकाट का नवाब मैसूर

का सूबेदार समझा गया और बतौर खिराज के 6 लाख सालाना का देनदार बना। इसके सिवा एक नया युद्ध का जहाज, जिस पर उम्दा 50 तोपें थीं, हैदरअली को अँग्रेज़ों ने भेंट किया।

इस सन्धि का यह असर हुआ कि इंग्लैंड में इसकी ख़बर पहुँचते ही ईस्ट-इण्डिया कम्पनी के हिस्सों की दर 40 फीसदी गिर गई।

कुछ दिन बाद मराठों ने मैसूर पर आक्रमण किया। हैदर ने अंग्रेज़ों से मदद माँगी। पर उन्होंने इनकार कर दिया। हैदर अंग्रेज़ों की चाल समझ गया। उसने टीपू को मराठों पर सेना लेकर भेजा और 6 वर्ष के लिए दोनों में सन्धि हो गई। जब हैदर को यह निश्चय हो गया कि अंग्रेज़ सन्धि को तोड़ रहे हैं, तो उसने अंग्रेज़ों पर चढ़ाई करने की तैयारी कर दी और निजाम से मदद माँगी। पर निजाम इस बार भी ऐन मौके पर दगा कर गया।

इसी बीच में नाना फड़नवीस ने हैदर से सन्धि कर ली। अंग्रेज़ों ने फिर सन्धि की बहुत चेष्टा की, पर हैदर ने स्वीकार नहीं किया। कर्नाटक का नवाब मुहम्मदअली अंग्रेज़ों का मित्र था। हैदर ने पहले उसी की ओर रुख़ किया और सेना के कई भाग कर तमाम प्रान्त में फैला दिये। अंग्रेज़ों और नवाब की सेनाएँ हार-पर-हार खाने लगीं। अन्त में, तमाम प्रान्त को हैदर ने अपने कब्ज़े में कर लिया। नवाब भागकर मद्रास चला गया। हैदर की सेनाएँ भी मद्रास जा धमकीं। अंग्रेज़ों की दो सेनाएँ उसके मुकाबले को उठीं। घनघोर युद्ध हुआ और हैदर ने अंग्रेज़ी सैन्य को बिलकुल नष्ट-भ्रष्ट कर दिया। अरकाट के किले और नगर पर भी अधिकार हो गया। वहाँ उसने एक हाकिम नियत किया और शासन-प्रबन्ध ठीक किया।

उस समय वारेन हेस्टिंग्स गवर्नर जनरल थे। यह समाचार सुन वह घबरा गये। बंगाल की हालत भयानक हो गई थी। भयानक दुर्भिक्ष था। पर फिर भी पाँच लाख रुपया नकद और एक भारी सेना उसने मद्रास के लिये भेजी। मद्रास पहुँचकर इस सेना के सेनापति ने सात लाख रुपये मुहम्मदअली से और वसूल किये और सैन्य-संग्रह कर हैदरअली के मुकाबले को बढ़ा। कई बार मुठभेड़ हुई और अंग्रेज़ों को भारी हानि उठाकर पीछे हटना पड़ा। अन्त में, सेनापति सर कूट बंगाल लौट गये। हैदर ने लगभग समस्त अंग्रेज़ी इलाका फतह कर लिया था। पर अचानक उसकी मृत्यु आरकाट के किले में हो गई। हैदरअली की पीठ में अदीठ (कारबंकल) फोड़ा हो गया था। उसी से उसकी मृत्यु हुई। मृत्यु के समय वह साठ वर्ष का था।

मृत्यु के समय उस तमाम इलाके को छोड़कर, जो उसने हाल के युद्ध में अपने सलूकों से विजय किया था, शोर का क्षेत्रफल 80 हज़ार वर्ग मील था, जिसकी

सालाना बचत, तमाम ख़र्चा निकालकर, 3 करोड़ रुपये से अधिक थी। उसकी सेना 3 लाख 24 हज़ार थी। ख़ज़ाने में नकदी और जवाहरात मिलाकर 80 करोड़ से ऊपर था। उसकी पशुशाला में 700 हाथी, 6,000 ऊँट, 11,000 घोड़े, 4,00,000 गाय और बैल, 1,00,000 भैंसे, 60,000 भेड़ें थीं। शस्त्रागार में 6 लाख बन्दूकें, 2 लाख तलवारें और 22 हज़ार तोपें थीं।

यह पहला ही हिंदुस्तानी राजा था, जिसने अपने समुद्र-तट की रक्षा के लिए एक जहाजी बेड़ा, जो तोपों से सज्जित था, रखा हुआ था। यह जल सेना बहुत जबर्दस्त थी और उसके जल-सेनापति अली रजा ने मल-द्वीप के 12 हज़ार छोटे-छोटे टापुओं को हैदर के राज्य में मिला लिया था।

वह पढ़ा-लिखा न था। बड़ी कठिनता से वह अपने नाम का पहला अक्षर 'है' लिखना सीख पाया था। पर, इसे भी वह उलटा-सीधा लिख पाता था। फिर भी उसने योरोप के बड़े-बड़े राजनीतिज्ञयों के दाँत खट्टे कर दिये थे। उसकी स्मरण-शक्ति ऐसी अलौकिक थी कि वह एक-साथ कई काम किया करता था। एक साथ वह तीस-चालीस मुंशियों से काम लेता था। उसकी मृत्यु के बाद उसके पुत्र टीपू ने युद्ध उसी भाँति जारी रखा। अंग्रेज़ों ने लल्लो-चप्पो करके सन्धि की। वह वीर था, पर अनुभव-शून्य था। उसने अंग्रेज़ों से मित्रता की सन्धि स्थापित की और जीता हुआ प्रान्त उन्हें लौटा दिया। कम्पनी ने उसे मैसूर का अधिकारी स्वीकार कर लिया था।

कुछ दिन तो चला। पीछे जब लॉर्ड कार्नवालिस गवर्नर होकर आया, तो उसने देखा कि टीपू ने निजाम और मराठों से बिगाड़ कर लिया है। कॉर्नवालिस ने झट निजाम के साथ टीपू के विरुद्ध एक समझौता किया। इसके बाद उसने टीपू और मराठों में होती हुई सुलह में विघ्न डालकर मराठों से भी एक समझौता कर लिया। तीन बार उसने इंग्लैंड से कुछ गोरी फ़ौज तथा 5 लाख पौंड कर्ज़ भी मँगवाये।

अब त्रावनकोर के राजा से भी युद्ध छिड़वा दिया गया और अंग्रेज़ उसकी मदद पर रहे। मुठभेड़ होने पर फिर टीपू ने अंग्रेज़ी सेना को हार-पर-हार देनी आरम्भ की। अन्त में स्वयं कार्नवालिस ने सेना की बाग़डोर हाथ में ली। निजाम और मराठे उसकी सहायता को सेनाएँ ले-लेकर उससे मिल गये। ठीक युद्ध के समय तमाम योरोपियन अफसर और सिपाही शत्रु से मिल गये। टीपू के कुछ सेनापति और सरदार भी घूस से फोड़-लिये गये।

यद्यपि टीपू की कठिनाइयाँ असाधारण थीं, पर उसने वीरता और दृढ़ता से कई महीने लोहा लिया। अन्त में, बंगलौर अंग्रेज़ों के हाथ में आ गया, टीपू को पीछे हटना पड़ा।

अब कार्नवालिस ने मैसूर की राजधानी श्रीरंगपट्टन पर चढ़ाई की। टीपू ने युद्ध किया और सुलह की भी पूरी चेष्टा की। अंग्रेज़ों ने लालबाग़ में हैदरअली की सुन्दर समाधि पर अधिकार कर लिया और उसे लगभग नष्ट-भ्रष्ट कर दिया। अन्त में दोनों दलों में सन्धि हुई और टीपू का आधा राज्य लेकर कम्पनी, निजाम और मराठों ने बाँट लिया। इसके सिवा टीपू को 3 किस्तों में 3 करोड़ 30 हज़ार रुपया दण्ड देने का भी वचन-देना पड़ा और इस दण्ड की अदायगी तक अपने दो बेटों को, जिनमें एक की आयु 10 वर्ष और दूसरे की 8 वर्ष की थी, बतौर बन्धक अंग्रेज़ों के हवाले करना पड़ा।

इस पराजय से टीपू का दिल टूट गया और उसने पलंग-बिस्तर छोड़कर टाट पर सोना शुरू कर दिया और मृत्यु तक उसने ऐसा ही किया।

टीपू ने ठीक समय पर दण्ड का रुपया दे दिया और बड़ी मुस्तैदी से वह अपने राज्य, राज्य-कोष और प्रबन्ध को ठीक करने लगा। युद्ध के कारण जो मुल्क की बर्बादी हुई थी, उसे ठीक करने में उसने अपनी सारी शक्ति लगा दी। सेना में भी नई भर्ती करना और उसे शिक्षा देना उसने आरम्भ किया। इस प्रकार शीघ्र ही उसने अपनी क्षति-पूर्ति कर ली।

उधर अंग्रेज़ सरकार भी बेख़बर न थी। उधर भी सैन्य-संग्रह हो रहा था। निजाम सबसीडीयरी सेना के जाल में फँस चुका था और पेशवा के पीछे सिन्धिया को लगा दिया था। पर प्रकट में दोनों ओर से मिलता और प्रेम के पत्रों का भुगतान हो रहा था। अन्त में सन् 1799 की 9 जनवरी को हठात् टीपू को वेलेजली का एक पत्र मिला, उसमें लिखा था, अपने समुद्र-तट के समस्त नगर अंग्रेज़ों के हवाले कर दो और 24 घण्टे के अन्दर जवाब दो।

3 फरवरी को अंग्रेज़ी फ़ौजें टीपू की ओर बढ़ने लगीं। परन्तु टीपू युद्ध को तैयार न था। उसने सन्धि की बहुत चेष्टा की, पर वेलेजली ने कुछ भी ध्यान न दिया। जल और थल दोनों ओर से टीपू को घेर लिया गया था। गुप्त साजिशों से बहुत से सरदार फोड़े जा चुके थे। अंग्रेज़ों के पास कुल तीस हज़ार सेना थी।

प्रारम्भ में टीपू ने अपने विश्वस्त सेनापति पुर्णियाँ को मुकाबले में भेजा। पर वह विश्वासघाती था। वह अंग्रेज़ी फ़ौज के इधर-उधर चक्कर लगाता रहा और अंग्रेज़ी सेना आगे बढ़ती चली आई। यह देख, टीपू ने स्वयं आगे बढ़ने का इरादा किया। पर विश्वास घातियों ने उसे धोखा दिया और उसकी सेना को किसी और ही मार्ग पर ले गये। उधर अंग्रेज़ी सेना दूसरे ही मार्ग से रंगपट्टन आ रही थी। पता लगते ही टीपू ने पलटकर गुलशनबाद के पास अंग्रेज़ी सेना को रोका। कुछ देर

घमासान युद्ध हुआ। सम्भव था, अंग्रेज़ी सेना भाग खड़ी होती, पर उसके सेनापति कमरुद्दीनखाँ ने दगा दी और उलटकर टीपू की ही सेना पर टूट पड़ा। इस भाँति अंग्रेज़ विजयी हुए।

इसी बीच में टीपू ने सुना कि एक भारी सेना बम्बई की तरफ से चली आ रही है। टीपू वहाँ कुछ सेना छोड़, उधर दौड़ा और बीच में ही उस पर टूटकर उसे भगा दिया। परन्तु उसके मुखबिर और सेनापति सभी विश्वासघाती थे। टीपू को वे बराबर गलत सूचना देते थे। ज्योंही टीपू लौटकर रंगपट्टन आया कि अंग्रेज़ी सेना ने शहर घेरकर तोपों से आग बरसाना शुरू कर दिया।

टीपू ने सेनायें भेजीं। पर सेनापतियों ने युद्ध के स्थान पर चारों ओर चक्कर लगाना शुरू कर दिया। अंग्रेज़ फतह कर रहे थे और टीपू को गलत ख़बरें मिल रही थीं। क्रोध में आकर टीपू ने तमाम नमकहरामों की सूची बनाकर एक विश्वस्त कर्मचारी को दी और कहा–"इन्हें रात को ही क़त्ल कर दो।" पर एक फर्राश की नमकहरामी से भाण्डाफोड़ हो गया। उसी दिन टीपू घोड़े पर चढ़कर किले की फसीलों का निरीक्षण करने निकला और एक फसील पर अपना खेमा लगवाया।

ज्योतिषियों ने उससे कहा था–"आज का दिन दोपहर की सात घड़ी तक आपके लिए शुभ नहीं।" उसने ज्योतिषियों की सलाह से स्नान ही नहीं किया, बल्कि जप भी किया, और दो हाथी, जिन पर काली झूलें पड़ी थीं और जिनके चारों कोनों में सोना, चाँदी, हीरा, मोती बँधे थे, ब्राह्मण को दान दिये, गरीबों को भी अटूट धन दिया। इसके बाद वह भोजन करने बैठा ही था कि सूचना मिली, किले के प्रधान संरक्षक अब्दुलगफ्फारखाँ का क़त्ल कर डाला गया है। टीपू तत्काल उठ खड़ा हुआ और घोड़े पर सवार हो, स्वयं उसका चार्ज लेने किले में घुस गया। कुछ ख़ास-ख़ास सरदार साथ में थे। उधर विश्वासघातियों ने सैयद गफ्फार को ख़तम करते ही सफेद रूमाल हिलाकर अंग्रेज़ी सेना को संकेत कर दिया। यह देख, टीपू के सावधान होने से प्रथम ही दीवार के टूटे हिस्से से शत्रु के सैनिक किले में घुस गये।

एक नमकहराम सेनापति मीरसादिक यह ख़बर पा, सुल्तान के पीछे गया और जिस दरवाज़े से टीपू किले में गया था, उसे मजबूती से बंद करवाकर दूसरे दरवाज़े से मदद लेने के बहाने निकल गया। वहाँ वह पहरेदारों को यह समझा ही रहा था कि मेरे जाते ही दरवाज़ा बंद कर लेना और हरगिज न खोलना कि एक वीर ने जो उसकी नमकहरामी को जानता था, कहा–"कम्बख़्त मलऊन! सुलतान को दुश्मनों के हवाले करके यों जान बचाना चाहता है। ले, यह तेरे पापों की सज़ा है।" कहकर खट् से उसके दो टुकड़े कर दिये।

पर टीपू अब फँस चुका था। जब वह लौटकर दरवाज़े पर गया, तो उसी के बेईमान सिपाही ने दरवाज़ा खोलने से इनकार कर दिया। अंग्रेज़ी सेना टूटे हिस्से से किले में घुस चुकी थी। हताश हो, वह शत्रुओं पर टूट पड़ा। पर कुछ ही देर में, एक गोली उसकी छाती में लगी। फिर भी वह अपनी बन्दूक से गोलियाँ छोड़ता ही रहा। पर फिर और एक गोली उसकी छाती में आकर लगी। घोड़ा भी घायल होकर गिर पड़ा। उसकी पगड़ी भी जमीन पर गिर गई। अब उसने पैदल खड़े होकर तलवार हाथ में ली। कुछ सैनिकों ने उसे पालकी में लिटा दिया। कुछ लोगों ने सलाह दी कि अब आप अपने आपको अंग्रेज़ों के सुपुर्द कर दें। पर उसने अस्वीकार कर दिया। अंग्रेज़ सिपाही नज़दीक आ गये थे। एक ने उसकी जड़ाऊ कमरपेटी उतारनी चाही। टीपू के हाथ में अभी तक तलवार थी, उसपर उसका भर-पूर हाथ मारा और सिपाही दो टूक हो दूर जा पड़ा। इतने में एक गोली उसकी कनपटी को पार करती निकल गई।

रात को जब उसकी लाश मुर्दों में से निकाली गई, तो तलवार अब भी उसकी मुट्ठी में कसी हुई थी। इस समय उसकी आयु 50 वर्ष की थी।

इस समय उसका बेटा फतह हैदर कागी घाटी पर युद्ध कर रहा था। पिता की मृत्यु की ख़बर सुनते ही वह उधर दौड़ा। पर नमकहराम सलाहकारों ने उसे लड़ाई बंद करने की सलाह दी, साथ ही जनरल हेरिस स्वयं कुछ अफसरों के साथ उससे भेंट करने आये और कहा कि यदि आप लड़ाई बन्द कर दें, तो आपको आपके पिता के तख़्त पर बैठा दिया जायेगा। इस पर विश्वास कर, फतह हैदर ने युद्ध बंद कर दिया। पर यह सिर्फ़ बहाना था। अंग्रेज़ी सेना ने किले पर कब्ज़ा कर लिया, और रंगपट्टन में अंग्रेज़ी सेना ने भारी लूट-खसोट और रक्तपात जारी कर दिया।

अब अंग्रेज़ी सेना महल में घुसी। टीपू को शेर पालने का शौक था। बाहरी सहन में अनगिनत शेर खुले फिरा करते थे। अंग्रेज़ी फ़ौज ने भीतर घुसते ही इन्हें गोली से उड़ा दिया। महल में टीपू का ख़ज़ाना, धन, रत्न और जवाहरात से ठसाठस भरा था। इन सब माल, हाथी, ऊँट भाँति-भाँति के असबाब पर अंग्रेज़-सेना ने कब्ज़ा कर लिया। सुलतान का ठोस सोने का तख़्त तोड़ डाला गया और हीरे-जवाहरात व मोतियों की माला और जेवरों के पिटारे नीलाम कर दिये गये। सिर्फ़ महल के जवाहरात की लूट का अन्दाज़ा 12 करोड़ रुपया था। उसका मूल्यवान पुस्तकालय और अन्य मूल्यवान पदार्थ रंगपट्टन से उठाकर लन्दन भेज दिये गये। उसके बाद टीपू के भाई करीम साहब, टीपू के बहार बेटों और उसकी बेग़मों को क़ैद करके रायविल्लुर के किले में भेज दिया गया।

टीपू का सिंहासन सोने का बना हुआ था। सिंहासन की छतरी की कलगी में मोर बना था। मोर की गर्दन जमर्रुदों, शरीर हीरों तथा बीच-बीच में लालों की तीन धारियों से भरा हुआ था। चोंच एक बड़े जमर्रुद की थी, जिसके सिरे स्वर्णमंडित थे। इसमें एक बड़ा लाल और दो मोती भी लटक रहे थे। सिर की कलगी जमर्रुद और मोती की थी। पंख और पर लाल हीरों और जमर्रुद के थे, जिनमें दोनों ओर सफेद छोटे मोती लटकते थे।

टीपू का राज्य चिह्न 'सिंह' था। सिंहासन का चरणासन स्वर्ण निर्मित सिंह मुख था। सिंह की आँखें और दाँत बिल्लौर के थे, सिर के ऊपर की धारियाँ भी स्वर्ण की थीं।

उसकी पताकाओं पर सूर्य का चिह्न होता था। दो पताकाएँ लाल रेशम की होती थीं, जिनके बीच में स्वर्णरश्मियों के सूर्य बने हुए थे। बीच की पताका हरे रंग की होती थी, जिसपर सुनहरा सूर्य कढ़ा था। पताकाओं के सिरे सोने के थे, जिनमें लाल हीरे और जमर्रुद जड़े हुए थे।

ये दोनों अमूल्य धरोहर आजकल इंग्लैंड के विंडसर कैसेल में रखे हुए हैं।

टीपू की समाधि पर यह सेर खुदा है-

'चूं आँ मर्द मैंदा निहाँ शुद्ज दुनिया।
थके गुपत तारीख़ शमशीर गुल शुद॥'

अर्थात् जिस समय वह शूर दुनिया से गायब हुआ, उसी समय इतिहास के लिये तलवार गुम हो गई।

●●●

16

भारत के हृदय में अवध स्थित है। भारत में अंग्रेज़ों के आगमन के समय भी, इस भूमि में अनेक उपयोगी आकर्षण थे। इस भूमि को देखकर अंग्रेज़ों ने इसे विपुल जलभूमि, ऊँचे-ऊँचे बाँस के जंगलों से लहराते हुए शोभायमान दृश्य, आम्रवृक्षों की घनी शीतल-छाया और हरी-भरी फसलों से लहलहाती हुई शस्य श्यामला अत्यन्त वैभवशाली और मनोरम बताया था। इमली के वृक्षों की घनी छाया से, नारंगियों की सुगन्ध से, अंजीरों के मनोहारी रंगों से और पुष्प रेणुओं से सर्वत्र महकती हुई मधुर सुगन्ध से। इस प्रकृत सुन्दर भूमि के वैभव में चार चाँद लग गए थे।

दिल्ली इस्लाम की परम प्रतापी राजधानी अवश्य रही, परन्तु इस्लामी नज़ाकत, जो ऐयाशी और मद से उत्पन्न हुई थी, उसका जहूर तो लखनऊ ही में नज़र आया। आज भी लखनऊ अपनी फसाहत और नज़ाकत के लिये मशहूर है। लखनऊ के नवाबों के एक-से-एक बढ़कर मज़ेदार और आश्चर्य जनक कारनामे सुनने को मिलते हैं। वह बाँकपन, वह अल्हड़पन, वह रईसी बेवकूफी दुनिया में सिर्फ लखनऊ ही के हिस्से में आई थी। आज भी वहाँ सैकड़ों नवाब जूते चटकाते फिरते हैं। यद्यपि अंग्रेज़ी दौरे-दौरे ने लखनऊ को पूरा ईसाई बना दिया था, पर कुछ बुढ़ऊ खूसट अब भी गज-भर चौड़े पाँयचे का पायजामा और हलकी दुपल्ली टोपी पहनकर उसी पुराने ठाठ से निकलते हैं। ताजियेदारी के पुराने शाही जल्दों के दिन, मानो लखनऊ कुछ देर के लिए भूल जाता है कि अब हम बीसवीं सदी के नवीन आलोक में हैं। इस समय भी उसमें वही शाही छटा देखने को मिलती है। आज भी वहाँ नवाब कनकव्वे और नवाब बटेर देखने को मिल सकते हैं। खम्मीरी तम्बाकू की भीनी महक में डूबकर प्रत्येक पुराना मुसलमान अब भी अपने ऊपर इतराता है।

लखनऊ की नवाबी की नींव नवाब सआदतखाँ बुर्दामुल-मुल्क ने डाली थी। उसका असली नाम मिर्ज़ा मुहम्मद अमीन था। उन दिनों दिल्ली के तख़्त पर मुहम्मद शाह रंगीले मौज कर रहे थे। अवध में तब शेखों ने बड़ा ऊधम मचा रखा था। उनकी

देखा-देखी दूसरे ज़मीदार भी सरकश हो उठे थे। जो कोई अवध का सूबेदार बनकर जाता, उसे ही मार डालते थे। इसलिये बादशाह किसी जबरदस्त आदमी की तलाश में थे। सआदतखाँ और आसफजाह दो पराक्रमी सरदारों से बादशाह सलामत सशंक रहते थे और इन्हें दरबार से हटाना चाहते थे। अतः अब अवसर देखकर सआदत को अवध और आसफजाह को हैदराबाद दक्षिण की सूबेदारी देकर उन्होंने इन्हें दूर किया।

बादशाह ने मिर्ज़ा साहब को अवध की सूबेदारी और खिलअत तो दे दी थी, पर फ़ौज का कोई भी बन्दोबस्त न था। मिर्ज़ा साहब ने हिम्मत न हारी। उन्होंने दिल्ली के आवारा और बेकार मुसलमान युवकों को बटोरकर संगठित किया और कहा–"क्यों पड़े-पड़े बेकार ज़िन्दगी बरबाद करते हो? खुदा ने चाहा तो अवध पर दख़्ल करके मज़ा करेंगे।" कुछ ही दिनों में हज़ारों आदमी जमा हो गये। कुछ तोपें और हथियार शाही शस्त्रागार से मिल गए। इस फ़ौज को दिल्ली से अवध तक ले जाने और सामान के लिये बैल खरीदने को मिर्ज़ा ने अपनी बेगम के जेवर तक बेच डाले। जब मिर्ज़ा इस ठाठ से चले तो रास्ते में आगरे के सूबेदार ने इनकी खातिरदारी करनी चाही। आपने कहा–"जो रुपया मेरी ख़ातिर-तवाजे में ख़र्च करना चाहते हो, वह मुझे नकद दे दो, क्योंकि रुपये की मुझे बड़ी जरूरत है।" आगरे के सूबेदार ने यही किया। वहाँ से बरेली पहुँचे, तो वहाँ के सूबेदार से भी दावत के बदले रुपया लेकर फ़र्रूखाबाद आये।

वहाँ नवाब ने कहा–"लखनऊ के शेख बड़े लड़ाके और अवध के आदमी भारी सरकश हैं। आप एकाएक गंगा पार न कर, पहले आस-पास ज़मीदारों और रईसों को मिला लें, तब सबकी मदद लेकर लखनऊ पर चढ़ाई करें।"

मिर्ज़ा ने यही किया और जब वे धूमधाम से लखनऊ पहुँचे और शेखों को अपने आने की सूचना दी, तो वे इनकी सेना से डर गये और कहा–"आप गोमती के उस पार मच्छी-भवन में डेरा डालिये।"

मच्छी-भवन में अनायास ही दख़्ल हुआ देखकर मिर्ज़ा बहुत खुश हुए, क्योंकि उन्हें आशा न थी कि बिना रक्तपात हुए सफलता मिल जाएगी।

नवाब ने अपने सुप्रबन्ध और चतुराई से थोड़े ही दिनों में सूबे की आमदनी सात लाख रुपया कर ली और अट्ठाईस वर्षों तक बड़ी सफलता से शासन किया। मृत्यु के समय ख़ज़ाने में नौ करोड़ रुपये जमा थे।

उनकी मृत्यु पर उनके भांजे और दामाद मिर्ज़ा मुहम्मद मुकीम अबुल मन्सूरखाँ सफदरजंग के नाम से वजीरे-नवाब नियुक्त हुए। वह अपनी राजधानी लखनऊ से उठाकर फैजाबाद ले गये। यहाँ नवाब की सेना की छावनी थी। वह बुद्धिमान न थे,

इसलिए उनका जीवन युद्ध और झगड़ों में बीता। उनके समय में शेख, फिर सिर उठाने लगे। अन्य सरदार भी बाग़ी हो गये।

उनमें एक गुण था कि वे एक नारी-सती थे। उनकी पत्नी नवाब सदरजहाँ बेगम युद्ध-स्थल में भी छाया की भाँति उनके साथ रहती थीं। वह सोलह वर्ष नवाबी भोगकर मरे।

उनके बाद मिर्ज़ा जलालुद्दीन हैदर नवाब शुजाउद्दौला के नाम से मसनद पर बैठे। वह चौबीस वर्ष की आयु के वीर युवक थे, पर चरित्र ठीक न था। गद्दी पर बैठते ही किसी हिन्दू स्त्री का अपमान करने के कारण हिन्दू बिगड़ गये। परन्तु इनकी माता ने बहुत कुछ समझा-बुझाकर हिन्दू रईसों को शान्त किया। उन्होंने बाईस वर्ष तक नवाबी की। उनके जमाने में दिल्ली की गद्दी पर बादशाह शाहआलम थे और बंगाल की सूबेदारी के लिये मीरकासिम जी-जान से परिश्रम कर रहा था। शुजाउद्दौला बादशाह के वज़ीर और रक्षक थे। मीरकासिम ने उनसे सहायता माँगी थी। उस समय अंग्रेज़ी कम्पनी के अधिकारियों ने मीर जाफ़र को नवाब बनाया था। शुजाउद्दौला ने एक पत्र अंग्रेज़ कौंसिल को लिखकर बादशाह के अधिकार और उनके कर्तव्यों की चेतावनी दी, पर उसका कोई फल न देख, युद्ध की तैयारी कर दी। युद्ध हुआ भी, परन्तु अंग्रेज़ों की भेद नीति से शुजाउद्दौला की हार हुई, उसमें नवाब को हर्जाने के पचास लाख रुपये और इलाहाबाद तथा कड़े के जिले अंग्रेज़ों को देने पड़े। अंग्रेज़ों का एक एजेण्ट भी उनके यहाँ रखा गया और दोनों ने परस्पर शत्रु-मित्रों को अपना निजी शत्रु-मित्र समझने का कौल-करार भी किया।

नवाब को इमारतों का भी बड़ा शौक था। दस लाख रुपये के लगभग वह इमारतों पर भी ख़र्च किया करते थे। इनकी बनाई इमारतें आज भी लखनऊ की रोशनी हैं। दौलतगंज या दौलतखाना, जहाँ नवाब स्वयं रहते थे, इन्द्र-भवन के समान शोभा रखता था। उस समय ईस्ट इण्डिया कम्पनी की कौंसिल में वारेन हेस्टिंग्स का दौर-दौरा था और मुगल-तख़्त शाह आलम के पैरों के नीचे डगमगा रहा था। लखनऊ में भी कम्पनी का एक रेजीडेण्ट रहता था। उस समय तक रेजीडेण्टों को नवाब के सामने आने पर दरबार के नियमों का पालन करना पड़ता था और अन्य दरबारियों की भाँति उन्हें भी अदब के साथ नवाब से मिलना पड़ता था।

नवाब ने रेजीडेण्ट के रहने के लिये एक विशाल इमारत बनवाई थी, जो 1857 की घटनाओं के कारण अब बहुत प्रसिद्ध हो गई है।

एक बार नवाब घोड़े पर सवार होकर सैर को निकले, तो एक चूहा उनके घोड़े की टाप के नीचे दब गया। इस पर उन्होंने वहीं उसकी क़ब्र बनवा दी और एक बाग़

लगवाया, जो 'मूसा बाग़' के नाम से प्रसिद्ध है। यह बाग़ नवाब को बहुत प्रिय था। इसी में बादशाह जानवरों की लड़ाई देखा करते थे। सन् 1775 में उनकी मृत्यु हुई।

उनके बाद इनके तीसरे पुत्र मिर्ज़ा अनजीअलीखाँ आसफउद्दौला के नाम से गद्दी पर बैठे। ये प्रारम्भ में 7 वर्ष तक फैजाबाद में रहे। परन्तु बाद में लखनऊ चले आये और उसे ही राजधानी बनाया।

उनके लखनऊ आने से लखनऊ की तकदीर चमकी। उस समय तक लखनऊ एक साधारण कस्बा था। आसफउद्दौला ने उसे अच्छा ख़ासा शहर बना दिया। उन्होंने कई मोहल्ले और बाज़ार बनवाये। वह बड़े शाहख़र्च, स्वाधीन प्रकृति के, और हिम्मतवाले शासक थे। उन्होंने सब पुराने दरबारियों को निकालकर नयों को नियुक्त किया। उनके जमाने में दरबार की शानो-शौकत देखने योग्य थी। दाता तो अनोखे थे। उनकी शाहख़र्ची से उनकी माँ ने अंग्रेज़ों से कह-सुनकर ख़ज़ाना अपने अधिकार में कर लिया था, परन्तु नवाब ने लड़-भिड़कर 62 लाख रुपये ले लिये। होली, दीवाली, ईद, मुहर्रम के अवसरों पर लाखों रुपये स्वाहा हो जाते थे। ब्याह-शादी की दावतों में 5-5, 6-6 लाख रुपया पानी हो जाता था। नवाब का अपना रोजाना ख़र्च भी कम न था। उनके यहाँ 1200 हाथी, 3000 घोड़े, 1000 कुत्ते, अगणित मुर्गियाँ, कबूतर, बटेर, हिरन, बन्दर, साँप, बिच्छू और भाँति-भाँति के जानवर थे, जिनके लिए लाखों की इमारतें बनी थीं और लाखों रुपये ख़र्च होते थे। उनके निजी नौकरों में 2000 फराश, 160 चोबदार और खिदमतगार तथा सैकड़ों लौंडियाँ थीं। 4 हज़ार तो माली थे। रसोई का ख़र्च ही 2-3 हज़ार रुपये रोजाना का था। सैकड़ों-बावर्ची थे। शाहजादे वजीरअली की शादी में 30 लाख रुपये ख़र्च किये थे। वह सिर्फ़ दाता और उदार ही नहीं, एक योग्य शासक और गुणग्राही भी थे। मीर, सौदा और हसरत आदि उर्दू के नामी कवि थे, जो साल में सिर्फ एक बार दरबार में हाज़िर होकर हज़ारों रुपये पाते थे। संगीत और काव्य के ऐसे रसिक थे कि एक-एक पद पर हज़ारों रुपये बरसाये जाते थे।

वारेन हेस्टिंग्स को रुपये की बड़ी जरूरत थी। अंग्रेज़ कम्पनी ने नवाब से कई बड़ी रकमें बार-बार तलब की थीं। विवश हो नवाब ने चुनार के किले में हेस्टिंग्स से मुलाकात की और बताया कि केवल सेना की मद्द में ही मुझे एक बड़ी रकम देनी पड़ती है।

अन्त में हेस्टिंग्स ने यह निश्चय किया कि चूँकि स्वर्गीय नवाब शुजाउद्दौला मृत्यु के समय में अपनी माँ और विधवा बेगम को बड़े-बड़े ख़ज़ाने दे गया है, और फैजाबाद के महल भी उन्हीं के नाम कर गया है तथा ये बेगमें अपने असंख्य

सम्बन्धियों, बांदियों और गुलामों के साथ वहीं रहती थीं। अतः उनसे यह रुपया ले लिया जाए।

आसफउद्दौला यह शर्त सुनकर बहुत लज्जित हुआ, पर लाचार हो, उसे सहमत होना पड़ा और इसका प्रबन्ध अंग्रेज़-अधिकारी स्वयं कर लेंगे, यह भी निश्चय हो गया।

मृत नवाब शुजाउद्दौला अपनी इन बेगमों को अंग्रेज़ों के संरक्षकता में छोड़ गये थे। परन्तु उस मनुष्यता को भूलाकर और उनका रुपया हड़पने का संकल्प करके, इन विधवा बेगमों पर काशी के राजा चेतसिंह के साथ विद्रोह में सम्मिलित होने का अभियोग लगाया गया और सर इलाइजाह इम्पे कहारों की डाक बैठाकर इस काम के लिए कलकत्ते से तेजी के साथ रवाना हुआ। लखनऊ पहुँचकर उसने गवाहों के हलफनामे लिये और बेगमों के विद्रोह में सम्मिलित होने का फैसला करके कलकत्ते लौट गया।

फैजाबाद के महलों को अंग्रेज़ी फ़ौजों ने घेर लिया और बेगमात को हुक्म दिया कि आप क़ैदी हैं और आप तमाम जेवरात, सोना, चाँदी, जवाहरात दे दीजिए।

जब उन्होंने इनकार किया, तो बाहर की रसद बन्द कर दी गई और वे भूखों मरने लगीं। अन्त में, बेगमों ने पिटारों-पर-पिटारे और ख़ज़ानों-पर-ख़ज़ाने देना शुरू कर दिया। यह रकम एक करोड़ रुपये के अनुमानतः होगी।

इस घटना से अवध भर में तहलका मच गया और आसफउद्दौला का दिल टुकड़े-टुकड़े हो गया।

इसके बाद हेस्टिंग्स ने कर्नल हैनरी को नवाब के यहाँ भेजा और उसे बहराइच तथा गोरखपुर जिलों का कलक्टर बनवा दिया। उसने उन जिलों पर भयानक अत्याचार किया और तीन वर्ष के अन्दर ही पैंतालीस लाख रुपया कमा लिया। नवाब ने तंग होकर उसे बर्ख़ास्त कर दिया, पर हेस्टिंग्स ने फिर उसे नवाब के सिर मढ़ना चाहा।

नवाब ने लिखा–"मैं हजरत मुहम्मद की कसम खाकर कहता हूँ कि यदि आपने मेरे यहाँ किसी काम पर कर्नल हैनरी को भेजा तो मैं सल्तनत छोड़कर निकल जाऊँगा।"

●●●

17

जब वारेन हेस्टिंग्स की स्वच्छन्दता नष्ट हुई और कौन्सिल के साथ सहमत होकर शासन करने की कम्पनी ने आज्ञा दी, तब महाराज नन्दकुमार ने सर फिलिप फ्रांसिसी द्वारा एक आवेदन भव कौंसिल में भेजा। उसमें उन्होंने लिखा था–

"हेस्टिंग्स साहब, जैसे शत्रु की शिकायत करके आत्मरक्षा के लिए, मैं ईश्वर की कृपा पर ही भरोसा करता हूँ। मैं आत्ममर्यादा को प्राण से भी बढ़कर मानता हूँ और मैं यदि अब भी असली भेद न खोलूँ और मौन रहूँ, तो मुझे और भी अधिक विपत्तियाँ झेलनी पड़ेंगी, अतः मैं लाचार होकर यह रहस्य-भेद प्रकट करता हूँ।"

इस आवेदन-पत्र में महाराज ने दिखाया कि हेस्टिंग्स साहब ने 354105 रुपये का गबन किया है और वे महाराज के सर्वनाश का षड्यन्त्र रच रहे हैं। महाराज के शत्रु जगतचन्द्र, मोहनप्रसाद, कमालुद्दीन आदि इस पाप-गोष्ठी में सम्मिलित हैं।

जब यह पत्र कौन्सिल में पढ़कर सुनाया गया, तो हेस्टिंग्स साहब का चेहरा फख हो गया। वे क्रोध में मतवाले होकर मेम्बरों को सख़्त बात कहने और महाराज को गालियाँ देने लगे। उस दिन कौन्सिल बरख़ास्त हो गई। दो दिन पीछे जब कौन्सिल बैठी तो महाराज का एक और पत्र खोला गया, जिसमें उन्होंने लिखा था कि 'कौन्सिल यदि आज्ञा दे, तो मैं स्वयं कौन्सिल आकर अपनी बातों का प्रमाण पेश करूँ और घूस के रुपयों की रसीद दाख़िल करूँ।' पत्र सुनकर कर्नल साँनसून ने प्रस्ताव किया कि महाराज को कौन्सिल में उपस्थित होकर सुबूत पेश करने की आज्ञा देनी चाहिए। यह सुनकर गवर्नर साहब के क्रोध का ठिकाना न रहा। उन्होंने कहा–"यदि नन्दकुमार हमारा अभियोक्ता बनकर कौन्सिल में आएगा, तो हम इस अपमान को प्राण जाने पर भी नहीं सह सकेंगे। हमारी अधीनस्थ कौन्सिल के सदस्य हमारे कार्यों के विचारक बनकर यदि एक सामान्य अपराधी के समान हमारा विचार करेंगे, तो हम इस बोर्ड में बैठेंगे ही नहीं।" बार्बल साहब ने सलाह दी कि इस मामले की जाँच सुप्रीम कोर्ट द्वारा कराई जाय।

बहुत वाद-विवाद के अनन्तर बहुमत से महाराज का कौन्सिल में बुलाया जाना निश्चित हुआ। गोरे गवर्नर पर काला आदमी दोषारोपण करे, यह एक अनहोनी बात थी। हेस्टिंग्ज साहब उठकर चल दिये। पर तीनों सदस्यों ने जनरल क्लीवरिंङ्ग को सभापति बनाकर महाराज को कौन्सिल में बुलवाया और उनके प्रमाण सुनकर एकमत से हेस्टिंग्स को अपराधी ठहराया। साथ ही उन्होंने यह भी निश्चय किया कि उन्हें घूस के रुपये फौरन कम्पनी के ख़ज़ाने में जमा करा देने चाहिए। परन्तु हेस्टिंग्स ने इस प्रस्ताव का तिरस्कार कर दिया, इस पर कम्पनी की ओर से सुप्रीम कोर्ट में दावा दायर करने के लिए सब काग़ज़ कम्पनी के सॉलिसिटर जनरल के पास भेज दिए गये। सॉलिसिटर ने उन्हें देखकर जो राय कायम की थी वह यह है–

"हमारी समझ में कलकत्ते की सुप्रीम कोर्ट में कम्पनी की ओर से हेस्टिंग्स साहब पर नालिश दायर की जानी चाहिए। ऐसा करने पर बंगाल के सब झगड़े एकदम तय हो जाएँगे और कम्पनी को भी अधिक लाभ होगा।"

हेस्टिंग्स साहब ने यह रंग-ढंग देखकर चीफ जस्टिस इम्पे साहब की कोठी में एक गुप्त मंत्रणा की। उसके अगले दिन ही अचानक मोहनप्रसाद ने सुप्रीम कोर्ट में हलफिया बयान दाख़िल करके एक जाल का दावा महाराज नन्दकुमार पर खड़ा कर दिया। दावे में कहा गया था कि महाराज नन्दकुमार ने जाली दस्तावेज़ बनाकर मृत बुलाकीदास की रियासत से रुपये वसूल किए हैं। बयान दाख़िल होते ही महाराज नन्दकुमार की गिरफ़्तारी के लिए कलकत्ते के शेरिफ के नाम सुप्रीम कोर्ट के विचारकों ने वारण्ट निकाल दिया और तत्काल ही महाराज नन्दकुमार गिरफ़्तार करके जेल में डाल दिए गये। अपने पत्र में भण्डाफोड़ करते हुए महाराज ने जो भय प्रकट किया था, वह सम्मुख आ गया।

महाराज ब्राह्मण थे, इसलिए उन्होंने जिस स्थान पर ईसाई-मुसलमान आते-जाते थे, वहाँ सन्ध्या-वन्दन और खान-पान से इनकार कर दिया। 68 घण्टे वे बराबर निर्जल रहे। जब उनके वकील ने उन्हें किसी शुद्ध स्थान में नज़रबन्द करने की अर्जी दी, तब बंगाल के पण्डितों को बुलाकर अंग्रेज़ों ने व्यवस्था ली कि महाराज की जाति जेल में खान-पान से नष्ट हो सकती है या नहीं? हेस्टिंग्स के नौकर मोदी बाबू ने झटपट मुर्शिदाबाद को आदमी दौड़ाकर अपने पंडित हरिदास तर्क-पंचानन को कलकत्ते बुला भेजा। उन्होंने तथा अन्य ब्राह्मणों ने आत्म-मर्यादा को तिलांजलि दे, व्यवस्था दी कि जेल में भोजन करने से ब्राह्मण की जाति नष्ट नहीं होती और अगर थोड़ा-बहुत दोष होता भी है, तो वह 'नहीं' के बराबर है और जेल से छुटकारा पाने के बाद व्रत आदि रखने से उसका प्रायश्चित हो जाता है। एक देवता ने तो यहाँ तक कह दिया कि ब्राह्मण की जाति आठ बार मुसलमान का भात खाने के बाद

नष्ट होती है। उपरोक्त व्यवस्था सुनकर इम्पे साहब ने महाराज की दरख़्वास्त नामंजूर कर दी, परन्तु जब महाराज ने भोजन से इनकार कर दिया और वृद्ध होने के कारण उनके प्राण जाने का भय हुआ, तब जेल के आँगन में उनके लिए अलग खीमा खड़ा किया गया। इस बीच में अभियोग तैयार करके धूम-धाम से चलाया गया।

1775 की तीसरी जून को कलकत्ता में अंग्रेज़ी न्याय की कलंकरूप अदालत बैठी और बेईमान जज पीली पोशाक पहनकर आ डटे। महाराज अभियुक्त के वेश में सामने खड़े हुए और उनके गुमाश्ता चैतन्यनाथ एवं उनके दास राय राधाचरण बहादुर और महाराज के बैरिस्टर फरार साहब उनके पीछे खड़े हुए। दूसरी ओर फर्यादी के गवाह कान्त पोद्दार आदि हेस्टिंग्स के सहचर दर्शकों की सीट पर आ बैठे। महाराज पर जालसाजी के बीस अपराध लगाये गये। महाराज ने अपने को निर्दोष बतलाया।

उनसे पूछा गया–"आप किससे अपना विचार कराना चाहते हैं?"

महाराज ने कहा–"परमेश्वर हमारा विचार करे। हमारे देशवासी हमारी श्रेणी के जन हमारा विचार करें।" पर उस समय देशी लोगों का अंग्रेज़ों के न्यायालय में वैसा सम्मान न था, अतः 12 जूरी बनाकर विचार शुरू हुआ।

कोर्ट के प्रधान द्विभाषिए विलियम चेम्बर किसी तरीके से गैर-हाज़िर कर दिये गये और गवर्नर के कृपा पात्र ईलिएट साहब को उनका काम सौंपा गया।

महाराज के बैरिस्टर ने आपत्ति की तो इम्पे साहब ने उसे घुड़क दिया। क्लार्क ऑफ दी क्राउन के अभियोग-पत्र पढ़ने पर फरियादी के गवाहों की जबानबन्दी आरम्भ हुई। पहली गवाही मोहनलाल की हुई। यह वही आदमी था, जिसकी पहली दरख़्वास्त का मसौदा स्वयं कोर्ट के जजों ने बनाया था। पर यह बात फैसला हो जाने पर प्रमाणित हुई। दूसरी साक्षी कमालुद्दीन खाँ की हुई। उसने कहा–"महाराज ने मेरे नाम की मुहर मुझसे माँगी थी, आज 14 वर्ष हुए मुझे वह वापस नहीं मिली। जज के दस्तावेज़ दिखाने पर उसने अपनी मुहर की छाप को भी पहचान लिया। उसने यह भी कहा कि इस बात की ख़बर ख़्वाजा पैट्रिक सदरुद्दीन और मेरे नौकर हुसेनअली को भी है।"

दस्तावेज़ पर मुहर में अब्दुल कमालुद्दीन की छाप थी। जिरह में जब उससे पूछा गया कि तुम्हारा नाम तो कमालुद्दीनखाँ है, यह मुहर कैसी? तब गवाह ने कहा–"धर्मावतार, मैं कभी झूठ नहीं बोलूँगा। मैं दिन में पाँच बार नमाज़ पढ़ता हूँ, मेरा नाम पहले अब्दुल कमालुद्दीन ही था। पर तब से अब मेरी हैसियत बढ़ गई है, इसलिए मैंने अपने नाम के आगे का टुकड़ा छोड़कर नाम के पीछे खाँ लगा लिया है।"

जिरह में जब पूछा गया कि तुम्हें कैसे मालूम हुआ कि तुम्हारा नाम गवाहों में दर्ज़ है? तब उसने कहा–"महाराज ने मुझसे खुद ज़िक्र किया था कि हमने तुम्हारे नाम की मुहर गवाहों में लगा दी है, जरूरत पड़े तो इसके सबूत में तुम्हें गवाही देनी पड़ेगी। पर मैंने झूठी गवाही से साफ इनकार कर दिया था। अल्ला-अल्ला! भला मैं झूठी गवाही दे सकता था?" हुसैनअली, ख़्वाजा पैट्रिक और सदरुद्दीन ने भी उसकी बात की पुष्टि की। दस्तावेज़ पर अब्दुल कमालुद्दीन, शिलावत सिंह और माधवराव के दस्तख़त थे। कमालुद्दीन की गवाही तो हो चुकी, बाकी दोनों मर चुके थे। शिलावतसिंह के दस्तख़त पहचानने को राजा नवकृष्ण आये थे। ये कायस्थ थे। इन्होंने शपथपूर्वक कहा कि ये शिलावतसिंह के दस्तख़त नहीं हैं।

इतनी साक्षी होने पर भी मामला जोरदार नहीं हुआ। वादी मोहन प्रसाद नौ बार और उसका गुमाश्ता कृष्ण जीवनदास चौबीस बार गवाहों के कटहरे में खड़े किये गये। बार-बार जिरह किये जाने पर कृष्णजीवन ने झुँझलाकर कहा–"पद्ममोहनदास के हाथ का लिखा एक इकरारनामा बुलाकीदास ने स्वयं लिखा था, उसमें बुलाकीदास ने महाराज के 1765 में 48021 रुपये के एक तमस्सुक की बाबत साफ लिखा था।"

कृष्णजीवन के इस इज़हार से कोर्ट के जजों और हेस्टिंग्स के चेहरों का रंग फख हो गया। पर इम्पे साहब ने गम्भीरता से कहा–"कृष्णजीवन ने अब तक जो गवाही दी थी, वह करारेपन से दी थी, पर इस इकरारनामे की बात कहते वक़्त उसका कण्ठ अवरुद्ध हुआ है। निस्सन्देह पद्ममोहन ने महाराज नन्दकुमार की साज़िश से एक इकरारनामा तैयार कर लिया था।"

उधर कान्त पोद्दार, मुंशी नवकृष्ण; गंगा गोविंद सिंह, राजा राजवल्लभ और स्वयं हेस्टिंग्स साहब नए-नए साक्षी तैयार कर रहे थे और किसी तरह काम बनता न देखकर, उन्होंने आजिमअली को गवाह के कटघरे में लाकर खड़ा किया।

आजिमअली नमक की कोठी के एजेण्ट एक अंग्रेज़ का खानसामा था। क्लाइव की प्रतिष्ठित सभा के सभ्य, आवश्यकता होने पर इसे सरकारी गवाह बनाया करते थे, क्योंकि उस समय सरकारी वकील नहीं होता था। जब किसी पर नमक की चोरी का अपराध लगाया जाता था तो आजिम अली गवाह बनता था। पर अब वह सभा बंद हो गई थी। आजिमअली ने अब एक औरत से निकाह पढ़ाकर लालबाज़ार में जूते की दुकान खोल ली थी।

तीसरी जून से सुबूत के गवाहों की जबानबन्दी आरम्भ हुई थी और 11वीं जून को सुबूत की गवाही समाप्त हुई थी। फिर भी, 12वीं जून को आजिमअली गवाह पेश किया गया। यह कार्यवाही बेजाब्ता थी, पर इस मुकद्दमे में जाब्ता ही क्या था?

गवाहों के कटघरे में आजमअली को खड़ा होते देख, महाराज के गुमाश्ते और उनके दामाद के देवता कूच कर गए। वह एक सिद्धहस्त गवाह था। वे समझ गए, वह यह चश्मदीद गवाह बनकर आया है। चैतन्य बाबू ने इस समय धूर्तता से काम लिया। उन्होंने हाथ के इशारे से आजिम को सौ, फिर दो सौ, फिर तीन सौ रुपये देने का इशारा किया, पर आजिम न माना। यह हतक उठाकर कहने लगा–

"मैं महाराज नन्दकुमार का मकान जानता हूँ। उनके गुमाश्ता चैतन्यनाथ ने मेरी दुकान से जूता लिया था। मैं सन् 1769 के जुलाई मास में चैतन्य बाबू से जूतों के दामों का तकाजा करने महाराज नन्दकुमार के मकान पर गया। उसके दस दिन पहले बुलाकीदास की मृत्यु हो गई थी। वहाँ मैंने चैतन्य बाबू को काम में फँसे हुए पाया। पूछने पर उन्होंने कहा–'इस समय महाराज एक जाली दस्तावेज़ बना रहे हैं, उसी में, मैं इस समय फँसा हूँ।' इसके बाद देखा, महाराज बैठक में नाक पर चश्मा चढ़ाकर एक बक्से में से 25-30 मुहर निकालकर उनका नाम जोर-जोर से पढ़ रहे हैं। एक मुहर को उन्होंने कमालुद्दीन की कहकर चैतन्यनाथ को दिखाया भी था।"

आजिम का यह इज़हार सुनकर कोर्ट के जजों की आनन्द से बत्तीसी खुल गई। वे उत्सुकता से कहने लगे–'गो ऑन'।

आजिमअली–हुजूर, इसके बाद तमस्सुक की शक्ल के काग़ज़ पर वह मुहर छाप दी गई।

एक जज–कहे जाओ, कहे जाओ।

आजिमअली–इसके बाद चैतन्य बाबू से महाराज ने कहा कि जहाँ मुहर लगाई है, उसके पास ही अब्दुल कमालुद्दीन का नाम भी लिख दो।

दूसरा जज-कहे जाओ।

आजिमअली-चैतन्य बाबू ने कमालुद्दीन का नाम लिख दिया।

तीसरा जज-क्या तुम पढ़-लिख सकते हो?

आजिमअली–हुजूर, अब तो आँखों से दिखाई ही कम देता है, पर आगे फारसी पढ़-लिख सकता था।

सर इम्पे–आगे बोलो।

आजिमअली–हुजूर, इसके बाद उसी काग़ज़ पर महाराज ने शिलावत सिंह और माधवराव के नाम भी गवाहों में लिख दिये।

इस इजहार से घबराकर चैतन्य बाबू ने इशारे से एक हज़ार रुपये का इशारा किया। तब आजिम ने भी इशारे ही से कहा–"घबराओ मत, सब पर पानी फेरे देता हूँ।" उधर जज और फरियादी के वकील अधीर होकर–"गो ऑन, गो ऑन" कहने लगे।

आजिमअली–सब काम ख़तम होने पर महाराज उसे पढ़ने लगे।

जजों ने आनन्दित होकर कहा–अच्छा-अच्छा, फिर क्या हुआ?

आजिमअली–बस पढ़कर, महाराज ने उसे अपने बक्स में रख लिया। तभी हमने सुना कि बुलाकीदास ने महाराज को तमस्मुकलिख दिया है। सब जज (एक साथ)-फिर! फिर!!

आजिमअली–हुजूर, बस इसके बाद ही घर के भीतर मुर्गी बोली और मेरी नींद टूट गई। मेरी छोटी स्त्री ने कहा–मियाँ! आज क्या बिस्तर से नहीं उठोगे देखो, कितनी धूप चढ़ गई है।

यह सुनते ही द्विभाषिए ईलिएट साहब ने आजिमअली के मुँह की ओर देखा। सहसा उनके मुख से निकल पड़ा–'आह!'

इधर तो इम्पे साहब ने द्विभाषिए से अन्तिम बात समझाने को कहा और उधर गवाह से कहा–'गो ऑन'।

आजिमअली–"हुजूर, इसके बाद मैंने अपनी छोटी औरत से कहा, मीर की लड़की, मैंने ख़्वाब में देखा है कि मैं महाराजनन्द कुमार के मकान पर गया हूँ और वे बुलाकीदास के नाम से एक जाली दस्तावेज़ बना रहे हैं।" जब ईलिएट साहब ने गवाह की बातों को जज को समझाया, तब तो सुप्रीम कोर्ट के सुयोग्य जज विमूढ़ हो आजिम के मुँह को देखने लगे। पर अब आजिम ने 'गो ऑन' की प्रतीक्षा न कर, कहना जारी रखा–

धर्मावतार, मेरी बात सुनकर मेरी छोटी स्त्री ने कहा–'मियां! तुम हमेशा राजा, उमरा, साहबों के मकान पर आते-जाते हो, इसी से सपने भी तुम्हें ऐसे ही दिखते हैं।'

जज शून्य हृदय से बयान सुन रहे थे। अन्त में जज चेम्बर्स ने द्विभाषिए से कहा–"गवाह से दरियाफ्त करो कि इसने हमारे सामने अभी जो कुछ कहा है, वह सब ख़्वाब की बातें हैं?"

प्रश्न करने पर आजिमअली ने कहा–"हुजूर, ख़्वाब में जो मैंने देखा, वही सच-सच बयान कर दिया है। तीन-चार दिन की बात है, इस ख़्वाब की बात मैंने मोहनप्रसाद बाबू से कही थी। उन्होंने चट कहा कि तुम्हें गवाही भी देनी पड़ेगी।

मैंने कहा, जो देखा है, सो कह दूँगा, मेरा उसमें क्या हर्ज़ है। धर्मावतार, मैं कमीना नहीं, हैसियतदार आदमी हूँ। मेरी छोटी औरत मीर साहब की लड़की है। उसके पिदर अब्दुल लतीफ एक जिले के मालिक हैं और मौलवी अब्दुल रहमान रिश्ते में मेरे साले होते हैं।"

आजिम की इस प्रशस्त विरुद्धावली को सुनकर चैतन्य बाबू से न रहा गया। वे पीछे से बोल उठे–"चचा, आज तो तुम बड़े आली खानदान बन गए। लाल बाज़ार की रहमानी की लड़की के साथ निकाह पढ़वाकर कहते हो कि मौलवी लतीफ हुसैन मेरे ससुर हैं।"

आजिमअली–क्रोध से "दुहाई है धर्मावतार की दिन-दहाड़े सरे इजलास एक शरीफ की इज्ज़त ली गई है। मैं इस पर तोहीन का मुकद्दमा चलाऊँगा। इसका इतना मकदूर कि मेरी पाक दामन सास साहबा को यह लाल बाज़ार की रहमानी कहे। धर्मावतार! मेरी सास अब परदानशीं हैं। वे आगे अनकरीब आठ साल तक लाल बाज़ार में कुछ-कुछ बेपरदें थी। पर छह महीने हुए मौलवी साहब ने उनके साथ निकाह पढ़वाकर, उन्हें अब परदानशीन बना लिया है। एक ऐसे इज्ज़तदार घराने की पर्दानशीन औरत की शान में ऐसी वाहियात जवाब निकालना सरासर, जुर्म में दाख़िल है। अदालत मेरी फरियाद सुने।"

गवाह के रंग-ढंग देखकर सारी अदालत सन्नाटे में आ गई। अन्त में, इम्पे साहब ने महाराज के बैरिस्टर फरार साहब से पूछा, क्या आपको इस गवाह की साक्षी प्रमाण-रूप से ग्रहण करने में कुछ उज्र है?

बैरिस्टर ने कहा–"जब गवाह स्वप्न की बात कह रहा है, तो मैं नहीं समझ सकता कि उसकी साक्षी कैसे प्रमाणभूत मानी जाय।"

इम्पे–"मि.फरार! इस गरम मुल्क में पूरी-पूरी नींद शायद ही किसी को आती हो। प्राय: लोग अर्ध-तन्द्रा अवस्था में रहते हैं। ऐसी दशा में यदि कोई मनुष्य आँख, कान आदि इन्द्रियों द्वारा कोई विषय ग्रहण करे, तो उसके कथन को लार्ड थार लो साक्षी रूप से ग्रहण किये जाने में कोई आपत्ति उपस्थित न करेंगे।"

बैरिस्टर–"मुझे लार्ड थार लो के मतामत से कुछ मतलब नहीं, यदि आप इसकी गवाही प्रमाण मानना ही चाहते हैं, तो मेरा भी उज्र दर्ज़ कर लिया जाय।"

न्याय-मूर्ति इम्पे साहब ने मातहत तीनों जजों से सलाह करके आजिमअली की गवाही प्रमाण स्वरूप ग्रहण कर ली थी और आसामी के बैरिस्टर को सफाई के गवाह पेश करने की आज्ञा दी। बैरिस्टर ने कहा कि आसामी पर जुर्म प्रमाणित ही नहीं हुआ तब सफाई कैसी? आसामी निर्दोष है। उसे रिहाई मिलनी चाहिए।

जज ने कहा–"अपराध सिद्ध हुआ है, आप सफाई पेश न करेंगे, तो हमें जूरियो को समझाने के लिए संग्रहीत प्रमाणों की आलोचना करनी पड़ेगी।"

जिस दस्तावेज़ के सम्बन्ध में झगड़ा उठा था, उसकी यहाँ पर संक्षिप्त रूप से व्याख्या कर देना अप्रासंगिक न होगा। मुर्शिदाबाद में एक भारी राजनैतिक विद्वान पंडित बापूदेव जी शास्त्री रहते थे। नवाब अलीवर्दीखाँ उनका बड़ा सत्कार करते थे और उनसे सदा राज-काज में परामर्श लेते रहते थे। इन शास्त्री जी के पास महाराज ने 12 वर्ष की उम्र तक आठ वर्ष संस्कृत-शास्त्रों की शिक्षा पाई थी। जब महाराज 22 वर्ष के हुए, तब नवाब अलीवर्दीखाँ ने पंडित जी के अनुरोध से उन्हें मेहिषदल परगने का लगान वसूल करने पर नियुक्त कर दिया। धीरे-धीरे, वे अपनी योग्यता से हुगली के फ़ौजदार बन गए। इस पर उन्होंने लगभग 3 लाख रुपये कमाए। इसके बाद गुरु-दर्शन की अभिलाषा से एक बार वे मुर्शिदाबाद गए, उनकी कन्या के लिए, जिसे वे अपनी धर्म-भगिनी करके मानते थे, कुछ आभूषण साथ ले गए। परन्तु जब वे मुर्शिदाबाद पहुँचे, तब उन्हें ख़बर मिली कि गुरु-पत्नी का देहान्त हो चुका है और उनकी लड़की विधवा हो गई है। ऐसी दशा में उन्होंने आभूषणों के लाने की चर्चा तक गुरुजी से नहीं की और उन गहनों को अपने परिचित बुलाकीदास महाजन की दुकान में अमानत की तरह जमा करा दिया और मन में संकल्प किया कि किसी अवसर पर उन्हें बेचकर, उनसे जो रुपये आएँगे उन्हें प्रमदादेवी को दे देंगे।

दैवयोग से मीरकासिम और अंग्रेज़ों के युद्ध में मुर्शिदाबाद लूट लिया गया। बुलाकीदास का भी सर्वस्व लूटा गया। बुलाकीदास धर्मात्मा थे। उन्होंने महाराज को उनकी अमानत के बदले में 48021 रुपये का तमस्सुक लिख दिया। बुलाकीदास मर गए और उसी दस्तावेज़ को जाली करार देकर महाराज पर मुकद्दमा चलाया गया।

ख़ैर, महाराज की ओर से सफाई की गवाहियाँ पेश हुईं। बड़े-बड़े लोगों ने गवाहियाँ दीं। गवाही समाप्त हो चुकने पर जजों ने जूरियों को मुकद्दमा समझाया और उस पर एक लम्बी वक्तव्य भी दी। वक्तव्य समाप्त होने पर जूरी लोग दूसरे कमरे में उठ गए। आधे घण्टे बाद उन्होंने लौटकर कहा–"महाराज नन्दकुमार अपराधी हैं।"

यह सुनते ही महामति इम्पे साहब ने महाराज को फाँसी का हुक्म दे दिया।

हुक्म सुनाकर महाराज फिर जेल में भेज दिए गये। इस बार खेमे के बजाय एक दुतल्ला मकान उन्हें दिया गया। हज़ारों लोग उनसे मिलने आते थे। नवाब मुबारकुद्दौला ने कौन्सिल की सेवा में एक पत्र भेजा था। उसमें उसने प्रार्थना की थी कि इंग्लैंड के बादशाह की आज्ञा आने तक महाराज की फाँसी रोकी जाय।

स्वयं महाराज ने भी जनरल क्लीवरिंग और सर फ्रान्सिस के पास एक पत्र इस आशय का भेजा था–

"सर्वशक्तिमान् ईश्वर के बाद आप पर मुझे आशा है। मैं ईश्वर के नाम पर नम्रतापूर्वक आपसे अनुरोध करता हूँ कि इंग्लैंड के बादशाह की आज्ञा आ लेने तक, आप मेरी मृत्यु-आज्ञा को मुल्तवी करा दें। हिन्दुओं के मतानुसार, मैं न्याय के दिन इस संकट से उबारने के लिए आपको आशीष दूँगा।"

सुप्रीम कोर्ट से फैसला होने पर भी कौन्सिल को इतनी शक्ति थी कि वह इंग्लैंड से आज्ञा आने तक फाँसी रोक दे। परन्तु कौन्सिल के सभ्यों ने इस मामले में पड़ना पसन्द नहीं किया। नवाब मुबारकुद्दौला के अलावा महाराज के भाई शम्भुनाथ राव आदि कई व्यक्तियों ने भी आवेदन-पत्र भेजे, परन्तु उनका कुछ फल न हुआ।

महाराज को 5 अगस्त को फाँसी दी गई। किन्तु जनरल क्लीवमिंग ने 18 अगस्त को महाराज का वह पत्र कौन्सिल में खोला। उस दिन महाराज का दशम संस्कार हो चुका था। 16 अगस्त को एक गन्तव्य बनाकर, उस पत्र की प्राप्ति कौन्सिल के काग़ज़-पत्रों में से निकाल दी गई।

क्लीवरिंग को जो पत्र उर्दू में महाराज ने लिखा था, उसके विषय में हेस्टिंग्स ने कहा कि इसमें जजों के आचरण की आलोचना की गई है, अतः यह पत्र जजों के पास भेज देना चाहिए। परन्तु फ्रान्सिस साहब ने कहा, ऐसा करने से पत्र का महत्त्व बढ़ जायेगा। इसमें लिखी हुई बातें झूठी और जजों का अपमान करने वाली हैं। मेरी राय में वह पत्र शेरिफ साहब को दे दिया जाय, ताकि वे इसे किसी आम जगह में सब लोगों के सामने किसी जल्लाद के हाथ से जलवा दें। दूसरे दिन, सोमवार को वह पत्र चौराहे पर जल्लाद के हाथ से जलवा दिया गया।

दण्डाज्ञा सुनाने के बाईसवें दिन महाराज को फाँसी लगाई गई। वह समय उन्होंने ईश्वराधना में व्यतीत किया। फाँसी के दिन बड़े सवेरे जब महाराज पूजा में बैठे थे, एकाएक कोठरी का द्वार खुला और सामने कलकत्ते के मेकरेब साहब शेरीफ दिख पड़े। उन्होंने द्विभाषिए से कहा–"महाराज से निवेदन करो कि आज हम आपसे अन्तिम भेंट करने आये हैं। हम ऐसी चेष्टा करेंगे कि ऐसे बुरे समय में (फाँसी में) महाराज को अधिक कष्ट न हो। मुझे इस घटना में शरीक होने का दुःख है। महाराज विश्वास रखें कि अन्तिम समय तक, मैं उनके साथ रहूँगा और उनकी अभिलाषाओं को पूरी करने की चेष्टा करूँगा।" महाराज ने उन्हें धन्यवाद देते हुए कहा–"मैं आशा करता हूँ कि मेरे कुटुम्बियों पर भी आपकी ऐसी ही कृपा बनी रहेगी। प्रारब्ध अटल है, आप मेरा सलाम कौन्सिल के सभ्यों को कहना।"

मेकरेब लिखते हैं, बात करते वक़्त महाराज न साँस भरते थे, न उदास मालूम होते थे और न उनका कण्ठ अवरुद्ध दिखलाई पड़ता था। उनका चेहरा गम्भीर था, उस पर विषाद का कुछ भी चिह्न न था। महाराज की दृढ़ता देखकर मेकरेब साहब अधिक देर तक न ठहर सके। बाहर आने पर जेलर ने कहा–जब से महाराज के मित्र उनसे मिलकर गये हैं, तब से वे बराबर अपने हिसाब-किताब की जाँच पड़ताल कर रहे हैं और नोट लिख रहे हैं।

फाँसी का समय 6 बजे प्रातःकाल था। मेकरेब साहब ठीक समय से आधा घण्टा पूर्व जेल गये। वहाँ फाँसी का सब सामान ठीक था। अंग्रेज़ों की अमलदारी में ब्राह्मण को फाँसी लगने का यह प्रथम ही अवसर था। हज़ारों मनुष्य देखने आये थे। उन सबकी आँखों में आँसू झलक रहे थे। ख़बर पाकर महाराज उतरकर नीचे आये। इस समय भी उनका मुख प्रसन्न था। शेरीफ साहब के बैठने पर, वे भी एक कुर्सी पर बैठ गए। इतने में किसी ने घड़ी जेब से निकालकर देखी। यह देख महाराज तत्काल उठ खड़े हुए और बोले–"मैं तैयार हूँ। पीछे घूमकर देखा तो तीन ब्राह्मण खड़े थे। वे उनका मृत शरीर लेने आये थे। महाराज ने उन्हें छाती से लगाया। महाराज प्रसन्न थे, पर ब्राह्मण फूट-फूट कर रो रहे थे।"

मेकरेब ने घड़ी निकालकर कहा–"समय तो हो गया, किन्तु जब तक आप न कहेंगे, तब तक यह पापिनी क्रिया आरम्भ न की जायेगी।" एक घण्टे तक सब चुप बैठे रहे। बीच-बीच में महाराज कुछ बातचीत करते रहे और माला फेरते रहे; इसके बाद महाराज उठे, शेरीफ की तरफ देखा और दोनों चल दिये। जेल के फाटक पर पालकी तैयार थी। महाराज पालकी पर सवार होकर जेल की तरफ चले। शेरीफ और किटी शेरीफ पालकी के पीछे-पीछे चल रहे थे। भीड़ बहुत थी, पर दंगा-फसाद का कुछ लक्षण न था। टिकटी के पास पहुँचकर महाराज ने कुछ ब्राह्मणों के न आने के विषय में पूछा। महाराज उनके विषय में पूछ ही रहे थे कि वे भी आ गये। उनसे एकान्त में बात करने को मेकरेब साहब ने अन्य अफसरों को हटाना चाहा, परन्तु महाराज ने उन्हें रोककर कहा–मैं सिर्फ़ बच्चों और घर की स्त्रियों के सम्बन्ध में उनसे कुछ कहना चाहता हूँ इसके बाद उन्होंने कहा–"जो ब्राह्मण मेरी मृत-देह ले जायेंगे, उन्हें शेरीफ साहब अपनी निगरानी में रख लें। उनके सिवा कोई मेरे शरीर का स्पर्श न करे।"

शेरीफ ने पूछा–"क्या आप अपने मित्रों से मिलना चाहते हैं?"

महाराज ने कहा–"मित्र तो बहुत हैं, पर उनसे मिलने का न यह स्थान है, न समय।"

शेरीफ ने फिर पूछा–"फाँसी पर चढ़कर महाराज फाँसी का तख़्ता हटाने का इशारा किस प्रकार देंगे।"

महाराज ने कहा–"हाथ हिलाते ही तख़्ता सरका दिया जाय।"

मेकरेब ने कहा–"किन्तु नियमानुसार जब हाथ तो बाँध दिये जायेंगे, आप पैर हिलाकर सूचना दे दें।"

महाराज ने स्वीकार किया।

शेरीफ ने महाराज की पालकी को फाँसी के तख़्ते लटलाने की आज्ञा दी, पर महाराज पालकी छोड़कर पैदल ही चल दिये। तख़्ते के पास पहुँच कर उन्होंने दोनों हाथ पीछे कर दिये। अब उनके मुख पर कपड़ा लपेटने का समय आया। उन्होंने अंग्रेज़ के हाथ से कपड़ा लपेटने में आपत्ति की। शेरीफ ने एक ब्राह्मण सिपाही को रूमाल लपेटने का हुक्म दिया। महाराज ने उसे भी रोका। महाराज का एक नौकर उनके पैरों में लिपट रहा था, उसी को महाराज ने आज्ञा दी। इसके बाद वे चबूतरे पर बढ़कर अकड़कर खड़े हो गए। मेकरेब साहब लिखते हैं–

"मैं खिन्न हो अपनी पालकी में घुस गया, किन्तु बैठने भी न पाया था कि महाराज ने पूर्व-सूचना के अनुसार, पैर का इशारा दे दिया और तख़्ता खींच लिया गया। बात-ही-बात में महाराज के प्राण-पखेरू उड़ गये। नियत समय तक शव रस्सी पर लटका रहा, फिर ब्राह्मणों के हवाले कर दिया गया।"

ज्योंही महाराज के गले में फन्दा डालकर तख़्ता खींचा गया, त्योंही लोग चीख मार-मारकर भागने लगे। वे भागते जाते थे और कहते जाते थे–"ब्रह्महत्या हुईल। कलिकाता अपवित्र हुईल। देश पापे परिपूर्ण हुईल फिरिंगेर धर्माधर्म ज्ञान नाई!!!" ब्राह्मणों ने उस दिन निर्जल व्रत रखा। बहुत से ब्राह्मण कलकत्ते को छोड़कर अन्यत्र रहने लगे। नगर में हाहाकार मच गया। उसकी गलियाँ लोगों के करुण-क्रन्दन से प्रतिध्वनित हो उठीं।

●●●

18

हेस्टिंग्स तीन वर्ष गवर्नर और दस वर्ष गवर्नर जनरल रहा। कम्पनी सरकार की अर्थ लोलुपता को पूरी करने के लिए उसे अपने आदर्श भुला देने पड़े, फिर वह स्वयं भी प्रजा का शोषणकर्ता बना। उसने लाखों रुपयों की अपने लिए भी रिश्वतें लीं और मालामाल होकर इंग्लैंड गया। महाराज नन्दकुमार को फाँसी देने से उसके अपयश में और भी वृद्धि हुई। इंग्लैंड जाकर उसके ऊपर रिश्वतें लेने और नन्दकुमार पर झूठा केस चलाने के केस चले, परन्तु अन्त में उन कार्यों को अंग्रेज़ी राज्य के हित में उचित समझकर उसे क्षमा कर दिया गया। क्लाइव और हेस्टिंग्स दोनों ही को अंग्रेज़ी राज्य की भारत में नींव जमाने का श्रेय प्राप्त है।

हेस्टिंग्स की भाँति क्लाइव ने भी प्रेम-व्यापार किया था। जब वह इंग्लैंड में रह रहा था, उसका मन एक सुन्दर अंग्रेज़ युवती की ओर आकर्षित हुआ। यह आकर्षण बढ़ता गया, परन्तु वह युवती शीलवती और पवित्र वृत्ति की स्त्री थी। क्लाइव ने जब-जब उससे प्रणय निवेदन करना चाहा, उसने अवज्ञा से उसे ठुकरा दिया। क्लाइव हताश नहीं हुआ, वह सुअवसर की प्रतीक्षा करने लगा। यद्यपि उसका प्रणय और भी युवतियों से चलता था, परन्तु इस युवती की प्रभावशाली सौम्यता ने क्लाइव को व्याकुल बना दिया।

क्रिसमस का त्योहार आया। क्लाइव ने सुन्दर फूलों का एक गुच्छा और पत्र देकर, अपने एक नौकर को उस महिला के घर भेजा और कहा कि यह पत्र और गुच्छा उसकी मेज पर रख कर चुपचाप लौट आना, कुछ कहना नहीं। महिला गुच्छा रखकर लौट आई। प्रातःकाल स्नान के बाद श्रृंगार करते समय युवती ने अपनी श्रृंगार मेज पर, वह फूलों का गुच्छा और पत्र देखा। युवती ने पत्र पढ़ा। उसमें लिखा था–

"जादी को आरम्भ में व्यापार के काम में नियुक्त किया गया था। उस काम में अनन्त धन-वैभव प्राप्त किया जा सकता था; किंतु जादी में युद्ध के लिए स्वाभाविक योग्यता और असाधारण प्रवृत्ति मौजूद थी। इसलिए एक वीर के सदृश धन-वैभव

का तिरस्कार करते हुए, जादी ने अपनी भीतरी प्रेरणा से उन वीरों और मनुष्य-जाति के उपकारकों के यशस्वी जीवन में प्रवेश किया, जोकि बादशाहों और क़ौमों को विजय करके अपने पराजितों को सुख और शान्ति प्रदान करते हैं। युद्ध के मैदान में जादी की सबसे पहली सफलता का परिणाम यह हुआ कि उसने एक धन-सम्पन्न प्रान्त पर विजय कर लिया। इसके बाद उसने एक युद्ध-प्रेमी और बलवान् के हाथों से एक महत्त्वपूर्ण दुर्ग विजय किया, जिसके द्वारा उसने अपने नये विजित प्रान्त को सुरक्षित कर लिया। यह दुर्ग एक तुच्छ अन्यायी नरेश का प्रबल दुर्ग था, जिसके जंगी जहाजी बेड़ों ने यूरोप और एशिया के व्यापार को आपत्ति में डाल रखा था। यह दुर्ग जादी की विजयी सेना के सामने न ठहर सका। जादी ने शीघ्र ही उस स्थान को, जहाँ पर कि एक निर्दय, असभ्य और विश्वासघातक नरेश ने भयंकर हत्याकाण्ड मचाया था, फिर से प्राप्त करके अपने देशवासियों की निर्दय हत्या का बदला लिया। जादी ने उस स्वेच्छाचारी, अन्यायी नरेश की प्रबल सेना को परास्त कर, उसे तख़्त से उतार दिया। जादी के चित्त में अपने लिए बादशाहतें प्राप्त करने की कोई इच्छा न थी, इसलिए इसके बाद उसने दूसरों को बादशाहतें प्रदान कीं। इस प्रकार वह एशिया का भाग्य-विधाता बन गया। जादी की विजय की कीर्त्ति गंगा के तटों से लेकर यूरोप की पश्चिमी सीमा तक फैल गई। जादी फिर अपनी जन्मभूमि को लौटा, वहाँ पर जादी को यह देखकर सन्तोष हुआ कि उन लोगों ने, जिन्हें जादी ने एक धन-सम्पन्न प्रायद्वीप का स्वामी बना दिया था, खुले तौर पर जादी की सेवाओं का आदर किया और वहाँ के अनुग्रहशील बादशाह ने जादी को इनाम दिया। इस पर जादी ने उदारता के साथ उस विशाल धन के समस्त सुखों को तिलाञ्जलि देकर, जो कि उसने अपने व्यवहार और अपनी वीरता से उपार्जन किया था, फिर भारत लौटकर अभागे देशी नरेशों को उनके पैतृक राज्य वापस दिलाने और इन पूर्वीय प्रदेशों में, जहाँ पर कि जादी इतनी बार विजय प्राप्त कर चुका था, स्थायी और गौरवान्वित शान्ति स्थापित करने का निश्चय किया। किन्तु इन समस्त स्मरणीय वीरकृत्यों के बाद और उनके कारण जादी के महान यश प्राप्त करने के बाद, उच्च आत्माओं की सर्वोच्च भावना अर्थात प्रेम ने जादी की समस्त महत्वाकांक्षाओं पर पानी फेर दिया। जादी ने मिर्ज़ा को देखा है और जब से जादी ने मिर्ज़ा का दिव्य मुखड़ा देखा है, तब से जादी को एक क्षण के लिए भी सुख अथवा चैन नसीब नहीं हुआ। यद्यपि जादी के पास धन और उसका यश इतना अधिक है कि शायद यूरोप तथा एशिया के अन्दर अनेक सुन्दर स्त्रियाँ, उससे प्रगाढ़ प्रेम दर्शाने को तैयार की जातीं, तथापि जादी के हृदय में किसी दूसरी स्त्री के लिए अणुमात्र भी विचार अथवा स्थान नहीं है। जादी के समस्त मन, हृदय और आत्मा के अन्दर प्रियतमा मिर्ज़ा-ही-मिर्ज़ा भरी हुई है। जादी के लिए मिर्ज़ा ही उसका

विश्व है। यदि जादी को यह पता लग जाय कि वह प्रबल मोहिनी, अर्थात् मिर्ज़ा जादी की प्रतीक्षा से प्रसन्न है, तो जादी वृष्टि में अपने को सबसे अधिक भाग्यवान् समझेगा और अपना समस्त धन और वैभव मिर्ज़ा के चरणों पर अर्पण कर देगा। जादी के लिए मिर्ज़ा ही इस पृथ्वी पर सबसे बड़ी सुन्दरी है। जब तक जादी को मिर्ज़ा के अन्तिम निश्चय का पता नहीं लगता, उसे चैन नहीं मिल सकता। प्रेम के मामले में संदेह और शंका की अवस्था इतनी अधिक कष्टकर होती है कि उसका वर्णन नहीं किया जा सकता। इसलिए जादी अपने प्रशंसा-पात्र मिर्ज़ा से प्रार्थना करता है कि जादी की अधीरता को देखते हुए, वह इस पत्र का शीघ्र ही उत्तर दे। दयालु परमात्मा मिर्ज़ा के चित्त में, वह दया उत्पन्न करे कि मिर्ज़ा जादी की संतप्त आत्मा को, फिर से शांति प्रदान कर सकें। जहाँ पर आपको यह अप्रकट लेख मिले, वहीं पर इसका उत्तर रख दीजिए। उत्तर जादी के हाथों में सुरक्षित पहुँच जाएगा।"

पत्र पढ़कर युवती ने तुरन्त अनुमान कर लिया कि इस पत्र को भेजने वाला कौन है? उसने इस बात की जाँच करना उचित न समझा कि जादी का यह पत्र, जिसमें उसने अपने प्रेम और यश दोनों की डींग हाँकी थी, मेरे सोने के कमरे में किस तरह पहुँच गया? उसने स्वभावतः यह समझा कि जादी के किसी आदमी ने मेरी किसी नौकरानी को रिश्वत देकर अपनी ओर कर लिया है। जादी के इन प्रेम-प्रदर्शनों से छुटकारा पाने के लिए और इस विचार से कि जादी मेरे चुप रहने का यह अर्थ न समझे कि मैं उसके प्रेम को स्वीकार करने के लिए तैयार हूँ, उस युवती ने निम्नलिखित पत्र उत्तर में भेजा–

"मिर्ज़ा ईमानदार, परिश्रमी और प्रतिष्ठित माता-पिता की लड़की है। उसके माता-पिता ने अपनी आँखों के सामने उसे समस्त आवश्यक सर-गुणों की शिक्षा दी है। मिर्ज़ा जादी के पूर्वीय, अत्युक्तिपूर्ण पत्र का उत्तर देने का कष्ट न उठाती, चाहे जादी का पद कितना भी उच्च क्यों न हो; किन्तु मिर्ज़ा को यह विश्वास न हुआ कि जादी मिर्ज़ा के उत्तर न देने का यह अर्थ समझ लेगा या नहीं कि मिर्ज़ा जादी के प्रेम-प्रदर्शन और धृष्टता को घृणा की दृष्टि से देखती है। मिर्ज़ा को इस बात की कोई आकांक्षा नहीं है कि वह अपने पिता की जीविका, अर्थात् वाणिज्य-व्यापार से बढ़कर इस तरह के किसी नीच काम की ओर जाय। मिर्ज़ा उस धन के प्रलोभनों को घृणित समझती है, जो धन दूसरों को लूटकर और बर्बाद करके कमाया गया हो, विशेषकर जबकि वह धन निर्दोष स्त्रियों को बहकाने और उनके निष्कलंक चरित्र को कलंकित करने के लिए काम में लाया जाय। यदि जादी की क्रियात्मक बुद्धि और उसका युद्ध-कौशल अब लड़ाई के मैदान में और अधिक नहीं चमक सकता, तो उसे चाहिए कि शान्ति के उद्योगों को उन्नति दे और शान्ति

से शासन करके करोड़ों दुखित जनता को, फिर से शान्ति और समृद्धि प्रदान करे। सच्चे वीर वास्तव में वे हैं, जो मनुष्य-जाति के मित्र हैं, उसके नाशक नहीं। यदि जादी, वर्तमान मानव-समाज और उसकी भावी सन्तति की दृष्टि में उनका मित्र दिखाई देना चाहता है, तो मेरी राय में उसे चाहिए कि वह अपने उन कृत्यों का इतिहास, जिनकी वह डींग हाँकता है, अपने हाथ से लिखे। कायर देशी नरेशों को वश में किया गया, उन्हें धोखा दिया गया और अन्याय द्वारा उन्हें गद्दी से उतार दिया गया। निर्दय लुटेरों ने उनकी दुखित प्रजा को सताया। अब चाहिए कि उनके देश की जिन पैदावारों पर गैरों ने अपना अनन्य अधिकार जमा लिया है, वे फिर से देशवासियों को दे दी जायें। मिर्ज़ा जादी के उन सब भयंकर कृत्यों को दुहराने का प्रयत्न न करेगी, जिनमें कि जन संहार, बर्बादी, एक अन्यायी को गद्दी से उतारकर उसकी जगह दूसरे अन्यायी को गद्दी पर बैठाना इत्यादि शामिल है। समय ही इस बात को साबित कर सकेगा कि यूरोप और एशिया में जादी की कीर्ति, न्याय द्वारा प्राप्त की गई है अथवा अन्याय द्वारा और जादी के संग्राम मानव-जाति के अधिकारों का समर्थन करने के लिए लड़े गए हैं अथवा अपनी धन-पिपासा और महत्वाकांक्षा को शान्त करने के लिए। रही उपाधियों और सम्मान की बात, सो ये चीजें इतनी अधिक बार अयोग्य मनुष्यों को प्रदान की जाती हैं कि उन्हें सच्ची योग्यता और न्यायपरता का पारितोषिक नहीं कहा जा सकता। जादी को चाहिए कि वह निःस्वार्थ सेवा और दयालुता द्वारा, भारतवासियों को इस बात का विश्वास दिलाए कि वह उनको दुःख देने के लिए नहीं, बल्कि उनकी रक्षा करने के लिए आया था। यदि भारतवासी क्षणिक शान्ति का सुख भोग रहे हैं, तो उसके साथ ही, वे न्याय-विरुद्ध लूट-खसोट और दुष्काल के भयंकर कष्टों का भी अनुभव कर रहे हैं। जादी को चाहिए कि वह अपनी विजयों की छाया में स्वयं ही आनन्द से बैठे और प्रतिष्ठित घरानों को अपमानित और कलंकित करने का विचार न करे। सच्चा और हार्दिक प्रेम, वास्तव में उच्च आत्माओं की एक वासना है, किन्तु वह पाशविक वासना नहीं, जोकि निर्दोष और सच्चरित्र लोगों को चरित्र-भ्रष्ट करने का अपने को अधिकारी समझती है। मिर्ज़ा चाहती है कि जादी पूर्ववत् आनंद से रहे और फिर कभी इस तरह से एक व्यक्ति का अपमान न करे, जो अपने सदाचार के लिए जादी के आदर का पात्र है। जादी के धन और उसकी शान से चकाचौंध हो जाना वेश्याओं का काम है, मिर्ज़ा को जादी और उसके प्रेम-प्रदर्शन से हार्दिक घृणा है।"

इस उत्तर ने क्लाइव के पत्र-व्यवहार को समाप्त कर दिया। फिर कभी उसने उस महिला को पत्र लिखने का साहस नहीं किया।

●●●

19

सर जॉन केमार तीसरे अंग्रेज़-गवर्नर थे। उन्होंने अवध के नवाब की पुरानी संधि को तोड़ डाला और नवाब पर जोर दिया कि आप साढ़े पाँच लाख रुपया सालाना ख़र्च पर, एक अंग्रेज़ी पलटन अपने यहाँ और रखें। नवाब 'सबसीडियरी सेना' के लिए पचास लाख रुपया सालाना प्रथम ही देता था। उसने इससे इनकार कर दिया। तब अंग्रेज़ों ने जबर्दस्ती वज़ीर झाऊलाल को पकड़कर क़ैद कर लिया। पीछे जब सर जन शोर लखनऊ पहुँचे, तो नई फ़ौज का ख़र्चा नवाब के सिर मढ़ दिया गया।

इस धींगा-मुश्ती से नवाब के दिल को सदमा पहुँचा। वह बीमार हो गया और दवा खाने से भी इनकार कर दिया। इसी रोग में उसकी मृत्यु हो गई।

उसने 23 वर्ष राज्य करके शरीर त्यागा। उसकी वसीयत पर मिर्ज़ा वजीरअली गद्दी पर बैठे। पर उन्होंने एक ही वर्ष में सबको नाराज़ कर दिया। अंत में, ईस्ट-इण्डिया कम्पनी ने उन्हें बनारस में नज़रबन्द कर दिया। वहाँ उन्होंने विद्रोह की तैयारियाँ कीं, तो अंग्रेज़ों ने उन्हें कलकत्ता बुलाया।

जब रेजीडेण्ट मि. चोरी उन्हें यह संदेश देने गये, तो बात बढ़ चली और नवाब ने अपनी तलवार निकालकर, चोरी साहब का क़त्ल कर दिया। मेम साहब भागकर बच गई।

क़त्ल करने के बाद मिर्ज़ा नेपाल के जंगलों में भेष बदले मुद्दत तक फिरते रहे। अंत में, नगर के राजा के विश्वासघात से गिरफ़्तार किये गये और लखनऊ में उन पर क़त्ल का मुकद्दमा चला। पर कोई गवाह न मिलने से फाँसी से बच गये। इसके बाद, उन्हें दुबारा कलकत्ते में क़ैद कर लिया गया, जहाँ वह 26 वर्ष की आयु में मृत्यु को प्राप्त हुए।

इनके बाद नवाब आसफउद्दौला के भाई सआदतअलीखाँ गद्दीनशीन हुए। उस समय उनकी उम्र 60 वर्ष की थी। वे बड़े बुद्धिमान, दूरदर्शी, ईमानदार और योग्य

शासक थे। पर, लोग उन्हें कंजूस कहा करते थे; क्योंकि वे आसफउद्दौला की भाँति शाह-ख़र्च न थे। परन्तु ख़र्च की जगह पीछे न हटते थे। वे अंग्रेज़-सरकार के बड़े भक्त थे; क्योंकि उन्हें अंग्रेज़ सरकार ने ही गद्दीनशीन किया था।

कम्पनी सरकार को कुल मिलाकर एक करोड़ रुपये से ऊपर तथा इलाहाबाद का किला एक वर्ष ही के अन्दर मिल गया। एक शर्त यह भी थी कि सिवा कम्पनी के आदमियों के, अन्य कोई भी यूरोपियन अवध-राज्य में न रहने पाये।

इसके बाद जब लार्ड वेलेजली गवर्नर होकर आये, तब उन्होंने दो वर्ष बाद ही यह सन्धि तोड़ दी। उसने नवाब को अपनी सेना में कुछ संशोधन करने की भी अनुमति दी। उस संशोधन का अभिप्राय यह था कि मालगुजारी की वसूली आदि के लिये जितनी सेना दरकार हो, उसे छोड़कर शेष सब सेना तोड़ दी जाए और उसके स्थान पर कम्पनी के प्रबन्ध और नवाब के नाम से कुछ ऐसी सेनाएँ रखी जायें, जिनका ख़र्च 75 लाख रुपये सालाना हो।

नवाब ने इसके उत्तर में एक तर्कपूर्ण और कड़ा उत्तर लिखा और अंग्रेज़-सरकार को इस प्रकार हस्तक्षेप करने के लिये मीठी फटकार दी।

इस पत्र को लॉर्ड वेलेजली ने तिरस्कारपूर्वक वापस कर दिया और नवाब को लिख दिया कि कुछ पेन्शन सालाना लेकर सल्तनत से हट जाओ या जो पलटनें नई आ रही हैं, उनके ख़र्च के लिए आधा राज्य कम्पनी के हवाले करो।

ये पलटनें भेज दी गईं और रेजीडेण्ट को लिख दिया गया कि यदि नवाब चीं-चपड़ करे, तो सेना-द्वारा राज्य पर कब्ज़ा कर लो। वेलेजली ने यह भी स्पष्ट लिख दिया कि नवाब की सैनिक-शक्ति ख़तम कर दी जाय और अवध की सारी सल्तनत के दीवानी और फ़ौजदारी अधिकार कम्पनी के हो जायें।

नवाब ने बहुत चिल्ल-पों मचाई, पर नतीजा कुछ न हुआ और नवाब को अपनी सल्तनत का आधा भाग, जिसकी आय एक करोड़ पैंतीस लाख रुपये सालाना थी और जिससे वर्तमान उत्तर प्रदेश की बुनियाद पड़ी, सदा के लिये कम्पनी को सौंप देने पड़े। इसके कुछ दिन बाद ही फ़र्रूखाबाद के नवाब को, जो अवध का सूबा था, एक लाख आठ हज़ार रुपया सालाना पेन्शन देकर गद्दी से उतार दिया गया।

सआदतअली में एक दुर्गुण भी था। वह शराबी और विलासी थे। पर पीछे से तौबा कर ली थी। उन्होंने लखनऊ में बहुत-सी सुन्दर इमारतें बनवाईं। वह लखनऊ को एक खूबसूरत शहर की शक्ल में देखना चाहते थे। उन्होंने बहुत-से मुहल्ले और बाज़ार भी बनवाये।

उनकी मृत्यु पर उनके बड़े बेटे नवाब गाजीउद्दीन हैदर गद्दी पर बैठे। अवध का नवाब दिल्ली मुगल सम्राट् की आधीनता में एक सूबेदार और मुगल दरबार का वजीर होता था, परन्तु वारेन हेस्टिंग्स ने लखनऊ में दरबार करके, नवाब गाजीउद्दीन हैदर को बाजाब्ता 'बादशाह' घोषित किया और उसकी दिल्ली दरबार की आधीनता समाप्त कर दी। बादशाही पदवी प्राप्त करके उन्होंने अपना नाम 'अबुल मुज़फ़्फर मुहउद्दीन शाह जिमनगाजीउद्दीन हैदर बादशाह' रखा। उन्होंने अपने नाम का सिक्का भी चलाया। परन्तु स्वतन्त्र बादशाह बनकर न नवाब के अधिकार बढ़े, न स्वतन्त्रता। यह केवल एक हास्यास्पद प्रहसन था।

वह भी उदार, साहित्यिक और गुणग्राही बादशाह थे। मिर्ज़ा मुहम्मद-जाँनवीं किरमाली उनके दरबारी थे। उर्दू के प्रसिद्ध कवि आतिश और वासिख उन्हीं के जमाने में थे। ईद के अवसर पर कवियों को बहुत इनाम मिलता था। उस समय के प्रसिद्ध गवैये रजकअली और फजलअली का भी दरबार में पूरा मान था। वे दोनों 'ख़याल' गाने में अपनी सानी नहीं रखते थे। एक दक्षिणी वेश्या का भी उनके यहाँ बहुत मान था।

उनके प्रधानमन्त्री नवाब मोतमिउद्दौला आगा मीर थे, जो बड़े बुद्धिमान् थे। उन्होंने राज्य की बड़ी उन्नति की। ख़ज़ाना रुपयों से भरपूर रहा। करोड़ों रुपये ईस्ट इण्डिया-कम्पनी को कर्ज़ा देते रहे।

बादशाह की प्रधान बेगम बादशाह-बेगम कहलाती थीं और बड़े ठाठ से अलग महल में रहती थीं। उनसे किसी बात पर बादशाह की खटक गई थी। बेगम ने भी कई अच्छी इमारतें बनवाईं। प्रसिद्ध शाह नजफा बेगम ने ही बनवाया था। गोमती नदी पर लोहे का पुल विलायत से बनवाकर मँगवाया था, पर बेगम उसे तैयार न करा सकीं। बीच में ही उनकी मृत्यु हो गई।

उस जमाने में, कम्पनी की आर्थिक स्थिति बहुत ही नाज़ुक थी। उसकी हुण्डियों की दर बाज़ार में बारह फीसदी बट्टे पर निकलती थी। उन दिनों मेजर बेली लखनऊ में रेजीडेण्ट थे, जिनके बुरे व्यवहार से नवाब तंग आ गये थे। नवाब ने गवर्नर से इनकी शिकायतें कीं। गवर्नर लखनऊ आये, पर नतीजा उलटा हुआ।

नवाब मेजर बेली के उद्धत प्रभुत्व के नीचे हर घण्टे आहें भरता था। उसे आशा थी कि गवर्नर उसे इस अन्याय से छुटकारा दिला देंगे। किन्तु उसने तो मेजर बेली का प्रभुत्व और भी पक्का कर दिया। मेजर बेली छोटी-से-छोटी बातों पर नवाब पर हुकूमत चलाता था। जब कभी मेजर बेली को नवाब से कुछ कहना होता था, वह जब चाहे बिना सूचना दिये महल में जा धमकता था। उसने अपने आदमियों

को बड़ी-बड़ी तनख़्वाहों पर नवाब के यहाँ लगा रखा था, जो जासूसी का काम करते थे। मेजर बेली जिस हाकिमाना शान के साथ हमेशा नवाब से बातें करता था, उसके कारण नवाब, कुटुम्बियों और प्रजा की नज़रों में गिर गया था।

इस यात्रा में गवर्नर ने नवाब से ढाई करोड़ रुपये नकद नेपाल युद्ध के ख़र्च के लिये वसूल किये। इसके बदले नेपाल से मिली भूमि का एक टुकड़ा नवाब को दिया गया था, जो वास्तव में लगभग बंजर था।

गाजीउद्दीन के बाद ज्येष्ठ पुत्र गाजी नसीरुद्दीन हैदर गद्दी पर बैठे। उन्होंने अपना नाम अबदुलबसर कुतुबुद्दीन सुलेमान जाह नसीरुद्दीन हैदर बादशाह रखा। वह पच्चीस वर्ष के युवक थे। उन्होंने गद्दी पर बैठते ही पिता के वज़ीर को बर्ख़ास्त करके एक पीलवान को वजीर बनाया और एतयुद्दौला का खिताब दिया, पर वह वज़ीर शीघ्र ही मर गया। तब नवाब मुत्त-जिमुद्दौला हकीम ऐहदीअली खाँ वज़ीर हुए। उन्होंने एक अस्पताल और एक खैरातखाना तथा एक लीथो छापाखाना खुलवाया। एक अंग्रेज़ी स्कूल भी खुलवाया।

नसीरुद्दीन बड़े ऐयाश थे। इनके महल में कई यूरोपियन लोडियाँ थीं। छतरमंजिल उन्होंने ही बनवाई थी, और भी बहुत-सी कोठियाँ बनवाईं। उन्होंने कर्नल बिलकान्स की आधीनता में एक वेधशाला भी बनवाई, जो 1857 के विद्रोह में नष्ट हो गई।

उनके जमाने में गवर्नरलार्ड बैंटिंग थे। उन्होंने अवध के दौरे में नवाब बादशाह को खूब डरा-धमकाकर, राज्य में बहुत-से उलट-फेर किये। यह अफवाह फैल गई थी कि अंग्रेज़ अब नवाबी का अन्त करना चाहते हैं। नवाब ने घबराकर इंगलिस्तान की पार्लियामेण्ट में अपील करने के इरादे से कर्नल यूनाक नामक फ्रांसिसी को इंग्लैंड भेजा। पर बैटिंग ने नवाब को डरा-धमकाकर, बीच ही में उसकी बर्ख़ास्तगी का परवाना भिजवा दिया। उन्होंने दस वर्ष राज्य किया।

उनके बाद बादशाह की वेश्या का पुत्र मुन्नाजान गद्दी पर बैठा। पर नसीरुद्दीन की माता ने उसका भारी विरोध कर, उसे गद्दी से उतरवाया। कुछ खून-खराबा भी हुआ। अन्त में उसे चुनार में क़ैद कर लिया गया। उसके बाद नवाब सआदत अलीखाँ के द्वितीय पुत्र मिर्ज़ा मुहम्मद अली गद्दी पर बैठे। वह विद्या-व्यसनी और शान्त पुरुष थे। हुसेनाबाद का इमामबाड़ा उन्होंने बनवाया था। उन्होंने पाँच वर्ष राज्य किया।

इनके बाद मिर्ज़ा मुहम्मद अमजद अलीखाँ गद्दी पर बैठे। वह शाह मुहम्मदअली के बेटे थे। वह भी 5 वर्ष राज्य कर, मृत्यु को प्राप्त हुए।

उनके बाद प्रसिद्ध और अन्तिम बादशाह बाजिदअली शाह 25 वर्ष की आयु में गद्दी पर बैठे। वह बड़े शौकीन, नाजुक मिजाज़ और विनोद-प्रिय थे। उन्होंने नये

फैशन के अँगरखे, कुरते, टोपी ईजाद किये। ठुमरी भी उन्हीं की ईजाद है। उनके जीवन में 24 घण्टे नाच-गाने का रंग रहता। स्वयं भी नाच-गाने में उस्ताद थे। सिकन्दरबाग़, कैसरबाग़ आदि इमारतें उन्हीं की बनवाई हुई हैं।

लार्ड डलहौजी ने, भारत के गवर्नर जनरल बनकर आते ही, देशी रियासतों को समेटकर अंग्रेज़ों के कदमों में ला पटका। सबकी स्वतन्त्र सत्ता नष्ट करके, उन्हें अंग्रेज़ों के आधीन बना दिया। अवध भी उसकी दृष्टि से नहीं बचा। लार्ड डलहौजी के पिता, जब वे कम्पनी की भारतीय सेना के कमाण्डर इन चीफ थे, अपनी पत्नी सहित लखनऊ आए और नवाब से भेंट की। उन्होंने अपनी पत्नी का परिचय नवाब से कराया और देर तक पत्नी की बड़ाईयों की चर्चा करता रहा। नवाब उस समय हलके सरूर में थे, उन्होंने समझा कि यह अंग्रेज़, इस अंग्रेज़ औरत को बेचना चाहता है। नवाब ने तंग आकर अपने खिदमतगार से कहा–"बहुत हुआ, इस औरत को भगाओ।"

डलहौजी के पिता इसे अपना अपमान समझकर लौट आए। लार्ड डलहौजी अपने पिता के उस अपमान का बदला लेने के लिए हैदराबाद और बरार को हड़पकर, अवध की ओर बढ़े।

वाजिदअली शाह युवा, उत्साही और बुद्धिमान शासक थे। उन्होंने अंग्रेज़ों की नीयत समझकर अपनी सेना को संगठित करना आरम्भ किया। वे नित्य ही परेड कराने लगे। लखनऊ दरबार की सारी पलटन प्रतिदिन सूर्योदय से पहले ही, परेड-भूमि में एकत्र हो जाती। वाजिदअली भी फ़ौजी वरदी पहनकर घोड़े पर सवार पहुँच जाते और दोपहर तक कवायद कराते। परेड में सैनिक की अनुपस्थिति अथवा विलम्ब, उन्हें सहन नहीं था। उस पर भारी जुर्माना किया जाता था।

डलहौजी ने वाजिदअली को इस प्रकार की सैनिक व्यवस्था करने से मना किया। नवाब ने उसकी बात पर ध्यान न देकर, अपना कार्य जारी रखा। परन्तु अन्त में, डलहौजी की बात उन्हें माननी पड़ी और वे निराश होकर दिन-रात महलों में पड़े रहने लगे। महलों में, सुन्दरी सुरा ने, उनके खाली वक़्त को पूरा किया। युवक हृदय की देश-भावना, विषय-वासना में बदल गई।

लार्ड डलहौजी ने गवर्नर होते ही घोषणा कर दी कि नवाब शासन के योग्य नहीं, अतः अवध की सल्तनत कम्पनी के राज्य में मिला ली जाय। गवर्नर के हुक्म से रेजीडेण्ट उटरम, महल में वह परवाना लेकर गया और उस पर नवाब को दस्तखत करने को कहा। नवाब ने इससे बिलकुल इनकार कर दिया। धमकी और प्रलोभन भी दिये गये। तीन दिन गुजर गये, पर नवाब ने दस्तख़त करना स्वीकार न किया।

अंग्रेज़ों ने भेदनीति से काम लिया और नवाब के खिदमतगारों और मित्रों को लालच और भय से अपनी ओर किया। जब नवाब सुख-सागर में डूब चुके, तब उन्हें पकड़ने का जाल फैला दिया गया, जिसकी कल्पना भी नवाब ने नहीं की थी। अवध को हड़पने का उनका स्वप्न पूरा होने वाला था। उटरम ने नवाब के अंतरंग मित्रों की सहायता लेकर, उन्हें क़ैद करने का दूसरा उपाय किया।

लखनऊ के अमीनाबाद पार्क में, इस समय जहाँ घंटाघर है, वहाँ अब से सौ वर्ष पूर्व एक छोटी-सी टूटी हुई मस्जिद थी, जो भूतोंवाली मस्जिद कहलाती थी, और अब जहाँ बालाजी का मन्दिर है, वहाँ एक छोटा-सा कच्चा एकमंजिला घर था। चारों तरफ, न आज की सी बहार थी, न बिजली की चमक, न बढ़िया सड़कें, न मोटर, न मेम साहबाओं का इतना जमघट।

वाजिदअली शाह की ऐयाशी और ठाठ-बाट के दौर-दौरे थे। मगर इस मोहल्ले में रौनक न थी। उस घर में एक टूटी-सी कोठरी में एक बुढ़िया मनहूस सूरत, सन के समान बालों को बिखेरे बैठी, किसी की प्रतीक्षा कर रही थी। घर में एक दीया धीमी आभा से टिमटिमा रहा था। रात के दस बज गए थे, जाड़ों के दिन थे; सभी लोग अपने-अपने घरों में रजाइयों में मुँह लपेटे पड़े थे। गली और सड़क पर सन्नाटा था।

धीरे-धीरे बढ़िया वस्त्रों से आच्छादित एक पालकी इस टूटे घर के द्वार पर चुपचाप आ लगी और काले वस्त्रों से आच्छादित, एक स्त्री-मूर्ति ने पालकी से बाहर निकलकर, धीरे-से द्वार पर थपकी दी। तत्काल द्वार खुला और स्त्री ने घर में प्रवेश किया।

बुढ़िया ने कहा–"ख़ैर तो है?"

"सब ठीक है; क्या मौलवी साहब मौके पर मौजूद हैं?"

"कब से इंतज़ार कर रहें हैं, कुछ ज्यादा जाफिशानी तो नहीं उठानी पड़ी?"

"जाफिशानी चेखुश, जान पर खेलकर लाई हूँ। करती भी क्या, गर्दन थोड़े ही उतरवानी थी?"

"होश में तो है?"

"अभी बेहोश है। किसी तरह राजी न होती थी। मजबूरन यह किया गया।"

"तब चलो।"

बुढ़िया उठी। दोनों पालकी में जा बैठीं। पालकी संकेत पर चलकर, मस्जिद की सीढ़ियाँ चढ़ती हुई, भीतर चली गई।

मस्जिद में सन्नाटा और अंधकार था, मानो वहाँ कोई जीवित पुरुष नहीं है। पालकी के आरोहियों को इसकी परवाह न थी। वे पालकी को सीधे मस्जिद के भीतरी भाग में, एक कक्ष में ले गए। यहाँ पालकी रखी। बुढ़िया ने बाहर आकर बग़ल की कोठरी में प्रवेश किया। वहाँ एक आदमी सिर से पैर तक चादर ओढ़े सो रहा था।

बुढ़िया ने कहा–"उठिए मौलवी साहब, मुरादों को तावीज इनायत कीजिए। क्या अभी बुखार नहीं उतरा?"

"अभी तो बढ़ा ही है," कहकर मौलवी साहब उठ बैठे। बुढ़िया ने कुछ कान में कहा–मौलवी साहब सफेद दाढ़ी हिलाकर बोले–समझ गया, कुछ खटका नहीं। हैदर खोजा मौके पर रोशनी लिए हाज़िर मिलेगा। मगर तुम लोग बेहोशी की हालत में उसे किस तरह...।

"आप बेफिक्र रहें। बस, सुरंग की चाभी इनायत करें।"

मौलवी साहब ने उठकर मस्जिद के बाईं ओर के चबूतरे के पीछे वाले भाग में जाकर, एक क़ब्र का पत्थर किसी तरकीब से हटा दिया। वहाँ सीढ़ियाँ निकल आईं। बुढ़िया उसी तंग तहखाने के रास्ते, उसी काले वस्त्र से आच्छादित, लम्बी स्त्री के सहारे, एक बेहोश स्त्री को नीचे उतारने लगी। उनके चले जाने पर मौलवी साहब ने गौर से इधर-उधर देखा और फिर किसी गुप्त तरकीब से तहखाने का द्वार बंद कर दिया। तहखाना फिर कब बन गया।

चार हज़ार फानूसों में काफूरी बत्तियाँ जल रही थीं और कमरे की दीवार गुलाबी साटन के पर्दों से छिप रही थी। फर्श पर ईरानी कालीन बिछा था, जिस पर निहायत नफीस और खुशरंग काम बना हुआ था। कमरा खूब लम्बा-चौड़ा था। उसमें तरह-तरह के ताजे फूलों के गुलदस्ते सजे हुए थे और हिना की तेज महक से कमरा महक रहा था। कमरे के एक बाजू में मखमल का बालिश्त भर ऊँचा गद्दा बिछा था, जिस पर कारचौबी का उभरा हुआ बहुत ही खुशनुमा काम था। उस पर एक बड़ी-सी मसनद लगी थी, जिस पर सुराही खंभों पर मोती की झालर का चंदौबा तना था।

मसनद पर एक बलिष्ठ पुरुष उत्सुकता से, किन्तु अलसाया बैठा था।

इसके वस्त्र अस्त-व्यस्त थे। इसका मोती के समान उज्ज्वल रंग, कामदेव को मात करने वाला प्रदीप्त सौंदर्य, झब्बेदार मूँछें, रसभरी आँखें और मदिरा से प्रस्फुरित होंठ, कुछ और ही समा बना रहे थे। सामने पानदान में सुनहरी गिलौरियाँ भरी थीं।

इत्रदान में शीशियाँ लुढ़क रही थीं। शराब की प्याली और सुराही क्षण-क्षण पर खाली हो रही थी। वह सुगंधित मदिरा, मानो उसके उज्ज्वल रंग पर सुनहरा निखार ला रही थी। उसके-कंठ में, पन्ने का एक बड़ा-सा कंठा पड़ा था और उँगलियों में हीरे की अंगूठियाँ बिजली की तरह चमक रही थीं। यही लाखों में दर्शनीय पुरुष लखनऊ के प्रख्यात नवाब वाजिद अलीशाह थे।

कमरे में कोई न था। वे बड़ी आतुरता से किसी की प्रतीक्षा कर रहे थे। यह आतुरता क्षण-क्षण बढ़ रही थी। एकाएक एक खटका हुआ। बादशाह ने ताली बजाई और वही लंबी स्त्री-मूर्ति, सिर से पैर तक काले वस्त्रों से शरीर को लपेटे, मानो दीवार फाड़कर आ उपस्थित हुई।

"ओह मेरी गबरू! तुमने तो इंतजार ही में मार डाला। क्या गिलौरियाँ लाई हो?"

"मैं हुजूर पर कुर्बान।" इतना कहकर उसने वह काला लबादा उतार डाला। उफ, गजब! उस काले आवेष्ठन में मानो सूर्य का तेज छिप रहा था। कमरा चमक उठा। बहुत बढ़िया चमकीले विलायती साटन की पोशाक पहने, एक सौंदर्य की प्रतिमा इस तरह निकल आई, जैसे राख के ढेर में से अंगार। इस अग्नि-सौंदर्य की रूप-रेखा कैसे बयान की जाए? इस अंग्रेज़ी राज्य और अंग्रेज़ी सभ्यता में जहाँ क्षणभर चमककर बादलों में विलीन हो जाने वाली बिजली, सड़क पर अयाचित ढेरों प्रकाश बिखेरती रहती है, इस रूप-ज्वाला की उपमा कहाँ ढूँढ़ी जाए? उस अंधकारमय रात्रि में, यदि उसे खड़ा कर दिया जाए, तो वह कसौटी पर स्वर्ण-रेखा की तरह दिख उठे और यदि वह दिन के ज्वलंत प्रकाश में खड़ी कर दी जाए, तो उसे देखने का साहस कौन करे? किन आँखों में इतना तेज है?

उस सुगंधित और मधुर प्रकाश में मदिरा-रंजित नेत्रों से, उस रूप-ज्वाला को देखते ही वाजिदअली की वासना भड़क उठी। उन्होंने कहा-"रूपा, नजदीक आओ। एक प्याली शीराजी और अपनी लगाई हुई अंबरी पान की बीड़ियाँ दो तो। तुमने तो तरसा-तरसाकर ही मार डाला।"

रूपा आगे बढ़ी, सुराही से शराब उड़ेली और जमीन में घुटने टेककर आगे बढ़ा दी। इसके बाद उसने चार सोने के वर्क लपेटी बीड़ियाँ निकालकर, बादशाह के सामने पेश कीं और दस्तबस्ता अर्ज की-"हुजूर की खिदमत में लौंडी वह तोहफा ले आई है।"

वाजिदअली शाह की बाँछें खिल गईं। उन्होंने रूपा को घूरकर कहा-"वाह! तब तो आज...।" रूपा ने संकेत किया। हैदर खोजा उस फूल-सी मुरझाई-कुसुमकली को फूल की तरह हाथों पर उठाकर, पान-गिलौरी की तश्तरी की तरह, बादशाह के

रूबरू कालीन पर डाल गया। रूपा ने बाँकी अदा से कहा–"हुजूर, को आदाब"। और चल दी।

एक चौदह वर्ष की भयभीत, मूर्छित, असहाय कुमारी बालिका अकस्मात् आँख खुलने पर, सम्मुख शाही ठाठ से सजे हुए महल और दैत्य के समान नरपशु को पाप-वासना से प्रमत्त देखकर क्या समझेगी? कौन अब इस भयानक क्षण की कल्पना करे? पर वही क्षण, होश में आते ही उस बालिका के सामने आया। वह एकदम चीत्कार करके फिर बेहोश हो गई। पर इस बार शीघ्र ही उसकी मूर्छा दूर हो गई। एक अतर्क्य साहस, जो ऐसी अवस्था में प्रत्येक जीवित प्राणी में हो जाता है, बालिका के शरीर में भी उदय हो आया। वह सिमटकर बैठ गई और पागल की तरह चारों तरफ एक दृष्टि डालकर, एकटक उस मत्त पुरुष की ओर देखने लगी।

उस भयानक क्षण में भी उस विशाल पुरुष का सौन्दर्य और प्रभा देखकर, उसे कुछ साहस हुआ। वह बोली तो नहीं, पर कुछ स्वस्थ होने लगी।

नवाब जोर से हँस दिए। उन्होंने गले का वह बहुमूल्य कंठा उतारकर बालिका की ओर फेंक दिया। इसके बाद, वे नेत्रों के तीर निरन्तर फेंकते रहे।

बालिका ने कंठा देखा भी नहीं, छुआ भी नहीं। वह वैसी ही सिकुड़ी हुई, वैसी ही निर्निमेष दृष्टि से भयभीत हुई, नवाब को देखती रही।

नवाब ने दस्तक दी। दो बाँदियाँ, दस्तबस्ता आ हाज़िर हुईं। नवाब ने हुक्म दिया, इसे गुस्ल कराकर और सब्जपरी बनाकर हाज़िर करो। उस पुरुष-पाषाण की अपेक्षा, स्त्रियों का संसर्ग गनीमत जानकर, बालिका मन्त्रमुग्ध-सी उठकर उनके साथ चली गई।

इसी समय एक खोजे ने आकर अर्ज की–"खुदाबंद! रेजीडेण्ट उटरम साहब बहादुर बड़ी देर से हाज़िर हैं।"

"उनसे कह दो, अभी मुलाकात नहीं होगी।"

"आलीजाह! कलकत्ता से एक जरूरी..."

"दूर हो मुर्दार।"

खोजा चला गया।

लखनऊ के खास चौक-बाज़ार की बहार देखने योग्य थी। शाम हो चली थी और छिड़काव हो गया था। इक्कों और बहलियों, पालकियों और घोड़ों का अजीब जमघट था। आज तो उजड़े अमीनाबाद का रंग ही कुछ और है। तब यही रौनक

चौक को प्राप्त थी। बीच चौक में, रूपा की पान की दुकान थी। फानूसों और रंगीन झाड़ों से जगमगाती गुलाबी रोशनी के बीच, स्वच्छ बोतल में मदिरा की तरह, रूपा दुकान पर बैठी थी। दो निहायत हसीन लौंडियाँ पान की गिलौरियाँ बनाकर, उनमें सोने के वर्क लपेट रही थीं। बीच-बीच में अठखेलियाँ भी कर रही थीं। आजकल के कलकत्ता-दिल्ली के रंगमंचों पर भी, ऐसा मोहक और आकर्षक दृश्य नहीं दीख पड़ता, जैसा उस समय रूपा की दुकान पर था। ग्राहकों की भीड़ का पार न था। रूपा ख़ास-ख़ास ग्राहकों का स्वागत कर, पान दे रही थी। बदले में खनाखन अशर्फियों से उसकी गंगा-जमुनी नाम की तश्तरी भर रही थी। वे अशर्फियाँ रूपा की एक अदा, एक मुस्कराहट, केवल एक कटाक्ष का मोल थीं। पान गिलौरियाँ तो लोगों को घाटे में पड़ती थीं। एक नाजुक अंदाज़ नवाबजादे तामजाम में बैठे अपने मुसाहब और कहारों के झुरमुट के साथ आए और रूपा की दुकान पर तामजाम रोका।

रूपा ने सलाम करके कहा–"मैं सदके शाहजादा साहब, जरी बाँदी की एक गिलौरी कुबूल फरमायें।"

रूपा ने लौंडी की तरफ इशारा किया। लौंडी सहमती हुई, सोने की रकाबी में पाँच-सात गिलौरियाँ लेकर तामजाम तक गई। शहजादे ने मुस्कराकर दो गिलौरियाँ उठाईं और एक छुट्टी अशर्फियाँ तश्तरी में डाल कर आगे बढ़े।

एक खाँ साहब बालों में मेंहदी लगाए, दिल्ली के वसली के जूते पहने, तनजेब की अचकन कसे, सिर पर लैसदार ऊँची टोपी लगाए आए। रूपा ने बड़े तपाक से कहा–"अब्बा खाँ साहब। आज तो हुजूर रास्ता भूल एए। अरे कोई है, आपको बैठने को जगह हो। अरी, गिलौरियाँ तो लाओ।"

खाँ साहब रूपा के रूप की तरह चुपचाप गिलौरियों के रस का घूँट पीने लगे।

थोड़ी देर में, एक अधेड़ मुसलमान अमीरजादे की शक्ल में आए। उन्हें देखते ही रूपा ने कहा–"अरे हुजूर, तशरीफ ला रहे हैं। मेरे सरकार। आप तो ईद के चाँद हो गए। कहिए, ख़ैराफियत है? अरी मिर्जा साहब को गिलौरियाँ दीं?"

तश्तरी में खनाखन हो रही थी और रूपा का रूप और पान की हाट खूब गरमा रही थी। ज्यों-ज्यों अंधकार बढ़ता जाता था, त्यों-त्यों रूपा पर रूप की दुपहरी चढ़ रही थी। धीरे-धीरे एक पहर रात बीत गई। ग्राहकों की भीड़ कुछ कम हुई। रूपा अब सिर्फ कुछ चुने हुए प्रेमी ग्राहकों से घुल-मिल कर बातें कर रही थी। धीरे-धीरे एक अजनबी आदमी, दुकान पर आकर खड़ा हो गया। रूपा ने अप्रतिभ होकर पूछा–

"आपको क्या चाहिए?"

"आपके पास क्या-क्या मिलता है?"

"बहुत-सी चीजें। क्या पान खाइएगा?"

"क्या हर्ज़ है?"

रूपा के संकेत से, दासी बालिका ने पान की तश्तरी अजनबी के आगे धर दी।

दो बीड़ियाँ हाथ में लेते हुए उसने कहा—"इनकी कीमत क्या है, बी साहिबा।"

"जो कुछ जनाब दे सकें।"

"यह बात है? तब ठीक, जो कुछ मैं लेना चाहूँ वह लूँगा भी।" अजनबी हँसा नहीं। उसने भेदभरी दृष्टि से रूपा को देखा।

रूपा की भृकुटी ज़रा टेढ़ी पड़ी और वह एक बार अजनबी को तीव्र दृष्टि से देखकर, फिर अपने मित्रों के साथ बातचीत में लग गई। पर बातचीत का रंग जमा नहीं। धीरे-धीरे मित्रगण उठ गए। रूपा ने एकांत पाकर कहा—

"क्या हुजूर को मुझसे कोई ख़ास काम है?"

"मेरा तो नहीं, मगर कम्पनी बहादुर का है।"

रूपा काँप उठी। वह बोली—"कम्पनी बहादुर का क्या हुक्म है?"

"भीतर चलो तो कहा जाए।"

"मगर माफ कीजिए, आप पर यकीन कैसे...?"

"ओह। समझ गया। बड़े साहब की यह चीज़ तो तुम शायद पहचानती ही होंगी?"

यह कहकर उन्होंने एक अंगूठी रूपा को दूर से दिखा दी।

"समझ गई। आप अन्दर तशरीफ लाइए।"

रूपा ने एक दासी को अपने स्थान पर बैठाकर अजनबी के साथ दुकान के भीतर कक्ष में प्रवेश किया।

दोनों व्यक्तियों में क्या-क्या बातें हुईं, यह तो हम नहीं जानते, मगर उसके ठीक तीन घंटे बाद, दो व्यक्ति काला लबादा ओढ़े दुकान से निकले और किनारे लगी हुई पालकी में बैठ गए। पालकी धीरे-धीरे उसी भूतों वाली मस्जिद में पहुँची। उसी प्रकार मौलवी ने क़ब्र का पत्थर हटाया और एक मूर्ति ने क़ब्र के तहखाने में

प्रवेश किया। दूसरे व्यक्ति ने, एकाएक मौलवी को पटककर मुश्कें बाँध लीं और एक संकेत किया। क्षणभर में पचास सुसज्जित काली-काली मूर्तियाँ आ खड़ी हुईं और बिना एक शब्द मुँह से निकाले चुपचाप क़ब्र के अन्दर उतर गईं।

अब फिर चलिए अंनददेव के उसी रंग-मन्दिर में। सुख-साधनों से भरपूर, वही कक्ष आज सजावट खतम कर गया था। सहस्त्रों उल्कापात की तरह रंगीन हाँडियाँ, बिल्लौरी फानूस और हज़ार झाड़ सब जल रहे थे। तत्परता से, किन्तु नीरव बाँदियाँ और गुलाम दौड़-धूप कर रहे थे। अनगिनत रमणियाँ अपने मदभरे होंठों की प्यालियों में भाव की मदिरा उँड़ेल रही थीं। उन सुरीले रागों की बौछारों में बैठे बादशाह वाजिदअली शाह शराबोर हो रहे थे। उस गायनोन्माद में मालूम होता था, कमरे के जड़ पदार्थ भी मतवाले होकर नाच उठेंगे। नाचनेवालियों के ठुमके और नूपुर की ध्वनि सोते हुए यौवन से ठोकर मारकर कहती थी–उठ, उठ, ओ मतवाले, उठ। उन नर्तकियों के बढ़िया चिकनदौजी के सुवासित दुपट्टों से निकलती हुई सुगन्ध उसके नृत्यवेग से विचलित वायु के साथ घुल-मिलकर गदर मचा रही थी। पर सामने का सुनहरा फव्वारा, जो स्थिर ताल पर बीस हाथ ऊपर फेंककर, रंगीन जलबिंदु-राशियों से हाथापाई कर रहा था, देखकर कलेजा बिना उछले कैसे रह सकता था।

उसी मसनद पर बादशाह वाजिदअलीशाह बैठे थे। एक गंगा-जमुनी काम का अलबेला वहाँ रखा था, जिसकी खमीरी मुश्की तम्बाकू जलकर अनोखी सुगन्ध फैला रही थी। चारों तरफ सुन्दरियों का झुरमुट उन्हें घेर कर बैठा था। सभी अधनंगी, उन्मत्त और निर्लज्ज हो रही थीं। पास ही सुराही और प्यालियाँ रखी थीं, और बारी-बारी से, वे उन दुर्लभ होंठों को चूम रही थीं। आधा मद पी-पीकर, वे सुन्दरियाँ उन प्यालियों को बादशाह के होंठों में लगा देती थीं। वे आँखें बंद करके उन्हें पी जाते थे।

कुछ सुन्दरियाँ पान लगा रही थीं, कुछ अलबेले की निगाली पकड़े हुए थीं। दो सुन्दरियाँ दोनों तरफ पीकदान लिए खड़ी थीं, जिनमें बादशाह कभी-कभी पीक गिरा देते थे।

इस उल्लसित आमोद के बीचोबीच एक मुरझाया हुआ पुष्प, कुचली हुई पान की गिलोरी। वही बालिका, बहुमूल्य हीरे-खचित बस्त्र पहने, बादशाह के बिलकुल अंक में लगभग मूर्छित और अस्त-व्यस्त पड़ी थी। रह-रहकर शराब की प्याली उसके मुख से लग रही थी और वह खाली कर रही थी। निर्जीव दुशाले की तरह बादशाह उसे अपने बदन से सटाए, मानो अपनी तमाम इन्द्रियों को एक ही रस

से शराबोर कर रहे थे। गम्भीर आधी रात बीत रही थी। सहसा, इसी आनन्द-वर्षा में बिजली गिरी। कक्ष के उसी गुप्त द्वार को विदीर्ण कर, क्षणभर में वही रूपा, काले आवरण से नख-शिख ढँके निकल आई। दूसरे क्षण में एक और मूर्ति वैसे ही आवेष्टन में गुप्त बाहर निकल आई। क्षणभर-बाद, दोनों ने अपने आवेष्टन उतार फेंके। वही अग्नि-शिखा ज्वलन्त रूपा और उसके साथ नौरांग कर्नल उटरम।

नर्तकियों ने एकदम नाचना-गाना रोक दिया। बाँदियाँ शराब की प्यालियाँ लिए काठ की पुतली की तरह खड़ी रह गईं। केवल फव्वारा ज्यों-का-त्यों आनन्द से उछल रहा था। बादशाह यद्यपि बिलकुल बदहवास थे, मगर यह सब देख, वे मानो आधे उठकर बोले–ओह। रूपा! दिलरुबा तुम? और हैं असह दोस्त कर्नल, इस वक़्त? यह क्या माजरा है?

आगे बढ़कर और अपनी चुस्त पोशाक ठीक करते हुए, तलवार की मूठ पर हाथ रख, उटरम ने कहा–"कल आलीजाह की बन्दगी में हाज़िर हुआ था, मगर..."

ओफ! मगर इस वक़्त इस रास्ते से? ऐं, माजरा क्या है? अच्छा बैठो, हाँ, जोहरा, एक प्याला मेरे दोस्त कर्नल के...।"

"माफ कीजिए हुजूर। इस वक़्त मैं आनरेबल कम्पनी सरकार के एक काम से आपकी खिदमत में हाज़िर हुआ हूँ।"

"कम्पनी सरकार का काम? वह काम क्या है?" बादशाह ने कहा।

"मैं तखलिए में अर्ज़ करना चाहता हूँ।"

"तखलिया। अच्छा, अच्छा, जोहरा। ओ कादिर।"

धीरे-धीरे रूपा को छोड़कर सभी बाहर निकल गए। उस सौन्दर्य-स्वप्न में अवशिष्ट रह गई, अकेली रूपा। रूपा को लक्ष्य करके बादशाह ने कहा–यह तो गैर नहीं। रूपा। दिलरुबा, एक प्याला अपने हाथों से दो तो। रूपा ने सुराही से शराब उँड़ेल लबालब प्याला भरकर, बादशाह के होंठों से लगा दिया। हाय! लखनऊ की नवाबी का वही अन्तिम प्याला था। उसे बादशाह ने पीकर कहा–"वाह प्यारी। हाँ, अब कहो वह बात। मेरे दोस्त..."

"हुजूर को ज़रा रेजीडेंसी तक चलना पड़ेगा।"

बादशाह ने उछलकर कहा–"ऐं, यह कैसी बात। रेजीडेंसी तक मुझे?"

"जहाँपनाह, मैं मजबूर हूँ, काम ऐसा ही है।"

"गैरमुमकिन। गैरमुमकिन।" बादशाह गुस्से से होंठ काटकर उठे और अपने हाथ से, सुराही से उँड़ेलकर तीन-चार प्याले शराब पी गए। धीरे-धीरे उसी दीवार से एक-एक करके चालीस गोरे सैनिक, संगीन और किर्च सजाए, कक्ष में घुस आए।

बादशाह देखकर बोले–"खुदा की कसम, यह तो दगा है। कादिर!"

"जहाँपनाह, अगर खुशी से मेरी अर्ज़ी कुबूल न करेंगे, तो खून-खराबा होगा। कम्पनी के बहादुर के गोरों ने महल घेर लिया है। अर्ज़ यही है कि सरकार चुपचाप चले चलें।"

बादशाह धम से बैठ गए। मालूम होता है, क्षणभर के लिए उनका नशा उतर गया। उन्होंने कहा–"तब तुम क्या मेरे दुश्मन होकर, मुझे क़ैद करने आए हो?"

"मैं हुजूर का दोस्त, हर तरह हुजूर के आराम और फरहत का ख़याल रखता हूँ और हमेशा रखूँगा।"

बादशाह ने रूपा की ओर देखकर कहा–"रूपा! रूपा! यह क्या माजरा है? तुम भी क्या इस मामले में हो? एक प्याला, मगर नहीं, अब नहीं, अच्छा सब साफ-साफ सच कहो। कर्नल, मेरे दोस्त, नहीं-नहीं, अच्छा कर्नल उटरम। अब खुलासावार बयान करो।"

"सरकार, ज्यादा मैं कुछ नहीं कह सकता। कम्पनी बहादुर का ख़ास परवाना लेकर, खुद गवर्नर-जनरल के अंडर सैक्रेटरी तशरीफ लाए हैं, वे आलीजाह से कुछ मशवरा करना चाहते हैं।"

"मगर यहाँ।"

"यह नामुमकिन है।"

बादशाह ने कर्नल की तरफ देखा। वह तना खड़ा था और उसका हाथ तलवार की मूठ पर था।

"समझ गया, सब समझ गया।" यह कहकर बादशाह कुछ देर हाथों से आँखें ढाँपकर बैठ गए। कदाचित् उनकी सुन्दर रसभरी आँखों में आँसू भर आए।

रूपा ने पास आकर कहा–"मेरे खुदाबंद, बाँदी..."

"हट जा ऐ नमकहराम रजील, बाजारू औरत।"

बादशाह ने यह कहकर उसे एक लात लगाई और कहा–"तब चलो। मैं चलता हूँ। खुदा हाफिज़।"

पहले बादशाह, पीछे कर्नल उटरम, उसके पीछे रूपा और सबके अन्त में, एक-एक करके सिपाही, उसी दरार में विलीन हो गए। महल में किसी को कुछ मालूम न था। वह मूर्तिमान संगीत, वह उमड़ता हुआ आनन्द समुद्र, सदा के लिए मानो किसी जादूगर ने निर्जीव कर दिया।

कलकत्ता के एक उजाड़ से भाग में, एक बहुत विशाल मकान में, बाजिदअली शाह को नज़रबंद कर दिया गया। ठाठ लगभग वही था। सैकड़ों दासियाँ, बाँदियाँ और वेश्याएँ भरी हुई थीं। पर यह लखनऊ का रंग कहाँ!

खाना खाने का वक़्त हुआ और जब दस्तरख़्वान पर खाना चुना गया, तो बादशाह ने चख-चखकर फेंक दिया। अंग्रेज़ अफसर ने पूछा–"खाने में क्या नुक्स है?"

नवाब के खास खिदमतगार ने जवाब दिया–"नमक खराब है।"

"नवाब कैसा नमक खाते हैं?"

"एक मन का डला रखकर, उस पर पानी की धार छोड़ी जाती है। जब धुलते-धुलते छोटा सा टुकड़ा रह जाता है, तब नवाब के खाने में, वह नमक इस्तेमाल होता है।"

अंग्रेज़ अधिकारी मुस्कराता चला गया।

वाजिदअली के बाद, अवध के ताल्लुकेदारों की रियासतें छीन ली गईं और अवध का तख़्त सदा के लिए धूल में मिल गया।

●●●

www.ingramcontent.com/pod-product-compliance
Lightning Source LLC
Chambersburg PA
CBHW031326230926
51848CB00001B/117
* 9 7 8 8 1 6 9 1 0 2 9 1 9 *